Rouge intense

Vincent Crouzet

Rouge intense

ROMAN

Albin Michel

COLLECTION « SPÉCIAL SUSPENSE »

*Pour Jean, un jeune officier français
tombé, comme tant d'autres,
sur une route d'Indochine.*

L E jeune diamantaire sait qu'il doit mourir. C'est une question de minutes. Avec de la chance, une heure au plus.

Novembre 1993 : au nord de l'Angola à une période charnière de la guerre civile, un homme, un Européen, est à genoux, les mains croisées sur la nuque, au bord des remous boueux d'une rivière chargée de limon.

Autour de lui, cinq guérilleros. Leurs uniformes vert olive sont neufs, leurs bottines astiquées et les reflets de la lumière sur le canon de leurs fusils d'assaut indiquent un parfait entretien de leur armement : ce sont des combattants d'élite. Leur tenue, leur équipement, leur attitude tranchent avec le commun de la guérilla. Leur captif, en revanche, est torse nu. Une tache assombrit progressivement, sur le haut de ses cuisses, le tissu écru de son pantalon de toile. Ce détail ne trouble guère les cinq agresseurs. Leur mission exige très souvent qu'ils tuent. Ils connaissent chez leurs victimes les symptômes courants de l'effroi.

Tous ont les yeux rivés sur la surface des eaux.

L'Européen entrouvre les paupières. La lumière qui l'aveugle représente une dernière possibilité de survie. Il espère que, cette fois, l'un des plongeurs remontera en brandissant ce qu'ils recherchent. Il doit s'accrocher à cette espérance. C'est sa seule chance de sauver sa peau.

À ce jeune Belge, la guérilla a cédé, quelques mois plus tôt, cette concession alluvionnaire au bord d'une rivière prometteuse. Le cours d'eau trouve sa source sur le plateau du Maxinge, serpente sans grands tourments jusqu'à la frontière du Zaïre, avant un voyage serein jusqu'au cœur de l'Afrique. Sur ses cent premiers kilomètres, cette rivière offre un enjeu considérable.

Tous les trois à quatre kilomètres, les flots sont barrés par de modestes retenues, souvent précaires. Ici, on établit de sommaires barrages pour abaisser le niveau des eaux. Les berges sont l'objet d'un acharnement sans merci. Des hommes vivent du matin au soir dans la latérite glaiseuse. Les corps sont couverts de la terre miraculeuse, baignent dans une eau épaisse.

On n'entend plus la brousse, mais les pelles et les pioches qui s'abattent et les groupes électrogènes qui alimentent les motopompes. La sueur voile les regards qui s'épuisent sur les tamis. Sous le 8ᵉ parallèle au sud de l'équateur, le climat n'est pas tempéré.

Le jeune Belge transpire sa peur.

Depuis trois mois, le principal mouvement de guérilla angolais, l'UNITA, subit une offensive militaire gouvernementale sans précédent. Sa seule chance de résister durablement réside dans les eaux des rivières. Sous les pieds nus des *garimpeiros* se cache un trésor, le trésor de guerre de l'UNITA, qui contrôle encore ces zones : un don perpétuel de la nature, affleurement merveilleux, mais aussi pouvoir, domination. Des diamants. Par centaines de milliers de carats.

Les accords passés par la guérilla avec les aventuriers qui arpentent cette impasse du monde ne tiennent plus. De gré ou de force, toutes les pierres reviennent à l'UNITA. Les diamantaires imprévoyants voient leurs stocks saisis par les hommes de la garde personnelle du chef de la guérilla, Jonas Savimbi. Les pistes aériennes pirates des contrebandiers sont sous la haute surveillance des forces du mouvement rebelle. Pas un diamant ne doit échapper à l'impôt de guerre. De gré ou de force.

La nuit précédente, avant l'irruption des hommes de Savimbi sur la concession, le jeune diamantaire, malgré les consignes strictes, a essayé d'évacuer d'Angola les pierres extraites au cours des derniers jours. Une dizaine de carats tout au plus. La frontière zaïroise n'est qu'à douze kilomètres. Vain effort, tentation dangereuse : son « courrier » a été intercepté et a déjà cruellement payé cette insoumission.

À présent, les guérilleros de la garde personnelle de Savimbi sont là, postés à l'entour. On entend à nouveau le sourd tumulte de la brousse. Le jeune Belge, pour sa part, ne perçoit que ses propres pulsations. Les tambours du continent noir frappent à la porte de son cœur.

Les genoux écorchés, il est offert au zénith. Il n'ose supplier. Se taire, se soumettre et s'accrocher à la vie. Surtout, ne pas perdre son sang-froid. Au départ, il a tenté l'humour, mais ces membres de la guérilla n'y sont pas réceptifs. Il a essayé la colère, puis la menace : il n'a réussi qu'à attiser la tension. Enfin, il a cherché à les apitoyer : deux gamines à Kinshasa, deux petites métisses, des « sœurs ». Il a exhibé les photos de sa famille au commandant. Deux petites filles pour lesquelles il trime ici jour et nuit. Il s'est ruiné pour s'offrir cette part de rêve, sous les auspices du diable. Il a tout donné pour l'avenir de ses gamines.

Le commandant a saisi la photographie et, du bout incandescent de sa cigarette, l'a brûlée. Il meurt chaque jour, dans ce conflit interminable, trois cents enfants angolais. La mission des hommes d'élite de l'UNITA est de reconstituer les ressources du mouvement pour remporter la dernière manche et mettre fin aux hostilités. Qu'importent deux orphelines.

La seule chance du Belge : que ses *garimpeiros* en plongée, qui tamisent le fond de la rivière, remontent des pierres. Il faut satisfaire la meute et vite. Ce n'est plus une question d'heures, mais de minutes.

Le commandant rebelle a déjà armé son Colt 45, une arme de poing de calibre lourd. À bout portant, le crâne explosera. Le Belge espère que tout s'éteindra d'un coup. Pas de douleur, mais le néant, instantanément. Le commandant est un jeune officier qui n'a pas trente ans. Mais au sein de l'UNITA, il a mené déjà quinze années de guerre dans le plus cruel des conflits. Son prénom est Joaquim, son pseudo de guerrier Travão, Tonnerre. On lui a ordonné de punir ceux qui ne respecteraient pas l'acquittement de la « taxe », il ne déviera pas de son objectif.

Une tête émerge : un plongeur en apnée à bout de souffle. Rafales de kalachnikovs sur la surface de l'eau. Il est remonté trop vite. Un *garimpeiro* s'est noyé tout à l'heure, et son corps dérive contre les parois boisées du barrage en aval. Les uns après les autres, ils vont tous y passer. Parfois, il leur faut une semaine avant de remonter une pierre. Le Belge souhaiterait les encourager mais se tait. Un cri intempestif, un mouvement brusque et l'index droit de Travão se crispera sur la gâchette...

Une nouvelle tête apparaît, les guérilleros laissent au plongeur quelques secondes, quelques goulées d'air, puis mitraillent la rivière. Le jeune Belge lève les yeux au ciel. Ils ne tiendront pas, ils ne trouveront rien sous cette pression. C'est la fin.

Le Colt 45 pend dans la main à présent détendue du commandant. Un modèle ancien. L'acier du canon est limé, c'est une arme démodée, mais qui porte loin. Pour le combat en brousse, il représente un avantage décisif. Travão frotte sa barbe avec l'embout du canon, signe d'impatience. Ses hommes ont remarqué le geste. Ils sont prêts.

Le Belge ne prie pas. Il ne croit en rien. Un dernier voyage vers ses deux filles. Seulement le vœu, pour elles, d'une Afrique plus clémente. Le commandant tourne autour du diamantaire comme un fauve. Quelques secondes encore pour communier avec ses enfants. L'ombre de Travão s'est immobilisée dans son dos et s'allonge lentement, le bras du commandant se tend, coude et poignet souples.

Le condamné ne ferme pas les yeux, il a un dernier regard pour cette rivière, son infortune.

À quelques longueurs de la berge, un ultime remous, des bulles crèvent la surface de l'eau : un plongeur remonte. Sa cage thoracique près d'exploser. Il happe l'air. Derrière ses lunettes de plongée, ses yeux rougis sont exorbités. Son bras droit jaillit.

Trois détonations de kalachnikov : une balle de 7,62 arrache son oreille droite, la seconde se perd dans les flots, la troisième lui sectionne la gorge. L'artère gicle, le corps se tord dans une volte mais, dans les convulsions, le plongeur conserve son poing droit levé très haut au-dessus de la surface de l'eau. Puis, le bras s'affaisse dans un bouillonnement écarlate, qui se mêle aux alluvions et semble teinter les flots.

Selon la superstition née alors dans ces territoires, la rivière devint rouge sang.

Deux guérilleros se ruent dans le cours d'eau, empoignent le corps et le couchent à moitié sur la berge. Le poing droit est toujours refermé. Travão peine à entrouvrir les doigts rétractés. Tout à coup, la main du cadavre se détend. Elle offre une merveille.

Le commandant et le jeune Belge se dévisagent soudain. Ils ont l'un et l'autre compris : une rivière boueuse vient de livrer un joyau.

Travão s'approche du diamantaire et, d'un regard, l'autorise à décroiser les bras : il peut aussi le toucher, le soupeser. C'est un diamant brut qui tient à peine dans la paume. Et puis cette teinte... mais peut-être est-ce tout ce sang répandu ?

Dans cette partie de l'Afrique, la légende, véhiculée par la coutume, s'emparera de cette pierre, mais rien n'égalera le cheminement de ce diamant. Toutes, tous seront imprudents. Rien n'arrêtera leur quête.

Brut. 791 carats. Rouge intense.

Brut

1

– **E**T ils vous ont laissé en vie ?
Le rendez-vous avait lieu au bar à vin du Mandarin,
l'ancien Knightsbridge Hotel. Il était 16 heures à Londres
ce 7 juillet 2003. La canicule estourbissait l'Angleterre et
les pelouses de Hyde Park jaunissaient chaque jour davantage. Le contact était fixé dans un endroit élégant, calme,
serein, aseptisé. Le Belge aurait préféré un pub. Il était
assoiffé et, lorsqu'il avait vraiment soif, seule la bière
brune le désaltérait. Son correspondant, imperturbable,
modifia la commande initiale et exigea pour chacun une
pinte de Guiness. Plus de pouilly fuissé. Le personnel
s'exécuta. L'homme qui avait invité le Belge dégageait
une aura d'autorité. Ici, il était au cœur de son territoire.

Le décor était contemporain, avec des teintes douces, et
la cave vitrée exposée le long de la salle. Au cœur de l'après-
midi, ils étaient presque seuls. Juste un couple de Texans
accoudés au bar en fer à cheval, qui vidaient leur sixième
ou septième verre, et dont les voix portaient suffisamment
pour couvrir la conversation mezzo des deux hommes.

Neuf années plus tôt, le Belge avait changé d'activité. À
présent, il dirigeait une brasserie au Burundi et ses deux
filles fréquentaient un pensionnat bruxellois. Il ne voulait
pas qu'elles grandissent là-bas. Trop de violence latente.

17

Revenu sain et sauf d'Angola, son souvenir était demeuré vif.

– Oui, ils m'ont épargné, monsieur... Au fait, je ne connais même pas votre nom...

Une semaine plus tôt, il avait reçu une invitation de la part de Miss Van Hamme, collaboratrice d'une société britannique, l'Universal Mining Trade Company, pour un entretien à Londres avec l'un des dirigeants de la boîte. Un billet aller-retour Bujumbura-Johannesburg-Londres en première classe, deux nuits dans un palace londonien, plus un dédommagement de cinq mille dollars en cash pour le déplacement. Rien qu'il ne pût décemment refuser. La jolie voix de Miss Van Hamme lui avait indiqué l'heure de rendez-vous au bar de l'hôtel. Elle n'avait pas précisé l'identité de son interlocuteur, ni même son signalement, elle lui avait juste glissé, comme une boutade, sur un ton léger, que son patron saurait l'identifier. Le brasseur de Bujumbura en avait déduit qu'il avait affaire à des gens qui ne laissaient rien au hasard.

Le Belge ne connaissait pas son vis-à-vis. Il possédait une bonne mémoire : il n'avait jamais rencontré cet homme. Il se serait souvenu de ces yeux clairs décidés, de cette allure sportive que la soixantaine n'altérait guère mais révélait plus encore, de ce front haut et de ce discret sourire sur des lèvres fines qui assouplissait une silhouette austère, certainement forgée dans l'effort et la discipline.

– Disons, monsieur Petters, que vous pouvez m'appeler John. Cela vous convient-il ?

Le Belge leva les mains pour signifier quelque chose comme « aucun problème ». Son interlocuteur anglais poursuivit :

– Notre compagnie, dans le domaine qui est le sien, privilégie la confidentialité. Nous sommes ici pour un entretien qui n'aura pas de suite. Je compte sur vous pour que tout ceci, c'est-à-dire mes questions et le sujet qui me préoccupe, demeure strictement entre nous.

Le Belge réitéra, avec plus de véhémence encore, le geste précédent.

– Du reste, je vous propose le contrat suivant : dans un an exactement, votre loyauté aura un prix, vingt mille dollars, que Miss Van Hamme vous fera parvenir dans les mêmes conditions. J'ai confiance en votre silence, monsieur Petters. Nous sommes, l'un et l'autre, des hommes de parole, n'est-ce pas ?

Les yeux de l'Anglais se fixèrent sur ceux de son invité qui y lut soudain autre chose que de la cordialité.

– Pourquoi Travão vous a-t-il laissé la vie sauve, monsieur Petters ?

La reprise du récit soulagea le Belge.

– Nous étions tous les deux sous le choc de ça... Un tel truc... Oui, sous le choc. Puis il me l'a violemment arraché des mains, il l'a approché de son visage... et ses yeux se sont écarquillés. Son regard a changé. Je me souviens... Ses pupilles étaient dilatées, comme sous l'effet d'une drogue. Il s'était... comment dit-on ? (Le Belge cherchait un peu ses mots en anglais.) Oui c'est ça : transfiguré. Transfiguré, je crois que c'est le terme exact, non ?

D'un hochement de tête, son vis-à-vis confirma.

– Et d'un mouvement vif, il a glissé la pierre dans la poche de son treillis, la poche ventrale...

Le Belge imita le geste et porta sa main droite au revers de son costume. Trop clair, même par cette chaleur estivale, pour être chic, jugea le Britannique. À Bujumbura éventuellement, mais pas au cœur de Londres. L'Anglais se morigéna. Il n'avait pas à juger les fautes de goût. C'était un manque de concentration. Devenir, avec l'âge et le confort, tardivement snob le désolait. D'ailleurs, tout ce qui l'éloignait de sa vie passée – privilèges et hypocrisie, dans un monde qui n'était pas le sien – l'accablait. Or, plus que jamais, il avait besoin de demeurer

19

lui-même. Il reporta son attention sur le récit, conté par un interlocuteur somme toute prolixe :

– Travão a gueulé des ordres en obumdu. Bon sang, ses hommes lui obéissaient au doigt et à l'œil. (Les lèvres épaisses du Belge plongèrent dans la mousse de la bière sombre.) Alors j'ai pensé : « Maintenant, c'est cuit. Ils vont te flinguer comme un chien... » Je vous promets, John, j'ai fermé les yeux, je n'ai plus pensé à rien, même pas à mes gosses, et j'ai sombré.

La respiration du Belge s'accéléra. Il but une longue gorgée. Il avait eu si soif sur cette berge.

– Ce sont mes deux plongeurs zaïrois survivants qui m'ont ramené à moi. Les commandos de l'Unita s'étaient volatilisés. Nous étions là, tous les trois, en vie, avec deux gars sur le carreau... Le « Tonnerre » était passé. Vous êtes déjà revenu d'aussi loin, John ?

– Non. Je suis un homme d'affaires. Mais je pense pouvoir imaginer ce que vous avez vécu.

Le regard du Belge dévia sur le couple de Texans. Bien sûr, John mentait. Petters avait trop couru sur des chemins aventureux, trop croisé de gars comme cet Anglais pour croire qu'il était un homme d'affaires. Ce monde n'était pas le sien ou, plutôt, pas seulement le sien. John le ramena à son histoire :

– Ensuite, monsieur Petters ?

Interrogatif ? impératif ? Quand John posait une question, il convenait de ne pas se dérober. Le Belge hésita.

Le Britannique marqua aussitôt un recul : trop d'autorité, trop d'impatience. Toujours, il avait obéi à des ordres, et on avait obéi aux siens. Quand, parvenu au tournant de sa carrière, il avait dû s'adapter au facteur humain, il avait rencontré les pires difficultés. Le langage du métier des armes est pyramidal. Commander ne nécessite pas de comprendre. Il avait été un bon chef, un grand chef, mais il n'entrait pas par effraction chez les autres.

Lorsqu'il avait décidé de devenir un espion, il n'avait pas eu le choix : il avait transformé les angles en courbes. Mais parfois, instinctivement, brutalement, les angles se reformaient. Revenir aux courbes, à une géométrie douce.

– Pardon, monsieur Petters, je vous ai interrompu...

Le Belge ne doutait plus : John était un homme d'action. L'homme de Bujumbura reprit :

– Ensuite, ça ne me concerne plus. Évidemment, le plus fidèle des commandants, Travão, l'un des plus proches officiers de Savimbi, n'a pas résisté à ce qui lui brûlait les doigts : dans l'heure, il a pris la route du Zaïre. Le lendemain, à Kinshasa, il a voulu négocier la pierre avec l'un des plus puissants diamantaires de la place. Erreur, les hommes de Savimbi étaient là aussi. Ils ont ramené Travão et le diamant au pays auprès du chef.

Le Belge marqua une pause. Malgré l'air conditionné, il transpirait abondamment. Il poursuivit avec effort :

– Je n'ai plus entendu parler de cette pierre. Ni moi, ni personne, d'ailleurs. C'est devenu une légende africaine. Et, croyez-moi, John, je nous souhaite à tous les deux une fin mille fois plus douce que celle de Travão.

L'Anglais avait retrouvé son sourire. Il en savait assez, pour abandonner le plus rapidement possible le brasseur belge de Bujumbura. Il lui offrirait une fille le soir pour brouiller un peu plus les impressions de son séjour londonien. Il demanderait à Miss Van Hamme de lui choisir une escorte généreuse, câline, prévenante.

John avait menti. Lui aussi, au cours de sa carrière, était revenu de très loin. Et il avait de la compassion pour les hommes arrachés aux Enfers.

Il s'engouffra, avec le flot de touristes de juillet, dans la station de métro de Knightsbridge et, telle une ombre, s'effaça fugitivement dans le dédale underground.

Il resurgit quatre kilomètres plus à l'ouest, au cœur de la City, et pénétra dans le building voisin de la Banque d'Angleterre par le parking souterrain. Là, il emprunta un itinéraire labyrinthique qui le conduisit à un ascenseur privé menant directement à l'étage supérieur.

L'ascenseur gravissait l'immeuble le plus impénétrable de toute la City. Le job de John était d'assurer sa sécurité et, plus encore, de protéger au-delà des océans le monopole menacé.

Tout en haut, l'étage était silencieux. Les assistantes muettes au chignon strict s'affairaient là sans pression apparente. Rien n'était luxueux, du mobilier standard. On s'écartait à son passage. Il appartenait au seul patron. Il ne parlait qu'au boss et n'écoutait que lui. En ligne directe. Il n'avait pas de position hiérarchique dans la compagnie, puisqu'il était hors hiérarchie.

Pour John la porte du boss était toujours ouverte. Rien de plus normal puisque la sécurité était ici la première préoccupation.

Dans ce bâtiment était stockée la plus grande quantité au monde de diamants. Un gigantesque coffre-fort.

Le double sas électronique coulissa. La voie était libre. La première impression que l'on ressentait en pénétrant dans le bureau était l'austérité. L'essentiel était ailleurs. Le fauteuil du patron était orienté vers la Tamise. Il tournait le dos à John.

– Eh bien, Quentin ? Avions-nous raison ?

– À votre avis, Sir ?

Adossé contre le large dossier, le boss haussa les épaules. Quentin Ward demeura silencieux l'instant d'une réflexion : il ne savait toujours pas s'il était porteur d'une bonne ou mauvaise nouvelle, d'une information positive ou funeste. Comme résigné, il baissa les yeux en annonçant :

– Cette pierre existe, Sir.

2

L E conflit était ouvert depuis l'hiver 1999, qui fut pour le colonel Montserrat un été, puisque sa mission le conduisit au Cap, dans l'hémisphère Sud, où le mois de février est festif et lumineux. Mais le vent ce matin-là venait du grand large, rappel des rigueurs australes.

Vers 10 heures, il quitta le Mount Nelson Hotel au volant de sa voiture de location, une berline allemande sportive qui attirerait à l'agent des soucis très prévisibles avec le contrôleur financier de la Centrale. Trois nuits au Mount Nelson, le plus dispendieux des hôtels de Capetown, un dîner pour deux à *L'Aubergine*. Même si le coût de la vie était trois à quatre fois moins élevé qu'à Paris, cela grincerait au retour. Le comptable était tatillon, un rien rigide. Pourtant, la couverture de Montserrat – directeur des approvisionnements d'une grande société pétrochimique française –, nécessitait l'apparence d'un train de vie élevé.

L'agent ne choisissait pas ses couvertures. Il endossait celles qu'on lui imposait. Puis il les construisait, les formatait selon son physique et son caractère. Dans quelques mois, il partagerait tout aussi bien la condition du plus grand nombre : un sac à dos sur une haute route du Cachemire, ou une couche chez l'habitant dans un village poussiéreux de la vallée des Gazelles, au sud du Soudan.

Cette fois, il ne s'agissait pas d'une couverture ordinaire, car ce n'était pas une mission comme les autres. En principe, le colonel Montserrat, nouvellement proposé à ce grade, n'opérait plus sur le terrain. Il dirigeait, à Paris, un service qui dépendait des Opérations de la Direction générale de la sécurité extérieure. Son équipe était chargée de collecter des renseignements dans les zones de crise. Cela signifiait jeter des filets là où couvait le feu. Or l'incendie prenait partout. La fin de l'affrontement Est-Ouest, l'effondrement des blocs, l'émergence des fondamentalismes et la domination d'un nouvel impérialisme modifiaient radicalement la donne. Le monde mutait. Les incendiaires changeaient de visage. Les amis devenaient des ennemis, les alliés des suspects, et les adversaires d'antan de nouveaux partenaires. Les espions, pour survivre, devaient désormais opter pour le cynisme. Ou la dérision.

En cet hiver 1999, l'ennemi n'était plus russe ou chinois. Le combat s'engageait contre les Anglais. L'enjeu : l'Afrique. Une affaire de partage. Ce qui est à toi est à toi. Ce qui est à moi est à moi. On avait tracé jadis des frontières. Le jeu était, bien entendu, de prendre ce qui appartenait à l'autre, au-delà de la frontière. La règle était de ne pas franchir certaines bornes.

À ce jeu, l'Anglais excellait, mais, depuis trois ou quatre ans, il avait enfreint les règles. Les politiques et surtout les diplomates vénèrent la modération en toute chose. Et comme l'empire, soudain, contre-attaquait déraisonnablement pour retrouver un semblant de domination sur ce continent, Paris avait décidé de se défendre avec détermination.

La main de Londres s'étendait sur le pré carré. Il convenait de couper un doigt ou deux. MI6 contre DGSE.

C'était une résultante du nouvel ordre mondial auquel devaient se conformer les espions. À l'époque, cela ne causait pas d'états d'âme à Michel Montserrat. Les ordres. La mission. L'objectif. La conjoncture impliquait une réaction significative du service secret français.

Les faits : une commission des Nations Unies, dirigée par un ambassadeur canadien, enquête sur la contre-bande des diamants (les diamants de guerre ou *blood diamonds*) en Afrique. Cette commission d'enquête, com-posée d'une douzaine de membres contractuels des Nations Unies, est chargée de collecter le plus grand nombre de preuves sur les réseaux illégaux et leurs liens avec des mouvements de guérilla suspectés d'animer le trafic et avec certains chefs d'État africains complices ou « receleurs ». Effort, donc, louable des Nations Unies pour tenter d'assainir une conjoncture pourrie.

Le problème : il apparaît que l'origine de cette action, ainsi que l'architecture de cette commission, provien-drait de l'initiative de la compagnie dominante dans le secteur diamantifère, Stones. Le groupe pâtit des effets de la contrebande qui pèse sur le cours du diamant et entame sa position de quasi-monopole. Le siège social de Stones, dénommé aussi le *Syndicat*, se trouve à Lon-dres. La Grande-Bretagne profite donc au maximum de la synergie de la politique diamantifère en Afrique. Les intérêts de Stones sont ceux du gouvernement de Sa Très Gracieuse Majesté, et vice versa. L'intervention en Sierra Leone fut le premier acte tangible d'une Angleterre motivée par la préservation des intérêts de Stones. Les diplomates du Foreign Office ont depuis longtemps inté-gré mieux que quiconque la capacité du diamant à bous-culer l'histoire africaine. Le diamant achète, corrompt, déstabilise, fascine. Au sommet des influences, il est d'une valeur inestimable pour une puissance en quête d'un retour de flamme.

La faute : sur le dossier de la commission des Nations Unies, Stones est partout. Beaucoup trop. Le père du ministre anglais chargé des affaires africaines, principal défenseur de l'instauration de cette commission, est administrateur de Stones. Au Canada, qui compte parmi les principaux pays producteurs de diamants au monde, Stones contrôle la majorité des sociétés productrices et exporte la quasi-totalité des pierres. L'ambassadeur canadien, responsable de la commission d'investigation, ne peut pas, dans ces circonstances, se targuer d'impartialité. Enfin, pour ne rien laisser au hasard, neuf enquêteurs sur douze sont d'anciens salariés ou obligés du *Syndicat.*

En clair, Stones s'est acheté une commission d'enquête des Nations Unies sur mesure.

Dans un premier temps, malgré les avertissements de la DGSE, cela n'a pas inquiété les diplomates français onusiens, qui ne remarquent jamais les vagues avant la tempête. La politique de l'autruche est ce qu'ils pratiquent le mieux. Ils ont été formés à ça. Le brouillon du rapport, le *draft,* préparé par les Anglais et les Américains avant sa présentation au Conseil de sécurité, tombe mystérieusement dans les mains bienveillantes du service de renseignement extérieur français. La panique traverse l'Atlantique et ébranle le Quai d'Orsay, où, pourtant, on est peu sujet à l'émotion.

Il y a de quoi : le rapport est un brûlot anti-français et anti-belge. Toutes les accusations visent le monde francophone africain. Les chefs d'État pointés du doigt appartiennent au pré carré de Paris. La Belgique n'est pas épargnée : la place d'Anvers est désignée comme la destination privilégiée des diamants de contrebande. La France, pour sa part, est quasi suspectée de couvrir des systèmes mafieux. Aucune preuve n'est apportée. Tout repose sur des suppositions, ainsi que sur le témoignage de plusieurs repentis, pour la plupart des petits trafiquants sans envergure, interrogés hors juridiction par certains membres du panel de la commission d'enquête, à Windhoek, en Namibie ou à Johannesburg.

Le calendrier : le rapport doit être présenté au Conseil de sécurité pour être mis aux voix dans les prochaines heures.

La guerre était donc ouverte entre Londres et Paris. Et les chiens du Service lâchés sur le continent noir pour démonter le plan britannique.

Dans ce contexte, le colonel Montserrat revenait sur son ancien territoire de chasse, l'Afrique australe.

Sa mission : un contact crucial avec le South Africa Secret Service. Il avait été dépêché au Cap au nom d'une fraternité entre anciens compagnons d'armes sud-africains, devenus, comme lui, patron de services de renseignement.

Le contact était prévu à *L'Aubergine*, un restaurant du quartier de Gardens, dans Barnet street. Le lieu, choisi par le service secret sud-africain, n'avait pas été sélectionné au hasard : dans une rue calme, proche de l'hôtel de Montserrat, où il était simple d'assurer une parfaite et discrète opération de surveillance et de protection.

Montserrat prit soin de fermer avec douceur la portière de l'Audi. Dans la nuit légère flottait un parfum de jasmin et sous la lune s'élevaient les parois de granit de la Table Mountain. Un couple de chats amoureux s'en donnait à cœur joie dans l'un des jardinets des petites maisons colorées. Montserrat s'adossa à la portière : ce moment marquait la fin de quelques heures indolentes.

Il était arrivé au Cap la veille au matin par un vol British Airways en provenance de Gatwick. À chaque fois qu'il atterrissait à l'aube sur cet extrême du monde, toujours son cœur se serrait quand, sous une aile inclinée, dans la brume de mer, apparaissaient les contours de Robben Island, l'île pénitentiaire où avait été détenu Nelson Mandela. Quatre alliés avaient permis au prix

Nobel de la paix de résister : l'amour des autres, la lumière née de la passion des deux océans mêlés, le pardon, et le *Messie* de Haendel.

Ensuite, Montserrat avait testé le moteur de l'Audi, louée chez Hertz, sur la highway qui relie Malan Airport au centre-ville. Cet itinéraire lui offrait un plaisir toujours renouvelé. Sur sa gauche, l'université à flanc de paroi, les forêts de pins, les failles du versant humide du massif, et sur sa droite le spectacle du port et de la ville adossée à la montagne. Montserrat exultait de revenir sur cette péninsule qu'il considérait – lui, qui avait tant parcouru le monde – comme l'un des endroits les plus prodigieux de cette terre.

En pénétrant dans le hall boisé du Mount Nelson, il avait seulement craint que l'œil avisé du concierge du palace le reconnaisse. Il était déjà descendu plusieurs fois au Mount Nelson sous une autre identité. Mais toujours pour un bref séjour anonyme, où rien dans son comportement n'aurait pu marquer les mémoires. Et puis, comme tout le monde, avec les années, son physique avait changé. Pour Montserrat, il tirait vers une certaine sécheresse. Monture de lunettes différente, barbe courte, léger hâle, costumes en lin décontractés et amples, regard moqueur et gourmand : rien à voir avec le jeune Français un peu étriqué qui avait déjà parcouru les jardins arborescents soignés du Mount Nelson.

Pour totalement le rassurer, le vieux concierge était parti à la retraite. Montserrat pouvait prendre tranquillement ses quartiers dans l'un des paisibles pavillons des Garden Cottage Suites, d'où l'on avait la possibilité d'aller et venir à son gré et recevoir des visiteurs sans passer devant la réception. Chaque cottage disposait d'un vaste salon, d'une vue sur la petite piscine particulière aux suites du jardin et sur sa cabane bleutée ornementée d'une bouée colorée.

Dès qu'il fut installé dans le confort douillet de son pavillon, répondant au charmant nom d'*Honeysuckle Cottage*, il commanda un brunch avec des œufs brouillés et du bacon. Le contact ne serait engagé que le lendemain, selon une procédure déterminée deux jours plus tôt par le chef d'antenne à Pretoria et le SASS, mais il avait souhaité arriver la veille pour s'inspirer de l'atmosphère et se remettre en forme. Le travail administratif dans l'enceinte grisâtre du fort de Noisy, le centre de commandement du Service Action, ne prédisposait pas au maintien d'un physique irréprochable. Certes, il était entraîné, certains matins à l'aube, par l'une de ses collaboratrices, Carole, à jogger au bois de Vincennes. Mais le travail assis devant un écran métamorphosait son corps rompu plus jeune à un effort quotidien exigeant. La musculature fléchissait, les trapèzes se crispaient, le dos, petit à petit, se raidissait. La souplesse, qualité essentielle pour un agent en mouvement, s'en était allée. Le vol de nuit avait révélé les faiblesses. Avec l'âge, les facultés de récupération diminuaient. Et ce matin-là, avant le brunch, en entamant pour la première fois depuis de longs mois une dure séance de gymnastique, il comprit que quelques heures de repos et d'exercice ne seraient guère du luxe.

Son brunch avalé sur la terrasse du cottage, il s'accorda un profond sommeil. À 16 heures, il réveilla son corps par quelques allers-retours relâchés dans la piscine. Il se sentait enfin prêt à affronter l'océan. Il prit la route qui s'enroulait autour de la Tête de Lion, plongeant d'un côté sur la longue plage de Camps Bay et de l'autre sur celles de Clifton. Il décida de dévaler les lacets qui menaient au littoral découpé de Clifton. Il était près de 17 heures, la lumière fléchissait sur les derniers miles marins de l'Atlantique, les familles remontaient des plages. Montserrat choisit la troisième, Clifton 3, celle des gays, la plus calme, où il pourrait en outre mater les top-models qui ne manquaient pas d'accompagner les couples d'homos. Il installa son sac à dos entre deux rochers ronds. Maisons blanches pimpantes suspendues dans la pente, fonds turquoise, sable blanc comme nulle part ailleurs, nids de granit, filles élancées et dorées : l'oubli, pour quelques heures, des rigueurs et contingences du Service.

Ce pourrait être le paradis mais, même au cœur de l'été, la température de l'océan n'excède pas les 14 degrés, et les puissants courants contraires égarent parfois fatalement les imprudents. Sans compter la plus forte concentration au monde de requins blancs, même si l'intérêt des grands squales se focalise sur les colonies d'otaries à fourrure de l'île Duiker. Deux fois par an, néanmoins, un surfer perd au mieux une jambe.

Montserrat balaya toute réticence et disparut dans le rouleau d'une première vague. Fouetté par la fraîcheur de l'eau et aspiré vers le large par un contre-courant, il se laissa prendre par l'océan. Titulaire d'un brevet de nageur de combat, la meilleure école au monde, celle du Service Action de la DGSE, lutter contre les courants représentait pour lui un jeu. Un jeu à la vie à la mort, qui lui rendit, ce soir de février dans l'hémisphère Sud, l'envie de mordre et le désir du danger.

Il s'éloigna des rivages hospitaliers. Fendant l'océan vers le grand sud, il ressentait sur ses flancs la puissance des ailleurs. Le lendemain, avant le contact en fin de journée, il savourerait la douceur des vignobles de Stellenbosch et de Constantia, et le soir même, après le coucher du soleil, il dînerait dans un Fish & Chips avec pour éclairage les lumières des pêcheries de Hout Bay. Mais, à cet instant, la nage l'opposait à des vagues de plus en plus hautes. Le souffle plus court, les muscles déliés, il s'offrait et échappait tour à tour aux courants. Alors, cessant son crawl, il laissa l'océan le porter. Son regard bleu hésitait entre la nuit qui ombrait les parois des Douze Apôtres, et celle qui prenait l'horizon où se perdait le monde. Au-delà du cap de Bonne-Espérance, il n'y avait plus rien.

Il se sentait seul comme jamais, libre. La luminosité devenait or, mais, sous son ventre offert, les fonds étaient sombres. Pleinement, il redevenait un agent secret.

Ce fut dans cette ivresse très particulière que Michel Montserrat franchit le portail de *L'Aubergine*. Une table avait été réservée à l'intérieur. En cette saison, les clients du restaurant privilégiaient la petite terrasse. Ils seraient donc isolés. Seule, une jeune femme métisse et vraisemblablement son amant occupaient une table proche.

Sur une banquette de cuir noir, dans un box étroit, tirant nonchalamment sur une cigarette blonde, son correspondant l'attendait. Quand la silhouette de l'agent français surgit, son regard s'illumina un court instant. Pour sa part, Michel Montserrat prit place à table comme s'il venait de quitter son convive le matin même.

Ils ne s'étaient pas revus depuis sept ans.

– À peu près..., fit l'homme du SASS en inhalant une dernière bouffée.

Il savait son vis-à-vis non fumeur, et écrasa son mégot énergiquement dans le cendrier en cristal. Il savait tout, ou presque, du Français. Quinze années plus tôt, l'un et l'autre jeunes officiers des forces spéciales, ils s'étaient croisés en s'ignorant au camp Delta, à l'extrême sud-est de l'Angola, où les services secrets français et sud-africains apportaient clandestinement leur savoir-faire à la guérilla de Jonas Savimbi. Montserrat, alias « capitaine Giraud », était alors instructeur en explosifs, minage et déminage. L'homme du SASS s'occupait de la formation au sabotage d'installations minières, ferroviaires et portuaires. Il était

31

un officier confirmé du 5ᵉ commando de reconnaissance, le 5ᵉ RECCE, des forces spéciales de Pretoria. Les Sud-Africains se repliaient régulièrement vers leur base clandestine permanente de « Fort Rev », à Ondangwa, dans l'Ovamboland namibien. Les deux groupes d'instructeurs ne cohabitaient pas, s'évitaient même. Mais, un soir de 14 Juillet, les Français avaient convié à leur campement leurs homologues. Montserrat s'était fait livrer par le dernier ravitaillement de Kinshasa du champagne rosé, du saint-joseph et du bourgogne blanc.

– Ici, nous ne trouverons que du meerlust, du rustenberg ou du rozendal, regretta l'homme du SASS, qui se prénommait Jean.

C'était un quinquagénaire immense au physique de nageur, à la calvitie prononcée sur des cheveux argentés, descendant de huguenots débarqués là quatre siècles plus tôt. Au début du XVIIᵉ siècle, les Retief vivaient encore à La Rochelle. Montserrat ne connaissait pas un huguenot qui n'ait laissé une part de son cœur en France.

– Commandons le meilleur, proposa Montserrat.

Jean Retief aurait souhaité sourire, mais il ne le pouvait pas. En 1983, quand il n'était encore qu'un tout jeune officier du 5ᵉ RECCE, lors de l'opération Askari – un combat décisif de la Special Forces Brigade contre les combattants namibiens de la SWAPO – un projectile de 7,62 à quasi bout portant dans la figure lui avait emporté l'œil gauche et une partie de la mâchoire. Il n'avait jamais plus pu sourire aux dames. Les risques du métier pour les chasseurs de combattants de la « libération ».

Un handicap ? Non, un honneur dans les forces spéciales sud-africaines, où les invalides sont héros de guerre et promus aux plus hautes responsabilités. Jamais écartés, toujours valorisés, intégrés à la hiérarchie au quartier général des forces spéciales à Swartkop Park, le seul état-major au monde dont l'enceinte est protégée par une horde de lions. Michel Montserrat avait retrouvé Jean Retief en 1994 à Hell's Gate, au nord de Durban, dans le Kwazululand, au camp de formation des unités d'élite de la nouvelle Afrique du Sud. Le huguenot avait accompagné le changement de régime et dirigeait à cette époque Hell's Gate. Il possédait la tête de l'emploi pour commander cette base. La Special Forces Brigade accueillait alors, dans le cadre d'un jumelage, des stagiaires du Service Action de la DGSE. Initiation à la survie en brousse. Hell's Gate était peut-être l'endroit au monde où l'esprit des forces spéciales était le plus préservé. La notion moderne de commando venait des Boers lors de leur lutte contre les Anglais. L'héritage avait été transmis ensuite aux SAS britanniques.

Jean Retief était l'héritier de cette tradition de guerriers uniques. En mai 1994, au cours d'un *braai,* un barbecue traditionnel – les remises de décorations ne donnaient jamais lieu à une cérémonie au sein des forces spéciales sud-africaines –, l'officier général Jean Retief, en présence de son frère d'armes français, avait reçu la plus haute distinction : l'Honoris Crux Gold, pour services exceptionnels rendus au péril de sa vie. Ainsi, il rejoignait le club fermé des serviteurs distingués par cette décoration. Deux hommes dans l'histoire avaient reçu l'Honoris Crux Gold : Gabriel Fernando ayant été tué en service commandé, Jean Retief était désormais le seul à la porter de son vivant. Mais, pour le récipiendaire, la seule décoration d'importance était la disgrâce de son visage. Il était une légende. Son œil de verre semblait vivant.

– J'ai ce que tu cherches.

L'espion sud-africain était entré dans le vif du sujet. Les souvenirs d'anciens combattants viendraient au dessert. Le service d'abord. Jean commanda pour deux des soufflés d'aubergines, la spécialité de la maison, puis des médaillons de springbok. Montserrat savoura par avance :

le contrôleur financier de la Centrale ne s'en remettrait jamais. Il imaginerait une fille facile. Dès lors que les tropiques étaient franchis, il n'entrevoyait pour les agents en mission qu'une existence lascive rythmée par les alizés, une perdition fatale.

Ce merlot noir, un meerlust, était l'égal des grands bordeaux.

– N'est-ce pas ? commenta sobrement Jean.

– Merci.

C'était la dernière fois qu'il remercierait son correspondant sud-africain, Jean Retief n'accomplissait que son devoir. Dans sa chasse, la DGSE s'était trouvé un allié de circonstance. L'Afrique du Sud, depuis le changement de régime à Pretoria, menait une guerre sans répit à Stones, dont les dirigeants ne s'étaient toujours pas remis de la fin de l'apartheid. La loi minière avait été modifiée par le nouveau pouvoir, faisant perdre des centaines de millions de dollars à Stones, dont le berceau était là, au cœur de cette nouvelle Afrique du Sud. Lorsque la DGSE, quelques semaines plus tôt, avait demandé assistance aux services sud-africains, ces derniers s'étaient fait un honneur et un plaisir de partager leurs archives et certains de leurs contacts avec leurs homologues français. En quelques heures, le South Africa Secret Service et la National Intelligence Agency avaient déployé leur énergie pour ouvrir les pistes.

Le résultat de leur travail aboutissait à ce dîner à *L'Aubergine*.

– Tu connais la situation diamantifère de la Namibie, Michel ?

– Vaguement.

– Tu ne connais rien vaguement. Soit tu sais, soit tu ne sais pas. C'est ta zone, non ?

Seulement une de ses zones, mais cela, Montserrat le gardait pour lui.

– D'accord, c'est le futur géant du diamant. Ressources inépuisables au fond des océans... C'est aussi, à ce titre, un putain d'objet de convoitise. Mais pour l'heure, c'est un peu *Stonesland,* non ?

– Oui, ils sont chez eux. Et la concurrence n'est pas bienvenue, tu peux me croire, Michel. Mais, dans cet univers impitoyable, il y a toujours un type qui se lève pour dire : pas d'accord.

Dans le voile assombri du merlot, une amorce de récompense.

– Ce type, Michel, c'est ton sauveur. Tu peux me croire. Tu vas me baiser les pieds...

– Les diplos du Quai d'Orsay, peut-être.

– Ce type s'appelle Hendrik Kirsten. Inspecteur-chef Hendrik Kirsten. C'est l'ancien patron de la branche or et diamant de la police namibienne, la Nampol Diamond & Gold Branch.

Les yeux de Montserrat se dirigèrent tout à coup vers le couple qui dînait, à deux tables de la leur. Très discrètement, la fille métissée semblait s'intéresser à la salle.

– C'est une nana de chez moi, le rassura Retief. Ma « chandelle » pour ce soir. Elle couvrira ton départ. Nous sommes des gens prudents. C'est un dossier sensible... Bon, tu veux en savoir plus sur Kirsten, oui ou merde ?

– Allez, Jean, vas-y, tu en crèves...

L'œil de verre était bien vivant.

– Hendrik Kirsten a été envoyé, il y a deux ans, à la retraite précipitamment par sa hiérarchie, pour s'être opposé à la corruption de ses services par les hommes d'influence de Stones. Tu l'as dit : la Namibie devient une grande puissance du diamant. C'était aussi un territoire acquis pour le *Syndicat.* Hendrik Kirsten était un flic vieille époque. Il a gravi les échelons de la police namibienne dans le respect et l'autorité. C'était un chef juste et brutal.

Dans la bouche de Retief, c'était plus qu'un compliment.

– Il a survécu au changement de régime là-bas, à la révolution populaire...

Ceux qui avaient pris le pouvoir en Namibie avaient défiguré l'agent sud-africain. Ce dernier fit une brève parenthèse. Son œil valide, d'un vert très clair, presque irréel, ne reflétait aucun regret.

– Je ne leur en voudrai jamais. C'était, comme nous, des combattants. Chacun dans son camp, c'est tout.

Fin de la digression.

– Kirsten a accepté bien des compromis, mais un jour il s'est dressé sur la route de Stones. Ras-le-bol. C'est un patriote, et il refusait que son pays soit désormais assimilé à un simple gisement de cailloux, une concession protégée aux mains du *Syndicat*. Il n'a rien dénoncé à la presse – ce n'était pas son style –, mais il a viré ses principaux adjoints. Les trois gars, manifestement, n'étaient plus les employés du gouvernement, mais ceux de Stones. Les pierres de contrebande saisies finissaient dans les coffres du *Syndicat*. Pour leur part, les concurrents de la compagnie en Namibie étaient l'objet d'interpellations sommaires et tombaient les uns après les autres pour commerce illégal de minerai. Du bon boulot... Les trois adjoints de Kirsten nettoyaient consciencieusement la place pour Stones. L'inspecteur en chef s'est contenté dans un premier temps de rassembler les preuves. Consciencieusement. Lorsque le dossier a été suffisamment lourd, il a pris sur lui de casser les trois ripoux. Courageux, le type... Naturellement, deux jours plus tard, le ministre de l'Intérieur namibien envoyait Hendrik Kirsten à la retraite. Un repos anticipé dans la localité de Scarborough, un petit port de la péninsule, à une demi-heure d'ici, où le vieux flic rumine son ressentiment. De chez lui, il a une vue grandiose sur l'océan jusqu'à la flèche du cap de Bonne-Espérance. Tu peux me croire, ça ne le console pas.

Montserrat servait le meerlust plus que de raison. Déjà la seconde bouteille, mais ce soir, c'était dîner de fête.

– J'en viens, Michel, au loustic qui nous intéresse : l'inspecteur Thomas McGregor était l'un des trois flics remerciés par Kirsten. Ce nom te dit quelque chose ?

– L'un des enquêteurs « indépendants » du panel des Nations Unies ?

– Lui-même. Le mec le plus compromis du lot avec Stones. Ancien flic de la Diamond & Gold Branch de la Nampol, consultant en sécurité minière. Il n'existe pas de gars plus mouillé avec le *Syndicat* dans cette partie du continent. Hendrik Kirsten s'est mis dans une colère..., tu ne peux pas imaginer... quand je lui ai proposé de racheter pour votre compte ses « archives » sur McGregor ! Putain, une colère sublime. Ce dossier, il se fait un honneur de nous le filer. Pour rien.

Le contrôleur des fonds spéciaux avalerait plus facilement la facture de *L'Aubergine*. Montserrat décida de se noyer dans le merlot noir. Il ne céderait pas ce terrain-là à son homologue. Il était euphorique : Thomas McGregor intéressait le service français. Il était ciblé. C'était le maillon faible. Auparavant, il manquait les preuves.

– Le dossier est accablant, compléta Retief. C'est exactement ce qu'il vous faut. Kirsten pose une seule condition. Il s'agit plutôt de fierté.

Montserrat n'aimait pas ce genre de chose qui bousillait une opération.

– Dis-moi toujours.

– Il veut transmettre les renseignements en main propre au représentant de l'exploitant final. Une simple transmission muette. Un code d'honneur, si tu veux.

L'agent de la DGSE n'aimait vraiment pas ça. Il grommela, mais accepta. Il n'apparaîtrait pas ès qualité, mais sous une identité fictive en tant que représentant du gouvernement français. En rien dommageable à l'action du Service.

– Merci pour lui, conclut Retief. Le vieux flic en sera très fier.

– Moi aussi, mentit Montserrat. Sécurise-moi le contact. Le plus tôt sera le mieux.

– Demain matin à l'aube, mon ami.

– Je te dois quoi, Jean ?

– Rien. Si, l'addition. Et souviens-toi de ce 14 Juillet en brousse. Sans fraternité, que sommes-nous les uns les autres ?

Montserrat prit le bras de son correspondant.

– Nous avons l'anonymat pour chemin de vie, Jean. Cela suffit à nous lier.

Le huguenot détourna son œil vivant.

Le lendemain, à l'heure où le continent austral se teinte de rose, l'Audi prit l'autoroute M3 qui coupe la péninsule du cap de Bonne-Espérance. Ce matin-là, la persévérance des vents du grand sud rafraîchissait l'été. Montserrat quitta la highway pour False Bay. Quelques surfeurs profitaient des premières heures pour braver le spot le long de la plage de Muizenberg. L'océan s'éveillait en colère. Les eaux de False Bay étaient animées de brefs soubresauts : les amours turbulentes des grandes baleines. Parallèlement à une voie de chemin de fer, la route longeait le littoral. L'heure permettait d'échapper à la circulation qui d'ordinaire encombre en cette saison cet itinéraire touristique. L'Audi traversa le port coloré de Kalk Bay, puis la villégiature côtière de Fish Hoek, et gagna Simon's Town. Plus on se rapprochait du cap, plus les vents forcissaient. Le temps était exceptionnellement clair et l'océan, démonté.

Montserrat était sous pression. Le Conseil de sécurité des Nations Unies se réunissait ce soir avec un ordre du jour fixé par les Britanniques. Le rapport serait présenté officiellement la même nuit à New York, soit précisément dans vingt-quatre heures. Les pièces du dossier McGregor étaient essentielles et, pour le colonel Montserrat, incontournables.

Le matin, sur le plateau de son *high morning tea*, il avait trouvé un message plié dans la serviette blanche. Le rendez-vous était fixé le long de la plage des Boulders, à la sortie de Simon's Town.

C'était là, un kilomètre après l'entrée de la base navale. Plus loin, la route s'incurvait pour filer à travers les landes tourmentées vers le cap de Bonne-Espérance. L'Audi quitta la route côtière et bifurqua vers l'océan au panneau indiquant Bellevue road. Deux cents mètres plus bas, Montserrat gara l'Audi sur le petit parking pouvant accueillir une vingtaine de véhicules qui serait comble dans moins de deux heures. L'agent coupa le moteur.

7 h 39. Deux minutes d'avance. Il n'y aurait qu'une poignée de main dans le véhicule de Kirsten, un Land Cruiser, puis la transmission des documents. Le contact durerait moins d'une minute. Le SASS avait déniché un endroit parfait. Le parking était invisible depuis la route, et peu fréquenté à cette heure-ci. La petite maison à la façade jaune et aux volets clos qui jouxtait le lieu paraissait désertée.

Montserrat descendit de l'Audi. Un mètre quatre-vingts, une carrure proportionnée. Ses cheveux n'avaient pas encore blanchi, mais son visage trahissait les heures égarées sous des latitudes incertaines. Lorsqu'il ôta ses lunettes noires, le soleil encore bas agressa ses yeux clairs. Il chérissait cette luminosité. Il se débarrassa de la veste de son costume de lin bleu marine – il était censé être un officiel – et vérifia le nœud de sa cravate.

L'odeur puissante du varech lui emplit les narines. Il fit quelques pas vers les rochers de granit de la plage des Boulders envahie par la traditionnelle armée de manchots. Un couple d'otaries se prélassait dans les rouleaux. Il pensa que, s'il était un paradis terrestre, ce serait aux Boulders, face aux amours des baleines de False Bay, à la naissance de l'océan Indien, et nulle part ailleurs.

L'évasion fut fugitive.

Un œil sur son chrono. 7 h 40.

L'autre œil aux aguets, déformation professionnelle, il chercha à repérer le ou les éléments du SASS en surveillance de zone. À cette heure, le littoral était désert. Il se pouvait que, depuis les villas perchées au-dessus de la route, une paire de jumelles balaie le théâtre d'opérations. Surtout, il y avait ce Zodiac, au large, aux bords enfourchés par des silhouettes en combinaison noire des nageurs de combat de la Special Forces Brigade, héritiers du *Clandestine Sea Group*. La base navale de Simon's Town était leur centre d'entraînement. Ils n'étaient qu'à quelques encablures de leur poste de commandement, en prise directe avec le centre d'écoute du SASS de Silvermine. Jean Retief ne s'était pas trompé. C'était ici son domaine.

7 h 41. Heure du contact.

Personne.

Rien d'inquiétant encore. Son correspondant l'avait prévenu : l'inspecteur-chef Kirsten était un homme rigoureux, mais le plus rigoureux des hommes peut bien avoir, un jour ou l'autre, cinq à dix minutes de retard. Montserrat se réfugia dans l'Audi.

7 h 43. Montserrat tenta de se détendre en avisant les avertissements des panneaux du Table Mountain National Park : « *Warning – Please look under your vehicles for penguins.* »

7 h 45. Pour l'heure, pas de manchots sous la voiture, et pas de Land Cruiser gris.

Montserrat ne ressentait rien, ni bonnes ni mauvaises vibrations. Simplement, dans ces circonstances, chaque seconde valait bien une minute.

7 h 47. Il n'existait pas réellement de protocole de dégagement. S'il y avait eu le moindre risque de filature, le véhicule de Kirsten devait continuer son chemin vers le cap de Bonne-Espérance. Le SASS conviendrait alors d'un repli dans les heures suivantes. Un texto serait transmis à Montserrat dans un code sommairement imaginé la veille au soir à *L'Aubergine* par les deux agents. Au préalable, aucun élément ne permettait de présager la moindre difficulté. Pas de deadline. L'initiative du dégagement était laissée à Montserrat.

7 h 52. Pour des professionnels, onze minutes de retard sur un contact crucial, c'est une éternité. C'est trop. Montserrat engageait la clé de contact lorsque son portable vibra.

– Oncle Teddy n'est pas là ? demanda Jean Retief.

– Il a dû retourner à la pêche.

– J'envoie mon neveu chez lui.

La voix de l'agent sud-africain trahissait une appréhension.

– Combien de temps lui faut-il ? s'enquit Montserrat.

– Une demi-heure. Au plus.

– Je pense être à une vingtaine de kilomètres de chez oncle Teddy.

– C'est-à-dire ?

Son correspondant devenait nerveux.

– Transmets-moi son adresse par texto. Je fais la route jusque là-bas.

– Déconne pas. T'es pas sur ton terrain.

– J'assume. Je le sens, c'est jour de tempête.

Montserrat coupa la communication. L'Audi reprit la route côtière. Jean, se souvenait-il, lui avait indiqué qu'Hendrik Kirsten vivait à Scarborough. Montserrat n'avait pas besoin de consulter la carte routière. Il l'avait étudiée la veille. La direction : plein sud, vers Cape point, l'extrême de l'Afrique, tandis que l'adresse de la résidence de l'inspecteur en chef s'affichait sur l'écran du téléphone portable de l'agent français.

Montserrat accéléra, heureux d'avoir loué une grosse cylindrée. La route, escarpée soudain, abordait une corniche. Virages au frein à main. Pas d'erreur permise. Entre les rochers de granit, la route s'élevait progressivement et devenait à chaque kilomètre plus sauvage. On entrait sur des terres désolées.

Le regard du colonel Montserrat ne se portait plus vers False Bay. Seulement sur le ruban de la route. Anticipation des virages. Attention à la bande de babouins *chacmas*. Ligne blanche continue.

Stop.

Coup de freins. L'Audi en travers. Marche arrière. Quelque chose avait marqué l'asphalte à la sortie du virage. Une longue trace noire de pneus zébrait la route. Au bout de la trajectoire invisible, des bornes blanches de protection défoncées, contre lesquelles une moto était calée, un casque abandonné sur le guidon de la Yamaha. Montserrat coupa la ligne continue et se rangea sur un petit parking aménagé pour profiter du belvédère de l'autre côté de la route. Il laissa tourner le moteur. Il ne claqua pas la portière, observa la route en amont : une rampe pentue menait à cette épingle à cheveux. Les traces du freinage étaient longues et surtout fraîches – l'odeur caractéristique du caoutchouc brûlé en témoignait. Montserrat s'approcha précautionneusement du rebord délimité par les bornes blanches.

Le paysage était enchanteur : la montagne, couverte de buissons et de protéas, plongeait deux cents mètres en aval sur le petit village de pêcheurs de Smitswinkel Bay, sa plage idyllique, les toits de ses maisons de bois multicolores.

Soudain son cœur s'emballa : vingt mètres en contre-bas de la route, retenue par des bouquets de lauriers, de mimosas et d'épineux, une voiture était retournée sur le toit. C'était un véhicule gris 4 × 4, un Land Cruiser. Le véhicule avait percuté plusieurs fois avant de s'immobiliser : des débris jonchaient le sol.

Montserrat s'engagea dans la pente abrupte. Il n'était pas chaussé pour ce type d'exercice, mais ne réfléchissait guère qu'à tenter de s'approcher au plus vite du Land Cruiser. Il en avait oublié jusqu'à la présence du motard. Où était passé ce type ? L'agent français écorcha ses mocassins en dévalant les quelques mètres qui le séparaient encore du véhicule accidenté. Quand il y parvint, il faillit buter sur les jambes d'un homme couché qui rampait dans l'habitacle avant du Land Cruiser.

Le motard ne l'avait pas entendu venir. Cherchait-il à sauver le conducteur ?

Montserrat l'interpella. L'homme en combinaison intégrale de cuir noir se retourna au sol. D'une contraction rapide des abdominaux avec une étonnante souplesse, il se redressa et se glissa hors du véhicule.

Trop vite : en aucun cas une attitude normale. Surtout avec une cagoule sur le visage. Il était mince, mais musclé. Un homme, une femme ?

Le motard chercha à dégainer une arme au niveau de sa hanche, mais Montserrat eut l'avantage de la surprise. Un coup de tête en pleine face, le talon dans le ventre de son ennemi, une reprise du coude droit dans la mâchoire.

Cela avait suffi. Le motard gisait sur le côté. Montserrat, d'un geste vif, ramassa le Glock 31 calibre 357 de son assaillant, éjecta la balle engagée dans la culasse et retira le chargeur qu'il lança au loin dans les épineux. Il ne perdit pas de temps à démasquer l'individu. Il y avait plus urgent à faire. Des voix venaient d'un sentier proche, vraisemblablement un groupe de pêcheurs qui remontaient vers la route.

Il se glissa sous le Land Cruiser. Il n'y avait plus rien à espérer pour Kirsten. Décapité. La boîte crânienne avait été emportée au-dessus des maxillaires. Le visage sectionné. Le buste du chauffeur était disloqué, les jambes pendantes sous le capot. Le sang pissait encore abondamment. On mettrait du temps à dégager le cadavre. Montserrat plongea son bras à travers les viscères encore chauds. Il y avait une chemise à glissière posée sur le plafonnier retourné. Tout était poisseux.

Les voix se rapprochaient, et Montserrat ne parvenait pas à atteindre la chemise. Seule la première phalange de ses doigts effleurait les documents. Sous le véhicule la masse des buissons fléchissait chaque instant davantage. Sous le Land Cruiser, Montserrat n'en doutait pas : le vide.

Soudain, son sang se figea. Deux yeux fauves le dévisageaient. S'ouvrit une effrayante paire de crocs à travers le pare-brise défoncé : la gueule agressive d'un babouin mâle.

L'instinct de survie : l'agent étira son bras au maximum et s'empara du dossier.

Sans un regard pour le motard toujours inconscient, il se rua à l'assaut de la pente, se tracta sur le rebord de la route, sprinta jusqu'à l'Audi. Dans quelques secondes, les pêcheurs déboucheraient du sentier.

Il n'avait jamais couru aussi vite. Il n'avait jamais démarré aussi vite. Il prit tout droit : vers la réserve naturelle du cap de Bonne-Espérance. Il posa la main gauche sur le dossier jeté sur le siège passager, et souffla. Une longue expiration, qui vidait lentement son ventre, avec une seule préoccupation : reprendre le contrôle de son corps et de son esprit. À l'extrême sud des terres du monde, il avait neutralisé un agresseur inconnu et arraché un dossier à un cadavre en morceaux. Il était désormais un agent exposé, sans couverture, dans un pays étranger. Mais vivant. Haletant, à cran, chargé d'adrénaline, mais vivant.

La route parcourait maintenant des landes désolées. Montserrat se fit alors deux réflexions à chaud. Un : de toute sa carrière d'agent, c'était la première fois qu'il avait dû défendre sa vie ainsi. Deux : sa chemise blanche était maculée du pire, le sang de l'inspecteur-chef Kirsten.

Il était 19 h 07 à New York, un peu plus de 2 heures du matin au Cap, quand l'ambassadeur de France arriva au trente-huitième étage par l'un des deux ascenseurs qui accédaient au cabinet du secrétaire général des Nations Unies. Le planton en uniforme du service de sécurité le salua machinalement. L'ambassadeur suivit le chemin tracé par le tapis rouge, l'unique du bâtiment, qui menait au bureau du maître des lieux. Il avait été informé par le directeur de cabinet du secrétaire général qu'il pourrait disposer de cinq minutes avant le départ de ce dernier à une réception diplomatique. L'agenda du secrétaire général était réglé à la minute près. Cinq suffiraient.

La secrétaire particulière vint à la rencontre du Français. C'était un ancien modèle d'Yves Saint Laurent, quadrilingue, la touche de charme de cet étage fonctionnel. La porte de la salle des gardes était entrouverte. L'ambassadeur de France glissa un œil sur la pièce tapissée d'une batterie de pendules électroniques. Les officiers de sécurité du secrétaire général s'affairaient nerveusement, signe du départ imminent de leur patron. L'un d'eux protégeait, tout au fond du couloir, l'accès au long bureau qui plongeait sur l'East River.

Quand l'ambassadeur y pénétra, le secrétaire général

lui tournait le dos. Sa seconde assistante lui couvrait les épaules d'un manteau de cachemire. Les rives enneigées de l'East River diffusaient une lueur spectrale. Le secrétaire général se retourna élégamment pour saluer, avec son habituelle courtoisie, l'ambassadeur. L'assistante s'esquiva aussitôt : un orage couvait. Derrière le bureau vintage, la bibliothèque et le large drapeau en pied des Nations Unies devant lequel étaient prises les photos protocolaires. Il n'invita pas l'ambassadeur à s'asseoir sur le canapé Chersterfield en cuir noir. L'audience, non programmée sur l'agenda, serait brève.

Sous les baies vitrées, les caissons des radiateurs diffusaient une chaleur apaisante pour la saison. Elle devint brusquement suffocante. Dans les mains de l'ambassadeur de France, un dossier dans une chemise de cuir.

– Vous vous demanderez peut-être, Monsieur le secrétaire général, comment ce document est entré en notre possession. Peu importe.

Peu importait en effet. L'espionnage, après l'hypocrisie, est le second sport en vogue dans cette institution. Le secrétaire général devina qu'il s'agissait du rapport mis aux voix du Conseil la nuit même par les Anglais et les Américains. C'était un homme calme, posé. Les conflits ne manquaient pas aux Nations Unies, mais le souffle court du Français, qui brandissait le document comme une menace, ne présageait rien de bon.

– Il y a un additif au rapport, Monsieur le secrétaire général. Je vous laisse le soin de le découvrir. Ces renseignements ne vont pas dans le sens d'une institution indépendante et juste.

Les termes demeuraient encore diplomatiques. Le secrétaire général hésitait à saisir le document tendu. Il n'ignorait pas ce qu'il y découvrirait. Manipulation.

– Les moyens mis en œuvre, la composition du panel

des enquêteurs, les conclusions de ce texte ne sont pas convenables.

Le Français se reprit, inspira et lâcha :

– C'est inacceptable.

Dans la bouche d'un diplomate, c'était plus qu'un gros mot : un point de non-retour.

À l'heure où le Conseil de sécurité terminait sa session nocturne, Michel Montserrat s'éveilla à Zurich. Il n'avait même pas senti l'atterrissage du 747 de la South African Airways. L'hôtesse vint lui tapoter l'épaule. Le vol continuait vers Paris, mais Montserrat descendait à Zurich et rejoindrait le territoire national par la route. Il serait ensuite pris en charge à la frontière et conduit dans une planque où il subirait un debriefing complet.

Il s'étira péniblement. Tout flanchait. La veille, les événements s'étaient enchaînés rapidement.

L'Audi avait esquivé Cape point et la civilisation n'avait réapparu qu'aux abords du village de pêche de Scarborough. Montserrat s'était fait la réflexion que l'inspecteur-chef Kirsten avait sans doute désespéré des hommes pour se retirer sur ce bout de terre battu par les vents austraux. Depuis son mobile, son correspondant lui avait intimé l'ordre de prendre la direction de Kommetje. Alors que Montserrat longeait une vaste plage sauvage, un bourdonnement avait retenti, puis une ombre était descendue sur la route. Un Puma M2, ce puissant hélicoptère de secours antarctique rouge et blanc, fondait sur l'Audi. Il s'était porté à la hauteur de la berline allemande. Montserrat avait reconnu l'homme sanglé à côté du pilote. Il avait le regard borgne.

Repli en Puma M2 sur la base navale de Simon's Town. Face à face avec Jean Retief dans une annexe des forces spéciales. Ni l'un ni l'autre n'étaient fiers des derniers événements. Montserrat était intervenu opportunément, mais hors toute convention avec ses « hôtes ». Quant au SASS, il n'avait pas anticipé la menace, ni fourni de protection à Kirsten. Il se reprochait également d'avoir manqué de réactivité. Les promesses de l'opération accouchaient d'une conclusion brutale.

Certes, le document de l'inspecteur-chef Kirsten avait été convoyé par le Puma M2 du 22e escadron de la base des forces aériennes d'Ysterplaat jusqu'à Pretoria, où un officier de liaison du SASS l'avait confié deux heures plus tard à peine au chef de poste de la DGSE. Depuis le poste, les renseignements avaient été traités par un fax chiffrant et transmis en temps réel à la Centrale. Trois heures de perdues. Les informations auraient pu être codées au Cap et envoyées via le Net par stéganographie, soit l'insertion de micropoints dans un cliché photographique. Mais la taille de la documentation ne permettait pas l'utilisation du procédé. On avait donc choisi un protocole plus classique. Les diplomates patienteraient, sans imaginer le sang versé et les emmerdements en cascade, pour Jean Retief et Michel Montserrat.

L'agent français avait été longuement interrogé par une équipe de la sécurité du service sud-africain, subitement débarquée de Pretoria pour couvrir les événements. On n'avait pas retrouvé le motard. Un homme ? une femme ? Les freins du Land Cruiser de Kirsten avaient cédé. La brigade criminelle du Cap ouvrirait cependant une enquête sur requête du procureur. On n'en saurait guère plus dans les années à venir.

On avait apporté du change à Montserrat. L'Audi de location ne faisait pas l'objet d'un signalement précis. Selon le premier rapport de la police locale, il n'y avait pas eu de témoins. Toutefois, le véhicule avait été nettoyé avec la plus maniaque minutie.

Durant ces quelques heures Montserrat et Retief

avaient à peine échangé une dizaine de mots. Il n'était guère la peine de s'épancher. L'exfiltration ordinaire de Montserrat était imminente. Ils s'étaient juste souhaité l'un à l'autre bonne chance.

L'agent français était rentré à son hôtel en plein après-midi. Il n'avait pas eu le loisir, sur la terrasse apaisante, à l'ombre du grand chêne et au chant de la fontaine, de savourer son cocktail favori : le *Cape Spiced Ice Tea*. Thé *roolbos*, citron, menthe, cannelle et extrait de gingembre. Il avait juste eu le temps de régler en cash les frais de son séjour au Mount Nelson, et de prendre la route de Malan Airport, où il avait rendu l'Audi chez Hertz. Puis, deux heures sur un courrier intérieur pour Johannes-burg, et une courte escale pour accrocher un vol South African Airways pour l'Europe. Il n'avait fait l'objet d'au-cune tracasserie. Jusqu'à son décollage pour l'Europe, le SASS avait veillé sur lui.

L'agent s'était endormi alors que les orages d'été célé-braient la nuit sur Johannesburg. À l'heure où son avion survolait les premières étendues du Sahara, le Conseil de sécurité avait demandé à la commission d'enquête à l'unanimité, Grande-Bretagne comprise, de reconsidé-rer son travail, et lui avait donné six mois pour compléter son investigation, avec un nouveau panel d'enquêteurs.

Le Service avait su préserver les intérêts africains de la France, mais l'affaire du Cap n'était qu'une première manche.

Un visage masqué sous une cagoule. Un homme ? une femme ?

Montserrat s'était éveillé en sursaut en pleine nuit. Il avait collé sa joue contre le hublot. Survol des immen-sités. Lune souveraine. Silence. Désert. Quelque part au-dessus du Hoggar.

Au revoir à l'Afrique.

3

Est de l'Angola, province de Moxico, à soixante kilomètres de la frontière zambienne, 2 août 2003, pleine brousse.

– C'est donc bien ici ?

L'endroit est paisible. La savane est sèche. C'est l'hiver austral. Il ne pleut presque pas, jour après jour se tarissent les affluents du Zambèze.

– C'est exactement ici, Sir.

L'étranger s'agenouille. Du bout des doigts, il fouille légèrement la poussière. Avec l'index de la main droite, il trace une sorte de signe. Il est pensif, le regard perdu dans le vide, puis se tourne une nouvelle fois vers l'homme derrière son dos.

– Exactement où, général ?

Le militaire, un Africain d'une cinquantaine d'années alourdi par le bien-être des privilèges des forces armées despotes, réprime son agacement. Il prend sur lui-même pour se souvenir.

C'était il y a dix-huit mois, le 22 février 2002, presque hier, mais à une autre époque pour l'Angola. La brousse se parait d'un vert tendre. Une fin de matinée pendant la saison des pluies, il faisait doux en cette impasse d'Afrique. Juste un peu de vent dans les acacias. Le vacarme du dernier combat s'était tu. On n'entendait plus hurler les calaos. Une main s'était allongée pour tenter de quérir l'ombre d'un manguier géant, mais le poing s'était rétracté. Dans les yeux du mourant était apparu un dernier ciel, si clair malgré la saison des tempêtes. Il ne souffrait plus. Ne ressentait plus rien. Combien d'impacts ?

Il avait accompagné la fin du siècle pour, au bout des abandons, penser que jamais rien ne s'éteint. L'ombre venait sur lui. La fin du chemin. Ses femmes, ses enfants, ses compagnons encore traqués, et peut-être la paix. Oui, la paix pour ultime soupir.

– Il était allongé là. Il semblait plus grand encore...

Les mains du général des forces spéciales angolaises dessinent une silhouette couchée, invisible.

– Il a été frappé par quinze projectiles, mais il ne saignait pas. Il est tombé, le dernier, son AK-47 au poing.

Les mains du général se mettent à trembler. Cela n'échappe évidemment pas à l'étranger, son correspondant devient nerveux.

– Je suis arrivé très vite. Partout, les cadavres de ses derniers gardes du corps. Et puis, je l'ai tout de suite reconnu... Il était là, couché sur le dos. D'abord, j'ai détourné les yeux. Mes hommes étaient épouvantés... comme s'ils avaient commis un sacrilège... C'était notre pire ennemi.

– Mais c'était un chef, murmure l'étranger.

Brusquement, le général donne un coup de pied dans la poussière du terre-plein. Une rage contenue, ou bien une culpabilité rentrée qui, tout à coup, s'évacue. Une part d'histoire de l'Afrique s'est éteinte ici.

– Ils n'osaient pas affronter son regard. Ici... (les yeux du général parcourent la brousse)... on ne regarde pas le diable dans les yeux.

Le haut gradé transpire abondamment.

– Sinon, il revient la nuit vous manger le cerveau.

L'étranger se relève, dévisage le militaire. À présent, il n'a aucun doute : le général a bien regardé le « diable » dans les yeux. Depuis, l'officier supérieur angolais dort peu.

Les deux hommes observent un silence. Le soleil d'août monte sur la brousse d'Angola. Les oiseaux ne chantent plus. Comme ce 22 février 2002, quand Jonas Savimbi, dernier guérillero, s'en est allé.

L'étranger épilogue :

– Il aurait eu soixante-neuf ans demain. J'ai lu dans des journaux que sa tombe à Luena est vide et que, sur le lieu du dernier combat... ici..., un vieux lion revient parfois, la nuit, errer...

Le général serre les mâchoires.

– On vous a trompé, Sir. Depuis bien longtemps, tous les lions, ici, ont été abattus.

Le retour sur Luena, la capitale de la province, fut interminable. Heureusement, la saison sèche rendait les pistes plus carrossables. L'étranger n'adressait plus la parole au général et maintenait son visage tourné vers la savane asséchée. Parfois, le cortège traversait des villages dévastés par d'anciens combats. À présent l'Angola était en paix, mais les cicatrices demeuraient profondes. Et, hors la capitale, on continuait à crever de faim. La disparition de Savimbi n'avait pas fait tomber plus de pluie l'année précédente. La paix retrouvée avait en chemin oublié la prospérité annoncée par la propagande gouvernementale. La manne pétrolière profitait toujours au plus petit nombre. L'aide humanitaire était comme de bien entendu détournée. Le peuple angolais subissait la fatalité d'une injustice absurde. L'étranger avait parcouru bien des miles en Afrique, et se fit la réflexion qu'en dehors du sud du Soudan, il n'avait jamais croisé pareille désolation.

Tout à coup, sans requérir l'autorisation du général, l'étranger héla le chauffeur en portugais, langue qu'il maîtrisait parfaitement parmi une demi-douzaine d'autres. Très directif, il lui somma de stopper le véhicule. Un appel urgent à passer, précisa-t-il sans s'excuser.

Il s'éloigna d'une dizaine de mètres du convoi, après avoir fait comprendre au sous-officier commando des forces spéciales qu'on lui avait imposé comme ange gardien de lui ménager un peu de liberté. Il trouva rapidement l'orientation de l'antenne satellite et, lorsqu'il obtint le signal, composa calmement le numéro. Il y eut un léger décalage de tonalité, puis le signal de prévention de la ligne sécurisée.

Les yeux sur la brousse étouffée de chaleur, il reprit le contrôle de son cœur qui battait trop vite. Il inspira, emplit d'oxygène sa cage thoracique, les pulsations ralentirent. Ne jamais perdre le contrôle.

Son correspondant ne le fit pas attendre. Ils évitèrent les propos convenus inutiles. Au bout de la ligne s'impatientait le donneur d'ordres, le commanditaire :

– Alors, sir Quentin ?

– Ils me la présentent tout à l'heure. Mais avant, j'ai voulu vérifier quelque chose.

– Quelque chose ? s'inquiéta son patron.

– Juste un pressentiment.

– Et alors ? Je ne comprends pas.

L'étranger s'irrita :

– Pourquoi m'avez-vous engagé ?

Il y eut un court silence, puis le commanditaire, froidement, asséna :

– La confiance, bien sûr, sir Quentin.

L'étranger regarda autour de lui. La brousse n'offrait aucun horizon. Il inspira plus longuement encore.

Pour la première fois il s'opposait au boss sur un dossier capital, mais il n'avait pas le choix. Il maîtrisait les énergies de ce continent, et rien, depuis le décollage dans la nuit de Johannesburg, ne l'engageait à aller plus loin. Pas un souffle de vie, d'espoir. Autour de lui, un relent de fin du monde. Lorsque l'avion affrété par la compagnie avait atterri en Angola, son premier réflexe avait été de revenir sur le lieu du dernier combat de Savimbi. Et, comme il communiait avec cette terre d'Afrique, il avait voulu écouter le témoignage de la brousse. Du bout de son index, il avait caressé la latérite comme le lui avait appris un mage au Nigeria. Donner son doigt, sa main, son corps, son âme à la poussière. Partager un instant avec le sol d'ordinaire seulement foulé. L'hommage à la terre avait fourni une réponse instantanée, sans équivoque. Cette négociation était une profanation, ou le prolongement d'un maléfice. Sir Quentin trouva la volonté nécessaire pour refuser ce pourquoi il avait été dépêché ici :

– Je ne veux pas qu'on nous la présente.

Nouveau silence. Plus long cette fois.

– Pardon ?

Sir Quentin Ward attendit que son interlocuteur le relance.

– Répétez, Quentin, je n'ai pas compris, s'il vous plaît ?

Plus de *Sir*. La colère couvait mais l'étranger tint bon :

– Je ne l'achète pas.

– Pardon ?

– Vous avez bien compris.

– Combien êtes-vous payé, Quentin ?

C'était une menace. Pour la première fois.

– Vous êtes l'homme le mieux rémunéré de la compagnie. Je me trompe, Quentin ?

– Je répète : je ne l'achète pas.

– Je ? C'est moi qui achète. C'est moi qui vends. C'est la compagnie. Qui paye ? qui décide ?

Quentin Ward se défendit :

– Vous avez évoqué la confiance. Qu'en faites-vous ?

– Et les ordres ? Lorsque vous étiez au service de Sa Majesté, commander Ward, désobéissiez-vous aux ordres ?

L'étranger eut envie de prononcer un mot définitif, mais se contrôla, d'autres intérêts étaient en jeu. Il savait aussi, par expérience, que la colère compromettait souvent l'avenir. Il était vrai qu'il avait toujours obéi aux ordres. Avant tout, il était un soldat. Il ferma sa gueule. Le sacrifice – il le redoutait déjà – serait lourd.

– Achetez la pierre.

Sir Quentin Ward attendit le rappel de l'ordre. La brousse était muette. Le soleil était au plus haut. Chacun se terrait. Seul, entêtant, le chant des criquets. Brutalement, une voix irritée, plus grave, lança :

– Achetez-moi ça !

Tarmac de l'aéroport de Luena. Relents de kérosène. Brume de chaleur. Transaction.

Sur le taxiway, les appareils respectifs du vendeur et de l'acheteur, et, à l'écart, un Iliouchine du Programme alimentaire mondial en opération de déchargement de riz et d'huile.

Partout, des hommes en armes.

Des rideaux sont tirés à l'arrière du 4 × 4 du général. La climatisation de la Nissan tout-terrain est poussive. Le général ruisselle. Les deux hommes sont face à face sur le siège arrière. Parfois, Quentin Ward entend les bottes des hommes des forces spéciales angolaises claquer sur les plaques de béton du tarmac. Il est terriblement exposé. Ce sont des massacreurs. Mais il dispose d'une assurance à toute épreuve, une assurance qui ne durera plus que quelques minutes. Le vendeur ne connaît pas le mot code qui confirmera la transaction à Londres et que Ward partage seulement avec le commanditaire. Quand ce mot sera prononcé, le deal se conclura. L'acheteur sera payé. Alors, Quentin Ward sera en danger.

Le général s'essuie régulièrement le front et les yeux avec un foulard foncé. Au fil des minutes, il se décompose. La somme escomptée n'est plus de mise. Il est floué. On l'avait prévenu : la compagnie ne tient jamais ses promesses auprès des Africains, elle a bâti son empire avec la sueur et le sang des « nègres ». Ce sont, depuis toujours, des esclavagistes.

Le général se révolte. Visage fermé, prélude à la violence. Pour son camp, il est un prestigieux commandant militaire. Il a réglé son compte, seize mois plus tôt, à l'ennemi n° 1, Jonas Savimbi. Il est donc un héros intouchable. Il est chez lui, dans son véhicule personnel, cerné par sa garde, des hommes entraînés, fidèles, sans scrupules. Des bouchers. Il est en position de force. Pourtant, il ne s'est jamais senti autant en danger, jamais il n'a été aussi nerveux. Il se croit le maître quand il n'est que le maître des lieux. Il prononce une parole malheureuse, s'autorise un sacrilège : il utilise la menace.

Quentin Ward encaisse. Le général a commis une erreur majeure. Quentin Ward se nourrit de la tension pour devenir plus lucide, plus dur. Composer avec l'adrénaline est son plaisir. Il est payé pour ça. C'est un homme d'acier.

Il observe d'abord un long silence. Il ne quitte pas des yeux le général. Le négociateur fut aussi un tueur.

– Général... (il accorde un léger répit à son vis-à-vis), général, vous m'avez menacé.

Nouveau silence.

– Savez-vous exactement dans quelle situation vous vous trouvez ?

Les yeux du militaire fuient son regard. Oui, il le sait.

– Bien entendu, général, je suis ici à votre merci.

Ward fait un geste nonchalant vers l'extérieur et reprend :

– Les deux gardes du corps qui m'attendent dans mon appareil ne me seront d'aucun secours. À cet instant, le rapport des forces ne m'est pas favorable, je suis très exposé. Mais... vous venez de menacer la plus puissante compagnie diamantifère du monde, qui élit et destitue des présidents sur ce continent.

Ward marque une courte pause. Le temps de constater l'effet de son discours sur son interlocuteur.

– Nous sommes le marché. Ce que vous pensez posséder ne nous échappera pas. Rien ne nous échappe, général. Par exemple, nous ne sommes plus persona grata en Angola depuis quelques années et nous voyons obligés de négocier dans la clandestinité, comme avec vous aujourd'hui. Mais nous reviendrons. Nous reprendrons notre place.

« Envers et contre tous, nous reviendrons officiellement en Angola. À cette minute, dans ce pays, je suis vulnérable, ma compagnie est menacée, mais demain ?

Le regard de l'Anglais se durcit.

– Eh bien, demain, général, si vous ne respectez pas nos accords préalables, je vous promets qu'il n'y aura plus jamais de répit pour vous sur ce continent. Nulle part vous ne serez à l'abri. Ce diamant vous tuera. Mes hommes vous dénonceront d'abord.

Quentin Ward appuie la menace d'un premier sourire.

– Ce que vous possédez, vous l'avez escamoté, subtilisé, volé à l'autorité supérieure. Ce que vous possédez vous brûle chaque heure davantage les doigts. Chaque jour qui passe sans vendre cette pierre vous rapproche du pire. Vous avez volé un cadavre, et vous avez aussi escroqué votre président. Votre président apprécie-t-il la trahison ? Celle de l'un de ses plus prestigieux généraux ? Le même qui a abattu Jonas Savimbi ? La vente de cette pierre ne signifierait-elle pas pour vous la naissance de hautes ambitions ?

L'Anglais suspend la dernière question.

– Votre président ne vous pardonnera pas d'avoir traité avec nous. Vous êtes un homme mort, général.

Ward reprend sa respiration.

– Vous êtes un homme mort. Ou bien un homme plus riche de cinq millions de dollars. Et surtout, vous êtes un vivant.

L'Anglais saisit le poignet du vendeur.

– Maintenant, montrez-la-moi.

Le commanditaire est un homme au corps puissant, alourdi par les excès de la fortune. Il a besoin de fauteuils larges pour supporter son poids, qui ne cesse d'augmenter. Il porte une barbe grisonnante. La soixantaine approche. Son regard brun est las, comme épuisé. Il n'est pas en première ligne, et c'est vrai qu'il préfère être directement aux commandes, mais c'est tout comme, puisque c'est Ward qui achète. Le boss a hérité de ses aïeux la passion de la négociation, et cette excitation qui point, juste avant de remporter la mise. L'achat de cette pierre est un instant d'exception. Cet homme est un diamantaire. Pas n'importe lequel. Le premier dans le monde. Son ambition, celle de sa famille, celle de sa compagnie, Stones, est de rester le premier.

Pourtant, le monde change. Ses ancêtres ont découvert, à la fin du siècle dernier, un gisement fantastique en Afrique du Sud, qui est devenu une immense mine à ciel ouvert, Kimberley, la naissance d'un monopole exorbitant par-delà les décennies.

Sir Edmond Steiner règne sur la planète diamant. C'est un combat quotidien : à l'est, la Russie des mafias ; en Asie, l'Inde est un producteur prolifique, et l'Indonésie est gangrenée par les nouveaux fondamentalismes. En Afrique, rien n'est plus certain. Les territoires récemment acquis sont à la merci de toutes les tentations. Le diamant accompagne le destin des hommes dans ces contrées bousculées. Ses facettes deviennent volontiers sanglantes. Elles achètent des armes, financent des réseaux obscurs et des prières de haine. Le crime s'accommode de ce trésor des tréfonds du sol. Le premier des diamantaires doit marier la beauté et le mensonge, l'absolu et l'abject.

Le fauteuil de cuir bascule. Maintenant, son regard épie l'horizon. L'heure est chaude là où il a décidé de piloter la transaction, depuis l'une de ses résidences retirées. Le monde, il l'aperçoit, parfois, au travers de vitres fumées. Il place son ombre dans celle de ses gardes du corps. On ne le voit pas, ou peu, on ne l'entend jamais. Puisque sa puissance provient du cœur de la planète, il a décidé que la providence lui apportait le luxe ultime : la pénombre.

Il a ordonné l'achat. Quel qu'en soit le prix. Mais il connaît Ward. Quentin est non seulement le chef de la sécurité de la compagnie, débauché au prix fort du service de Sa Majesté, mais il est aussi le plus dur, donc le meilleur des acheteurs. Néanmoins, il a marqué une hésitation. C'est un homme, mais également un soldat, le plus rompu de tous. La somme à débourser sera dérisoire. Edmond Steiner aurait pu céder la moitié de son empire contre cette pierre, mais le jeu exige l'humiliation du vendeur. Une transaction au scalpel. Comme les ordonne Steiner, comme les exécute Ward.

Il est l'heure de conclure.

Vibrations. Sur le cuir clair du sous-main du bureau en bois d'ébène d'Edmond Steiner, s'affiche, sur l'écran de son téléphone portable, le numéro espéré. Ligne hautement protégée. La main velue du diamantaire ouvre délicatement le boîtier.

D'abord, rien, l'écho d'une respiration. Puis un prénom prononcé, qui signifie : *Je ne parle pas sous la menace, la situation est sous contrôle.*

C'est aussi le mot code.

Edmond Steiner coupe la communication, puis, depuis le terminal d'un poste de travail installé en desserte, il transmet par le Net un ordre électronique de virement bancaire vers un établissement financier au Liechtenstein : cinq millions de dollars.

Il fait alors coulisser le fauteuil pour dévisager, dans des portraits sous verre, les regards immortalisés de son père et de son grand-père. Désormais, comme eux, il est conquérant. Il donne à Stones, au *Syndicat*, un peu plus d'éternité. Il possède maintenant le premier diamant d'exception du nouveau siècle. Il ferme les yeux. Il imagine déjà une taille unique, il tend les doigts, comme pour caresser un joyau. Perpétuel retour : ce diamant provient, encore une fois, du cœur de l'Afrique.

À lui-même, en tremblant, il se dit :

– C'est fait.

Maintenant, sir Quentin Ward est en danger.

Il claque la portière de la Nissan et traverse l'escorte du général sans un regard pour les tueurs. La double turbine de l'Antonov 72 commence à siffler à cent mètres de lui. Dans son dos, le regard des assassins. Autour de la piste, la brousse, qui bruit de tant de choses.

Ward maintient une cadence rapide mais sans hâte. On ne fuit pas avec un fauve derrière soi. On ne court pas. Chaque pas est compté, chaque muscle joue son rôle pour le rapprocher de la gueule sombre de la porte cargo arrière de l'Antonov 72. Ses deux cerbères sont là. Ils ne portent pas d'arme lourde. Chacun est équipé d'une modeste arme de poing qu'ils dissimulent. Ne rien exhiber. Ne pas provoquer. La puissance de feu n'est pas en faveur de Ward et de sa modeste escorte.

À présent, marchant à reculons sans jamais menacer les tueurs des forces spéciales angolaises, les deux gardes du corps encadrent le chef de la sécurité de la compagnie.

Tout à coup, le cœur de Ward se met à battre la chamade. Il pose un pied sur la rampe, qui déjà remonte lentement vers le ventre de l'Antonov. À la lumière crue du soleil de l'hiver austral, succède une ombre tamisée. Sir Quentin porte sa main droite à une poche de sa veste de brousse. Elle est là. Son volume est celui d'un œuf de canard. Elle est lourde, compacte, tout contre son cœur qui s'emballe. Elle est presque tiède, comme le sol ce matin. Magie ? Elle est là, cette pierre qu'il ne voulait pas voir, qu'ils n'auraient jamais dû convoiter. Qu'ils n'auraient jamais dû acheter. Même pour la survie de la compagnie. Cela, sir Quentin Ward le sait. Quelque chose en lui, quelque chose qui, jusqu'alors, l'a préservé des périls. L'intuition des hommes qui copulent avec le danger. L'instinct de survie puisé dans la terre d'Afrique. Un principe bafoué ce jour, un péché qui met dorénavant Sir Quentin en danger.

Les vérins coulissent, puis claquent. La porte cargo est verrouillée. Les turbines font vibrer la carlingue. Atmosphère lourde à bord. L'Antonov s'engage vers le bout de la piste. Il fait toujours plus sombre, comme si l'espoir s'obscurcissait. Bien que le décollage soit imminent, Ward demeure debout. Maintenant, il sait. Ce qu'il porte dans cette poche pour lui signifie bientôt la fin. Une condamnation à mort, pour le seul besoin de posséder le plus rare, le plus pur, le plus secret.

Brut. 791 carats. Rouge intense.

Cette pierre appartenait, hier, à un chef rebelle.

Un diamant comme jamais, sur terre, on n'en avait extrait.

4

L E nouveau Talleyrand a une obsession. Le ministre français des Affaires étrangères cherche depuis plusieurs mois une revanche exemplaire.

La crise irakienne a creusé encore plus l'ornière entre le monde anglo-saxon et la France. Les Américains et les Anglais sont certes enlisés, mais ce n'est pas une victoire pour la diplomatie française, agressée partout dans le monde où sa position s'avère fragile par des manœuvres concertées, vindicatives. Il faut rendre coup pour coup.

Décembre 2003, le Quai d'Orsay en fin de matinée. Le bureau du ministre des Affaires étrangères ne donne pas sur la Seine, mais sur un jardin un peu triste. L'hiver est rude, comme l'été fut une fournaise. Paris est saisi par les frimas. Le maître des lieux est seul. Dans l'âtre s'épuisent des braises. Il a chaussé ses lunettes pour balayer la note de la DGSE. Il ne retient que l'essentiel. Lecture rapide :

Colonel Michel Montserrat. Né le 02 mai 1957 à Aubenas, département de l'Ardèche. Sciences-Po Grenoble. École militaire spéciale de Saint-Cyr. Major de la promotion 1978, choisit l'infanterie de marine à sa sortie, 1er RPIMA (Bayonne)... Breveté parachutiste. Plongeur de combat...

Recruté au Service Action de la DGSE en 1983... Formateur au centre de Cercottes et à Aspretto. Opérations spéciales entre 1986 et 1991... Liban, Tchad, République centrafricaine, Nouvelle-Calédonie... Chef d'un service de support aux mouvements de guérilla entre 1988 et 1993 : Angola, Afghanistan, Soudan, Mozambique. Chargé d'une mission non autorisée de surveillance de Greenpeace entre 1993 et 1995. Entre avril et juin 1994, appelé au Rwanda. Intègre en 1997 la direction des Opérations. Chargé d'animer une cellule de renseignement sur les zones de crise. Démissionne en janvier 2000... Reprend du service et coordonne, avec succès, l'opération anti-terroriste Éternité de décembre 2002. Activé depuis pour les missions réservées des plus hautes autorités. Agent action clandestin. Célibataire, sans enfants.

Le ministre des Affaires Étrangères néglige la fiche profil. Il déteste ce vocabulaire pseudo-psy, ces raccourcis de bas étage. Il préfère imaginer les contours du personnage en le confrontant à son action.

Le dossier est nourri de notes inhérentes aux opérations auxquelles a participé l'agent. Les rapports sont, comme à l'ordinaire, pour protéger les agents et les sources nettoyés de l'essentiel, aseptisés. Le ministre s'attarde sur les notes qui ont trait à l'Angola. Il passe de l'une à l'autre, comme pour en juger la cohérence. Il se méfie des documents de la DGSE, dont il déplore la non-actualisation. Comme il juge le style avec une grande rigueur, la lecture de ce type de littérature est un supplice pour lui. Ce ministre est un poète qui affectionne le sabre.

... en février 1999, le colonel Montserrat, au terme d'une collaboration avec le South Africa Service, collecte les renseignements inhérents à la collusion d'intérêts anglo-saxons dans l'affaire du dossier onusien sur les diamants de guerre...

Dossier onusien ? Qu'est-ce que ce charabia ? Le ministre revient sur la fiche concernant l'opération Éternité.

... le 24 décembre 2002, grâce aux renseignements fournis par l'agent...

Le ministre lève les yeux au plafond. Il biffe le « grâce aux » et écrit, au feutre rouge, un « les » appuyé.

... les renseignements fournis par l'agent Émeraude permettent au Service, en coordination avec les agences russes du SVR et du FSB, de déjouer un attentat islamiste contre le président des États-Unis, et de châtier..

– Merde..., ponctue le ministre.
Coup de feutre. Dans les notes, de la rigueur avant tout. Toujours de la rigueur.

... et de punir le responsable du réseau, le commandant militaire d'Al-Qaeda, cheikh Omar Isam Bin Khatabi. Le colonel Montserrat, ancien officier traitant de l'agent Émeraude, a commandé l'opération Éternité en liaison avec son homologue féminin du FSB...

– Pourquoi « féminin » ?
Rature brutale.

... en liaison avec son homologue du FSB, le colonel Jelena Kendjaeïva. Il apparaît que, à l'occasion de la préparation de l'opération, le colonel Montserrat a entretenu des relations d'une grande proximité avec...

Correction. Le ministre peut être abrupt. Cru aussi.

... a couché avec le colonel Kendjaeïva.

Il existe une annexe à la note, enfin une annexe d'importance :

... l'objectif principal de l'opération Éternité a été atteint, mais, au cours de l'opération, le commandant des forces spéciales du FSB, le major général Igor Zoran, a perdu la vie avec quatorze de ses hommes. L'enquête de sécurité du FSB n'écarte pas la thèse d'un « tir ami ».

Le ministre esquisse une moue. La réponse aux suspicions du service de sécurité russe se trouve dans une autre note concernant le colonel Montserrat, mais cette dernière relève du plus haut niveau de confidentialité.

Le chef de la diplomatie, qui choisit une autre note, procède par touches. Petit à petit, la mosaïque dessine un portrait, un caractère, une ambition. Ou bien une somme d'échecs.

À l'automne 2001, Michel Montserrat prend la route de la Birmanie...

Le ministre s'apaise. Cette note est rédigée par une plume.

... Auprès d'un chef de guerre, une princesse issue d'une haute lignée de l'ethnie karen, il prend en main la logistique du groupe, donc de l'approvisionnement en armement de cette fraction de la guérilla. On retrouve Michel Montserrat sur les pistes frontalières avec la Thaïlande... Négociations avec les trafiquants chinois et laotiens... Puis, c'est l'effondrement de la résistance karen. Il est porté disparu. Sa maîtresse birmane emprisonnée dans le quartier de haute sécurité de la prison d'Insein... Montserrat retrouvé en juin 2002. Prisonnier d'un bandit chinois dans la localité de Mo Paeng (nord Thaïlande). Le Service, sur les fonds opérationnels, s'acquitte du paiement élevé de la rançon exigée...

L'instant d'une réflexion, le ministre interrompt sa lecture : « La République est bonne mère... »

Le colonel Montserrat demeure attaché à la solution de ce dossier. Selon des sources proches de l'agent, ce dernier envisagerait de quitter définitivement le Service pour investir le temps et les moyens nécessaires à la libération de cette princesse karen...

Sourire discret du diplomate. Un espion romantique, qui échoue, qui souffre, mais fonctionne à ça. Une donnée que n'ont jamais su apprécier et mesurer ses chefs. Pourtant, pour le ministre, elle est d'une inestimable richesse. Il n'imagine pas les hommes d'action sans la poésie de terres isolées et menaçantes, sans les espoirs de vaines conquêtes.

Le ministre observe un instant une photographie de Michel Montserrat. Cheveux coupés très court, cliché pris en stage commando légendé : « Centre parachutiste d'entraînement aux opérations maritimes (CPEOM), base de Quélern, mars 1999 ». Le regard est bleu, les traits encore enthousiastes. Il porte une tenue de plongeur. Tout l'océan ruisselle le long de ses joues.

Le diplomate referme le dossier, croise ses longues mains. Sur quels chemins erre à présent le colonel Montserrat ?

Le ministre le sait : l'agent a été chargé d'une mission qui concerne personnellement le chef de la diplomatie française.

Du côté des Enfers. À l'extrême bout du monde.

Même date, mais c'est le point du jour dans le bassin de l'Amazone, tout au sud de la Colombie. Rien ne bouge sous la canopée. Eaux dormantes, un bras fantôme du río Igara Parana, proche de la frontière péruvienne. Seulement un chant rauque. Un jaguar mâle en rut. C'est la saison des amours.

Rien ne bouge.

Une maison sur pilotis sur la rive opposée. Combien de gardes armés ? Neuf ? dix ? douze ? Attendre encore avant d'être certain. Attendre. Quatre heures. Maintenant. Ils la sortent. C'est elle. Grande. Ils n'ont pas coupé ses longs cheveux châtains. Elle est en vie, otage française aux mains des FARC. Elle s'approche de la rivière, s'agenouille et se rafraîchit le visage. Un garde, vigilant, demeure à moins de trois mètres dans son dos. Sous la menace d'un fusil automatique, elle observe la forêt face à elle. Les ombres naissantes des branches s'abandonnent dans le río.

Tension soudaine des guérilleros. Ils vont s'arracher. Seulement une étape dans une fuite incessante. Depuis un mois, ils changent toutes les douze heures de refuge, à pied, à dos de mule, parfois en véhicule. Aujourd'hui, elle est épuisée. Dans ses yeux, l'envie de se poser au bord du río Igara Parana.

Ils l'escamotent à nouveau.

Rien ne bouge. Presque rien. Un visage sombre émerge lentement de la végétation. Des yeux trop larges pour être ceux d'un singe hurleur. Trop bleus pour être ceux d'un jaguar. De la boue, de la suie pour maquillage. La grâce des guerriers anonymes. Un élément isolé en territoire ennemi. Un agent action en mission spéciale de reconnaissance dans la forêt amazonienne. Une simple vérification. La localiser. Savoir cette femme en vie. Ne pas s'engager plus loin, plus longtemps, ne pas risquer la sécurité de l'otage. Les yeux seulement pour témoigner.

À la naissance du bassin de l'Amazone, le colonel Montserrat vient d'accomplir sa mission. Renseigner, malheureusement sans agir. Elle était là, si proche, avec le río pour miroir. Elle a confié ses yeux à la forêt. Et lorsque les ravisseurs ont ordonné à leur otage de les suivre, quand la silhouette de la jeune femme a été masquée par les uniformes disparates, le cœur de l'agent s'est mis, un instant, à cogner. La frustration, puis la colère, enfin la résignation. Ou plutôt l'obéissance. La vertu des soldats.

Il est l'heure de rendre compte, l'heure du repli à Iquitos.

Iquitos est une ville-frontière au nord-est du Pérou. Au confluent des ríos Nanay et Ucayali, l'Amazone prend son nom. L'empreinte des Incas, le voyage d'Aguirre.

Le ciel touché par le soir s'éteignait sur le fleuve. Une heure auparavant, Michel Montserrat était descendu de l'hydravion qu'il avait personnellement affrété pour six mois. Sa couverture était celle d'un anthropologue suisse qui recherchait les traces d'un empire inca sacrifié, dans la *selva baja*, le bassin de l'Amazone qui embrasse le Pérou et la Colombie.

Il dînait seul sur la terrasse qui dominait la naissance du plus grand des fleuves. Un luxe pour qui revenait de vingt jours de forêt. Il se laissa embarquer par le chant nocturne de l'Amazone. Des bateaux partaient encore, à cette heure, pour un long voyage, destination Manaus. On servait les meilleures *ensaladas de chonda* au Gran Maloca. Il trouva même, sur la carte des vins, un côtes-du-rhône.

C'était bon de dîner ainsi, avec les lucioles pour convives et la douceur de la nuit, sur un belvédère magique. Il ne s'était pas encore rasé. Tout juste douché preste-

68

ment à l'hôtel Europa, où un sommier ne le comblerait pas mieux que le hamac de son bivouac dans la forêt. Dans l'hydravion, il avait donné à son guide, un Indien witoto, une prime de 200 dollars. Elle serait bue la nuit même dans un bordel d'Iquitos. L'Indien ne l'accompagnait pas en forêt. Il déterminait seulement les itinéraires, les lieux d'amerrissage, préparait les bivouacs, gardait l'hydravion pendant que son client suisse se perdait dans les bras de la selva. Un cas comme jamais ce guide n'en avait encore rencontré. Parfois, le Suisse disparaissait quatre à cinq jours, avant de réapparaître, harassé, fourbu, mais en vie. Comme un Indien.

Avant de régler l'addition en dollars, Montserrat griffonna plusieurs suites de chiffres sur un coin de la nappe en papier. Comme tous les Occidentaux mâles solitaires égarés en ces lieux, il allait trouver une pute dans la nuit pécheresse. Il irait à Las Cavernas où les filles, souvent métissées, étaient des courtisanes occasionnelles. Il le ferait pour compléter sa couverture, mais aussi parce qu'il en avait envie.

Cette mission était une aubaine, un grand souffle. Il agissait, solitaire, loin de tout. Sans contrainte de hiérarchie, il était lâché au cœur d'un monde profond, la forêt, avec sur lui l'empreinte d'un océan végétal. Les chemins qu'il empruntait lui rappelaient un passé proche. L'éloignement, la clandestinité, la liberté d'initiative. Impliqué un an plus tôt dans une fin d'opération tumultueuse au cours de laquelle un responsable des forces spéciales du renseignement russe avait trouvé la mort dans des circonstances que le Kremlin avait dénoncées comme suspectes, le colonel Montserrat avait été déconnecté de la maison mère et conduit à accepter des missions exposées, qualifiées de « réservées ». Cela signifiait subir la pression de la direction générale et, surtout, ne pas se planter.

Comme il parlait parfaitement l'espagnol et qu'il était spécialiste de la survie en forêt, on l'avait choisi pour cette nouvelle destination : des sentiers sanguinaires en Colombie. Il en avait déduit que c'était aussi une partie du monde où il serait éloigné de tout. Un trou du cul où se faire oublier. Il s'agissait à nouveau d'une opération spéciale prioritaire qui préoccupait les plus hautes autorités. Montserrat avait volontiers bouclé son sac pour l'Amazonie.

Opération en solo. Pas de filet. Pas vu, pas pris, mais si pris, alors tant pis. Aucun recours. Objectif : suivre la progression des ravisseurs, s'assurer que la dame était toujours vivante. Ne pas aller au-delà. Observer simplement et rendre compte.

Une opération de récupération et d'exfiltration avait capoté quelques semaines plus tôt. La combinaison de l'aveuglement des politiques et de la discipline des exécutants. Un second échec serait fatal pour l'otage. Montserrat n'enfreindrait pas les ordres. Pourtant, le matin, au bord de la rivière colombienne, il s'était senti si près d'elle. Les guérilleros semblaient à bout de force, leur attention relâchée. Même seul, il serait parvenu à l'extraire. Un instant, tout en lui s'était emballé, mais Montserrat ne discutait pas les ordres.

Sa mission était d'aller au plus proche de l'ennemi pour renseigner. Agir ainsi, sous le masque d'un aimable chercheur suisse dans une zone immense, manipuler une source proche des FARC à Santa Clothilde au nord du Pérou, puis dénicher la colonne rebelle, voir l'otage, et rendre compte... C'était la quintessence d'une mission action. Désormais, il chassait tel un loup solitaire. C'était ce qu'on attendait de lui. Efficacité, confidentialité, discipline. Il avait l'âge et l'expérience de la rébellion, mais il se comportait comme un sous-lieutenant.

En vérité, il était hanté comme jamais, tendu comme

un arc. Ses cauchemars étaient ceux d'un monde agonisant. Pour survivre, il insistait sur la voie du danger, de la moiteur, cette ivresse solitaire qui, à chaque retour à Iquitos, le prenait au ventre et lui donnait une irrépressible envie de baiser.

Juste après le départ du chercheur suisse, le maître d'hôtel du Gran Maloca, un Français – cela faisait plus chic pour le plus bel établissement d'Iquitos –, arracha d'un geste sec la partie griffonnée de la nappe en papier, qu'il escamota dans la poche de sa veste.

La silhouette faussement nonchalante de Michel Montserrat se détachait nettement dans les ruelles chaudes d'Iquitos, où les hommes, souvent des sang-mêlé, étaient de taille modeste. Il avait à son bras une pétillante jeune femme brune, qu'il ramenait à l'Europa. Parfois, ils trébuchaient joyeusement. L'hôtel était encore éloigné, mais Montserrat avait besoin de marcher pour dissiper les ravages du *pisco sour*. La fille sentait bon, elle s'appelait bien sûr Anna Maria, et collait ses petits seins contre son bras gauche. Il avait vu l'otage vivante le matin, et Anna Maria chantait en iquito contre lui. Il était libre. Il était heureux.

Il souriait aux étoiles d'Amazonie une dernière fois.

L'addition présentée le soir par le Gran Maloca était de cent *soles* trop élevée. Il avait fait venir à sa table le maître d'hôtel, qui s'était excusé en français. Une grossière erreur : la fille à la caisse était nouvelle. Ce n'était pas une erreur, et la fille à la caisse était là depuis toujours. Le message était clair. Il s'agissait d'une convocation sans appel.

Retour à la Centrale.

5

UN Antonov 72 avait disparu. Immatriculé ER-ACB, battant pavillon ukrainien, en leasing pour le compte d'une compagnie africaine, Impala Air, piloté par un équipage moldave et transportant trois passagers britanniques, l'appareil s'était volatilisé dans la nuit du 2 au 3 août. Le plan de vol officiel indiquait Johannes-burg-Lubumbashi-Kinshasa-Libreville.

L'Antonov avait bien décollé dans la nuit du 1er au 2 août de Rand Airport à Johannesburg, mais ne s'était jamais posé à Lubumbashi, encore moins à Kinshasa et Libreville.

Comme il appartenait à une société ukrainienne vrai-semblablement aux mains d'une mafia de Kiev, il débar-qua entre Libreville et Johannesburg une équipe de gros bras peu raffinés qui avaient pour unique stratégie de secouer tous ceux qui avaient un lien avec Impala Air et avec ce vol en particulier. Mais ils tombèrent sur beau-coup plus dangereux qu'eux.

Le client qui avait affrété l'appareil n'était pas un particulier anglais comme les Ukrainiens le pensaient initialement, mais une compagnie qui disposait en Afri-que de tout ce qu'il fallait pour calmer les éléments perturbateurs. Les hommes de main de Kiev quittèrent le continent africain aussi précipitamment qu'ils étaient apparus.

En revanche, l'Antonov manquant, s'il ne fit pas les gros titres des journaux, excita une exceptionnelle convoitise. Il se chuchota, dans les jours suivant sa disparition, que l'appareil convoyait un inégalable trésor. Peu de personnes savaient, en vérité, que le principal passager de l'avion n'était autre que le chef de la sécurité du *Syndicat*. Les rumeurs enflèrent et, dès lors, les prédateurs se mirent en chasse.

Tous les scénarios furent envisagés. Toutefois, il se dégageait un principal suspect. C'était un homme très brun d'à peu près quarante ans, déjà son large front pâle était gagné par la calvitie. Il portait toujours un costume noir sur une chemise blanche. Il vivait dans le dépouillement et la discrétion, pourtant c'était un conquérant d'empires. Il avait l'âge, l'énergie, l'ambition des hommes sans limites d'horizon. Rien ne l'arrêterait.

Pour l'heure, il cheminait, sans sa veste de costume, un large chapeau de brousse sur le crâne, au milieu d'un camp de toile dressé au bord d'une rivière perdue au sud de la République démocratique du Congo, à quelques encablures de la frontière angolaise. Ce camp était l'un des nombreux comptoirs itinérants où les *garimpeiros* congolais et angolais venaient vendre leur production sur les lieux d'extraction. Ainsi, les prospecteurs évitaient le risque de prendre la route vers Tshikapa et Mbuji-Mayi au Congo, ou vers Laurimo et Malange en Angola. Un puissant acheteur venait à eux. Il payait moins cher, mais la moins-value compensait le risque d'un trajet hasardeux. Cette partie de l'Afrique était le dernier Far West.

L'homme aborda la rive nord de la rivière. C'était là, à quelques kilomètres en amont, que, selon la légende, on avait découvert dix ans plus tôt le plus majestueux des diamants bruts. L'homme au chapeau avait souhaité visiter ces berges.

Ce qu'il recherchait – ce que chacun croyait qu'il possédait pourtant – provenait de là. Pourtant, ce n'était qu'un irrégulier torrent de boue. Il haussa les épaules et se dirigea vers une tente en retrait du camp principal. Elle avait été dressée sous de grands acacias. Autant le comptoir était animé d'une frénésie bordélique – un marché occasionnel se créait parallèlement où tout se vendait, et les pierres étaient souvent troquées contre l'un des soixante produits référencés, du 4 × 4 allemand à la caisse de Coca-Cola –, autant cet endroit était merveilleusement paisible. Pas une âme qui vive.

À l'ombre des arbres, il faisait merveilleusement bon. Avec précaution il écarta les pans de toile de l'entrée de la tente. Il y eut un déclic soudain.

Un homme d'âge mur, obèse et chevelu, était assis sur des malles de cuir fauve. Son index droit pressait la détente d'un AK-47. La pénombre du lieu renforçait ses sourcils épais et sa pilosité débordante.

– Faut vous signaler, patron...

Le patron s'excusa d'un sourire doux. Il ôta son large chapeau, avant de chercher un endroit où le poser. Il était tout à coup très prudent, ses yeux fouillaient le sol, mais aussi les arceaux du plafond.

– Faut me comprendre, patron, d'ordinaire j'ai pas de visiteurs.

– Je comprends, Konstantin. C'est ton job.

Konstantin était grec. Il avait, trente ans auparavant, repris une affaire familiale, une minoterie à Kisangani. Il avait fait fortune, mais il voulait plus : l'incertitude. Les contrées avoisinantes lui avaient offert l'existence dont il avait rêvé. Son domaine était désormais le diamant, ou plutôt la sécurité du diamant. Personne ne volait jamais Konstantin.

Ce n'était pas un modeste fusil d'assaut AK-47 qui décourageait les détrousseurs, surtout pas les gangs des Bana Ba Mu Tsihalu, ces enfants désemparés et sans pitié des rues de Mbuji-Mayi. Ce qui éloignait les convoitises était là, lové sur le sol, ou suspendu autour du mât de la tente, et avait sifflé ou craché quand l'homme avait pénétré dans ce sanctuaire où jamais personne ne se risquait.

Vipères du Gabon, cobras cracheurs, crotales des marais, mambas noirs, les enfants de Konstantin étaient les plus venimeux des membres de leur espèce. L'espérance de vie sous cette tente ne dépassait pas l'heure. La mort était rampante. La lèvre supérieure gauche déformée de Konstantin, la morsure d'une vipère à cornes, témoignait que le Grec était un survivant.

Le patron allongea le bras vers une chaise, y déposa son chapeau et ne bougea plus. Au sol, le danger était fatal. Quand Konstantin se déplaçait, il glissait les reptiles dans des malles. Mieux qu'un coffre-fort : les pierres étaient inaccessibles. Quand il séjournait dans sa chambre de la tour de l'Intercontinental de Kinshasa, on délivrait fébrilement le room-service devant sa porte.

Konstantin émit un sifflement bref. Sa meilleure garantie sommeillait dans son sac de couchage. C'était sa compagne, son ange gardien. Les anneaux se détendirent, on avait l'impression que tout un corps se mouvait dans ce sac. Une tête aplatie, une langue bifide surgirent, puis de puissants anneaux blanchâtres se déployèrent et se coulèrent vers Konstantin.

– My baby...

Un python albinos, acheté à Bangkok. On n'en trouvait pas en Afrique. Un python femelle prénommé Britney.

– C'est une peste, précisa Konstantin.

Jamais les Africains n'avaient vu un tel serpent. Pour eux, le Ngouma blanc est une créature du diable, peut-être même le diable. Voilà pourquoi personne n'approchait à moins d'une respectable distance de la tente de Konstantin, « l'homme venin ». Plus que de la crainte, une terreur hantait les *garimpeiros*.

Britney enroula ses anneaux autour des épaules de Konstantin. Le serpent constrictor dressa sa tête, ses yeux vitreux fixés sur le patron.

– Tout étranger... pour mon bébé... représente une menace.

– Dis-lui que ce qui est là-dedans (il désigna les malles) est à moi.

– Tant que c'est ici, c'est à nous, patron. À moi, et surtout à Britney.

– C'est mieux ainsi, Konstantin. Tu as des nouvelles ?

– Rien dans ce bled. Rien nulle part. On cherche. Tout le monde cherche. On m'a déniché une vieille épave, il y a trois jours, du côté des chutes Tembo, mais c'était un zinc tombé dans les années 50. Je reste pourtant optimiste, patron, rien ne se perd en Afrique.

Son visiteur s'était raidi. Quelque chose rampait à vingt centimètres de son pied gauche.

– Si vous ne bougez pas un orteil, Virginie se contentera de passer, patron.

– Qui est Virginie ?

– C'est une femelle vipère heurtante. Tous mes compagnons réagissent aux vibrations. Elle rejoint son nid de vipereaux, juste contre le piquet, à cinquante centimètres derrière vous. Neuf petits. Vous avez de la chance, patron : les mères reptiles ne sont pas très protectrices.

En effet, Virginie ne fit que passer. D'un geste mesuré, tremblotant, l'homme reprit son chapeau. Il ne s'éterniserait pas ici.

– On a un léger problème, monsieur Abraham.

C'était la première fois que Konstantin prononçait une phrase pareille. La première fois aussi qu'il s'adressait au diamantaire par son prénom. Le Grec accompagna son propos d'un regard par-dessus son épaule, au-delà des anneaux de Britney.

– Ils sont là.

Le patron se figea.

– À moins de deux cents mètres. Dix mecs. Plus un chef mercenaire.

Konstantin ne paraissait pas tendu pour autant.

– Je crois savoir qu'ils n'entreront pas en action avant la nuit. Ce sont des hyènes. Les hyènes n'attaquent que la nuit tombée...

Le Grec embrassa Britney sur le front.

– Ça nous laisse le temps de déguerpir. Ils sont plus prévisibles que dangereux. Ça a du bon de connaître son écosystème. Tirons-nous sans hâte, patron.

L'homme à la chemise blanche était plus pâle qu'à l'ordinaire. Ce n'était pas un homme de terrain, moins encore un homme d'action. Il se tenait à l'écart de tout cela. Il ne s'était jamais senti aussi vulnérable. Mais la quiétude de Konstantin était contagieuse. Il se chapeauta, et hésita avant de sortir.

– Vous pouvez y aller, le rassura le Grec. La voie est libre. À cette heure, la plupart de mes enfants digèrent. Pour le départ, j'ai organisé notre retraite dans cinquante minutes. Les chiens de guerre n'auront pas le temps de réagir. Soyez sans crainte, patron.

Quand il eut quitté la vaste toile, le diamantaire écarquilla les yeux sur l'horizon : la brousse sommeillait sous une chaleur accablante. Aucun indice de présence hostile. Le seul danger apparent, c'était la syncope dans cette canicule. Sans se presser, il rejoignit le camp principal où gesticulait dans sa direction son garde du corps : certainement un appel satellitaire.

Sur l'autre rive, sous les hautes herbes tranchantes du bush, un regard, au travers d'une paire de jumelles, ne quittait pas la progression du diamantaire. Il eût fallu marcher sur cet homme ensablé pour déceler sa présence. Immobile, la couleur de son visage était celle de la latérite des berges. Sa paire de jumelles était maculée de la même terre. Comme il tournait le dos au soleil, il ne pouvait être trahi par le moindre reflet. C'était un professionnel aguerri.

Un regard dans l'œilleton d'une paire de jumelles. Pas le moindre souffle. Respiration bloquée. Quelque chose vint se loger sous sa gorge pourtant protégée par un foulard de camouflage. Rien ne troubla la catalepsie du guetteur, pas même ce criquet.

Le regard d'un mercenaire qui suivait la silhouette au chapeau. Un œil vivant, l'autre définitivement mort.

6

À l'arrivée du vol Air France en provenance de Brasilia, il se produisit pour Michel Montserrat un événement d'apparence anodin, mais tout à fait exceptionnel. Dès la sortie de l'appareil, à l'entrée de la passerelle, à la suite du « Merci, bonne journée » de l'hôtesse préposée à l'au revoir, il se retrouva face à face avec deux visages qui ne lui étaient pas inconnus : les deux officiers de sécurité du directeur général – une femme, un homme. Même si, sans un mot, ils tournèrent le dos à Montserrat qui suivit leur sillage, c'était une faute de sécurité grave, vraisemblablement motivée par une urgence. Le trio quitta le gros du troupeau qui s'évacuait vers le terminal et dévala l'escalier de service qui menait au bord de la piste. Montserrat eut à peine le temps de respirer, les portières de la 607 blindée du patron étaient déjà ouvertes. L'officier de sécurité féminin, un gendarme à la blondeur bretonne qui répondait au doux prénom de Marie-Laure, s'excusa presque en se retournant vers Montserrat :

– Vos bagages seront récupérés par Carole, mon colonel.

– Alors, Marie-Laure, vous me voyez pleinement rassuré. À quoi dois-je cet honneur ? Je suis nommé DG ?

Le second garde du corps, qui avait pris le volant, faillit

hausser les épaules. C'eût été un mauvais réflexe : Montserrat était dans une colère noire.

Une douzaine de marches en colimaçon, à droite du bureau du gendarme de garde, conduisent au premier étage, au saint des saints : la direction générale. Un seul étage pour un modeste bâtiment adossé à la nouvelle fantaisie architecturale de la boutique, « l'aquarium », où bat le cœur du centre de commandement, et qui isole désormais la DG de l'immeuble central, « le bâtiment de l'horloge ». Le décor est planté. En matière de siège de service de renseignement, on ne fait guère plus sinistre.

L'agent parvient sur un palier qui distribue cinq bureaux. Le nouveau directeur de cabinet, un amiral, accueille Montserrat. D'apparence plus aimable que le précédent « surveillant général », il introduit l'agent chez le patron. La première chose que l'on voit en entrant, c'est le drapeau français flottant sur la stèle du monument aux morts qui, sur un rond de pelouse, fait face à la DG. Tous les matins, à l'aube, les couleurs sont montées le long du mât qui chante sous le vent de décembre. Il manque les embruns et les goélands, sinon, on pourrait presque se croire dans un port.

Le directeur, dans son costume à rayures, trône derrière son bureau. Aucun objet personnel, très peu de dossiers exposés. Ce qui n'est pas détruit est conservé au coffre. Derrière le directeur général, une carte murale du monde symbolise la continuité de l'action du Service. Les DG se succèdent, les plaies planétaires restent ouvertes. Après un court moment d'inertie, le haut fonctionnaire se lève pour accueillir Montserrat. Le directeur des Opérations dont dépend hiérarchiquement l'agent action est également présent. C'est un général en attente de sa troisième étoile. Sous sa responsabilité, les Opérations, dans une liberté très surveillée, ont retrouvé en partie ce qui faisait jadis leur réputation. Tout le monde prend place dans le salon à l'autre extrémité du bureau. Le directeur de cabinet reste. Sa présence, juge Montserrat, est mauvais signe : elle induit des décisions d'ordre interne. L'agent est mal à l'aise dans des fringues qui ont voyagé quarante-huit heures. Cela ne contribue pas à l'installer dans une position de force. Une seule solution, l'offensive. Le premier, il ouvre le feu :

– Je vous préviens, on ne m'escamote plus comme ça.

Il reprend son souffle, puis enchaîne :

– C'est faire injure à toutes les règles du métier.

Le directeur général prend le compliment pour lui. Diplomate de formation, il se sait mal jugé par ses troupes qui le pensent non motivé par sa mission de chef du renseignement extérieur et guidé par la seule perspective d'une grande ambassade au terme de son mandat. Le DG traîne donc sa nomination comme un boulet, avec pour préoccupation : « ne pas empêcher de dormir les plus hautes autorités ». C'est du reste la constante des derniers patrons, préfets ou diplomates. La Boîte n'est, pour eux, qu'un passage périlleux qu'il convient de franchir avec le minimum de casse. Le jugement de ses subordonnés peut sembler injuste. Le DG est brillant, un serviteur de l'État irréprochable, un homme droit, déterminé à poursuivre avec application les missions en cours. Cela ne suffit pas à lui faire apprécier toutes les facettes de son poste. Certes, le rapport direct avec le président de la République n'est pas pour lui déplaire, ainsi que les déplacements « exotiques » nécessités par le Service, mais pour le reste, aucun doute, il n'a pas la vocation. Toute péripétie non planifiée le contrarie. Les Opérations sont confinées au programme minimum. Quant aux règles du jeu du « métier », elles lui apparaissent comme un enfantillage anachronique. Montserrat, comme beaucoup de ses camarades, demeure à ses yeux un vieux gamin évoluant dans un univers paranoïaque. Le DG suspecte les maîtres espions de se réfugier derrière la sacro-sainte « sécurité » pour se protéger des contraintes du « monde normal ».

Le DG considère Montserrat d'un œil inquiet. Pourtant, au cours des derniers mois, l'écorché vif est rentré dans le rang. Le haut fonctionnaire en conclut que l'agent était peut-être demeuré trop longtemps là-bas, seul face à trop de choses, avait peut-être abusé de stupéfiants locaux, ce genre de substances répandues dans la jungle birmane. Il avait lu récemment une note sur un stage de survie du Service Action en Guyane parlant des champignons hallucinogènes de la forêt primaire. Il dévisage sans pudeur le colonel Montserrat. Les pupilles des yeux bleus lui semblent en effet dilatées. Il sous-estime le degré de colère de son agent.

– Nous étions pressés, tempère le directeur des Opérations.

Michel Montserrat sait que ce dernier n'est pour rien dans cette mascarade : c'est un grand professionnel.

– De me griller, oui...

– Bon, pardon Montserrat, coupe le DG en nettoyant ses lunettes avec le bout de sa cravate en laine. J'ai examiné le dernier rapport de Colombie, enchaîne-t-il. Il n'y a rien à dire : vous avez accompli des miracles.

La brièveté et la disproportion du compliment indiquent un changement radical de sujet. Montserrat ne s'y trompe pas. Le DG a déjà le nez dans un autre dossier.

– Bon... On vous a exposé dans des trucs un peu limites ces derniers temps... Je sais, c'était un peu le contrat...

Emploi de l'imparfait.

– ... Nous sommes en fait, préoccupés. Vous vous êtes jeté là-dedans avec une telle énergie... Vos chefs...

C'est-à-dire les trois présents.

– ... n'ont jamais noté, de votre part, le moindre commentaire, la moindre interrogation. Que voulez-vous que je vous dise ? Nous craignons que cette attitude ne soit qu'un dérivatif, au mieux, ou, au pire, une fuite à corps perdu.

Montserrat se tait : ils ont raison.

– Ce sont des missions réservées, très exposées. Nous ne voulons pas qu'un problème d'envergure... ne vous perturbe davantage. Les enjeux sont élevés.

– Quel problème ? s'écrie Montserrat.

Le directeur des Opérations, le DO, est, comme à l'habitude, dans la position la plus inconfortable : défendre son agent, son camarade, et agréer à la hiérarchie. Il se réfugie dans le rôle de modérateur.

– Tu le sais bien Michel...

Montserrat est résigné, il ne veut pas en savoir plus.

– ... cette princesse birmane... Ton obsession.

L'agent se retient. C'est une ancienne alliée et le Service l'a laissée aux bourreaux de Rangoon. Les paupières de Montserrat s'abaissent. La France a abandonné une résistante de l'ethnie karen à un sort peu enviable. La libérer n'est pas une obsession, c'est un devoir. Montserrat n'a plus envie de plaider.

– Votre projet de racheter sa libération à la junte n'est pas compatible avec les exigences du Service, enchaîne le directeur général, et puis...

Un blanc.

– ...votre traitement et votre situation financière ne vous permettent en rien d'espérer quoi que ce soit dans cette direction. C'est une chimère, Montserrat. C'est mort.

Cette fois, l'agent en a assez. Il respecte la hiérarchie, donc le DG, mais il est épuisé, à cran, et on a touché à un endroit qui fait mal.

– Toutefois (l'adverbe qui fait la différence) vous avez de la chance, nous avons trouvé une solution.

Les trois décideurs s'observent avec des airs de conspi-

rateurs, ils paraissent satisfaits de leur coup. Le DG reprend :
– Enfin, quelqu'un a trouvé la solution pour vous, Montserrat.
Les trois hommes observent un silence complice.
– Bon, de quoi s'agit-il ?
Le DG prend un air désolé, fait un geste d'impuissance.
– Maintenant, la situation nous dépasse, Montserrat. Au point que vous allez devoir changer d'employeur.
Le directeur de cabinet avance timidement le buste. C'est son rayon, et d'ailleurs la raison de sa présence à cette réunion.
– Colonel, dit-il prudemment en tendant deux formulaires dupliqués en trois exemplaires, vous avez là votre demande de mise en réserve.
Montserrat connaît le document. Il s'agit du dossier de demande référant à l'article 5 : le départ volontaire à la retraite après vingt-cinq ans de service, accompagné de l'alignement à la retraite à l'échelon supérieur.
– Voici également un formulaire de réintégration. Il ne manque que la date, et la signature de Monsieur le directeur général.
On n'est jamais trop prudent : les patrons ne font que passer. Montserrat, abasourdi, se tourne vers le DO pour trouver un soutien ou, au pire, une explication.
– Qu'est-ce que c'est que ce cirque ?
Le directeur général conclut les hostilités :
– Nous n'en savons pas plus que vous, Montserrat. Nous vous l'avons dit, la situation nous dépasse. Nous vous demandons seulement une signature. Ensuite, vous passerez par le bureau du directeur de cabinet.
– Votre collaboratrice vous attend avec des vêtements propres trouvés dans votre appartement – vous ne rentrez pas chez vous – et ensuite... (il retient les derniers mots, puis, soulagé)... bonne route, colonel Montserrat.

7

L A dernière fois qu'ils s'étaient vus, il lui avait confié :
« Quand je ferme les yeux, où que je sois, je vois un
ange. Et cet ange, c'est toi. »

Ce n'était pas parce qu'il venait de l'un des hommes
les plus puissants du monde que cet aveu l'avait émue,
mais parce que c'était la première fois qu'il s'épanchait
ainsi. En fait, pour elle, ce n'était pas l'un des hommes
les plus puissants du monde. C'était tout simplement le
plus puissant. Le plus magnétique aussi.

Pas comme cet amant qui s'en était allé quelques
minutes plus tôt, qui l'avait abandonnée, allongée sur le
dos, du sperme séché entre ses seins en poire. Elle porta
les doigts à sa poitrine. Il avait fait ça très vite, sans même
retirer le string perlé qu'elle avait choisi pour l'occasion.
Il avait éjaculé sur son corps, s'était retiré dans la salle
de bains pour se nettoyer, et lui avait dit nonchalamment, en renouant sa cravate : « J'avais envie de faire ça
comme ça. »

Ensuite, il était parti. Le pavillon restait depuis silencieux. Elle était demeurée sur ce lit, à peine troublée
par la précipitation de son amant. *Comme ça,* avait-il dit.

De toutes les manières, quels que soient les hommes
qu'elle pouvait croiser et qui auraient su ou non la baiser,

seul comptait celui qui voyait en elle un ange. Cet homme, maintenant, avait besoin d'elle. Elle avait seulement eu envie de faire l'amour, avant de s'en aller, pour évacuer toutes les pressions. Et l'imbécile avait juste giclé sur elle comme sur la couverture d'un magazine porno.

Rien n'allait plus. C'était un soir en décembre, et les enfants n'étaient pas au pied de l'arbre de Noël. La maison de Grunwald emplie des senteurs du sapin que ses trois enfants avaient décoré la veille au soir, était vide, silencieuse. Leur père était venu les chercher un peu plus tôt. Encore une soirée, une nuit, un matin sans eux. Ensuite, elle avait reçu le message qui confirmait la mission. Puis elle avait appelé son amant.

Les enfants décoreraient là-bas un autre sapin. Pouvait-il exister deux sapins, deux crèches, deux maisons où l'on disait son amour ? C'était l'addition que payaient les espionnes. Il n'y avait pas de famille au bout du chemin.

Elle délia enfin ses cheveux, emprisonnés toute la journée au consulat dans un strict chignon. L'éjaculateur – c'était ainsi qu'il convenait de le désigner – n'avait pas pris le soin de les libérer. Elle alla jusqu'au miroir. C'était une jeune femme, plus tout à fait jeune. À quarante ans, elle en paraissait dix de plus. Puisqu'elle était seule avec elle-même, par décence, elle retint ses larmes. Elle ne se teignait plus les cheveux, elle se maquillait à peine. Elle avait été ravissante, avait beaucoup séduit, avait été choisie pour cela, à l'époque. Une autre époque, si lointaine. On prétendait que le sexe pervertissait le camp ennemi. Quand une fille était jolie et brillante à Moscou à vingt ans, il y a vingt ans, elle avait plus de chances de devenir une espionne qu'une putain. Il y a vingt ans, là-bas, on vivait encore.

Le lendemain, départ à l'aube. À présent, si tôt, trop tôt, avaler trois comprimés de couleur, pour s'endormir.

Oublier, ne pas penser à ce soir de Noël, sans leurs rires, et ne pas pleurer.

Elle chercha dans ses yeux bruns aux éclats d'or, étirés par le métissage de la Sibérie et du Japon, une raison de ne pas avaler trente cochonneries d'un seul coup. Elle ferma les yeux, laissa retomber son menton sur ses clavicules saillantes. Deux idées la maintinrent en vie, ce soir-là : le retour, un jour, de ses trois enfants, et le départ, le lendemain à l'aube, pour retrouver l'obscurité des anciennes missions.

Elle s'appelait Volodia Makine. Elle était russe, mariée à un chercheur allemand, démasquée par le contre-espionnage dix ans plus tôt. Divorcée, exilée à Moscou, puis revenue au consulat à Munich depuis deux ans pour coordonner les efforts avec le BND, les services extérieurs stratégiques allemands. Ès qualité SVR, service de renseignement extérieur russe. Revenue, surtout pour retrouver ses enfants.

Sous son grade de major colonel et sa fonction de résidente du SVR à Munich, elle restait une séductrice, une Eurasienne qui attirait toujours le regard des hommes, même s'ils jugeaient désormais ses fesses un peu lourdes sur des jambes si longues.

Avait-il donc à nouveau besoin d'elle pour ce qu'elle provoquait dans les yeux des hommes ?

Lorsque l'on prend la petite route qui longe l'enceinte est de la base aérienne 105 d'Évreux, on passe parfois sans le savoir devant une grille renforcée de sacs de sable. Des binômes cynophiles en protègent l'entrée. Quand les phares de la limousine du directeur général de la DGSE balayèrent la barrière du poste de garde, les sentinelles en béret saluèrent le passage du véhicule.

Dans la 607 gris métallisé, le gyrophare bleu s'éteignit.

La voiture roulait au pas vers un tarmac illuminé. On s'affairait autour d'un Mystère 50. Derrière le chauffeur et Marie-Claude, le directeur des Opérations et Montserrat.

Le DO et Montserrat avaient fait presque silencieusement la route jusqu'à Evreux. Le général avait commenté la décision prise par son chef en avançant qu'il s'agissait vraisemblablement d'une opération dans laquelle les anciens alliés, Américains ou Britanniques, ne seraient certainement pas du bon côté. Les relations avec Londres et Washington étaient encore tourmentées. Compromettre contre eux un agent actif du Service dans une opération clandestine exigeait une prise de risque trop élevée.

Michel Montserrat n'avait pas vraiment écouté. La vérité viendrait plus tard. Il n'était pas impatient, juste rompu. De nouveau il allait embarquer pour une destination incertaine. Des visas exotiques bardaient un passeport au nom de Marc Leclerc, grand reporter. Il apprendrait sa leçon pendant le long vol qui l'attendait.

Un sous-officier parachutiste du Service Action fit signe au chauffeur de la limousine de se rapprocher du Mystère 50. Le ravitaillement en carburant était achevé.

Montserrat connaissait bien cette annexe de la base aérienne 105, cachée aux yeux du monde : la base du groupe aérien mixte « Vaucluse », unité aéromobile de support du Service Action de la DGSE. DCH-6 Twin Otter, C-160 F Transall, hélicoptères de combat Cougar. Secret, vitesse d'exécution, opérabilité en terrain hostile.

On déployait de grands moyens pour projeter très loin, confidentiellement, un agent pourtant retiré.

Le voyage pouvait débuter.

8

MISSION très spéciale à Samarcande. Même pour un ange.

L'ombre portée du Kremlin pèse encore sur l'Ouzbékistan. Avec le mausolée de Tamerlan en arrière-plan et la nuit qui tombe brutalement sur sa tunique en renard noir, Volodia Makine semble une splendeur solitaire.

Sous la base du dôme extérieur du mausolée, apparaît encore, malgré l'obscurité qui vient, une sentence soufie : *Allah est le seul Dieu et Mahomet est son prophète.*

La mission de Volodia Makine s'inscrit sous les auspices des empires entrelacés de Dieu et des tsars, où les dirigeants issus du communisme prêtent désormais serment sur le Coran. L'espionne est seule et les vents de cet hiver sec qui giflent son cou brusquement découvert. Rien n'épargne ses rides. L'objectif est à trois minutes.

Elle sait qu'une centaine d'agents au moins sont déployés. P1 : priorité absolue. La patte de l'ours est lourde et l'Ouzbékistan se trouve encore sur son territoire. Volodia Makine sait qu'elle progresse dans l'œilleton de jumelles, que tout est filmé, et que quelqu'un suit les événements très précisément.

Elle contrôle les battements de son cœur. Ce fut aussi

pour cela qu'elle a été recrutée : cette capacité, aux moments cruciaux, de ralentir son activité cardiaque.

Avant de pénétrer dans ce restaurant bon marché, le Labi Gor Tchaikhana, les effluves des cuisines à même le trottoir l'agressent. Une lumière chaude, la voix des hommes, l'odeur du tabac, celui des brochettes de *chachlik*, cette odeur épaisse de graisse, de viande et d'oignon. Combien d'agents dans cette salle fermée d'un *iwan* à double étage ?

Hommes et femmes ont levé les yeux quand Volodia Malakine a fait son apparition. Elle fait semblant d'hésiter, cherche une place. Ses yeux balaient les tables, l'une est libre. Elle repousse du revers d'un gant le maître d'hôtel qui joue seulement son rôle. Quand elle allonge ses jambes bottées, alors seulement elle tourne ses yeux, ses lèvres, sur sa droite où, attablé seul, dîne un étranger. L'objectif.

Elle ne sait rien de lui, sinon qu'il dort cette nuit à l'hôtel Zarina, à deux pas, qu'il aime les femmes, qu'elle doit coucher avec lui cette nuit et se soumettre à ce qu'il veut.

Il a levé les yeux comme les autres. On lui a appris à demeurer naturel. Ne pas mater une belle femme quand on est un homme seul en voyage est une faute professionnelle. Elle l'a dévisagé par-dessus son épaule, l'a photographié en une demi-seconde. Un homme fatigué. Profondeur, passé, un souffle lointain. Elle n'a pas le temps de chasser son regard brun, il la capte aussitôt. Le choc est subtil. En un instant ils se sont dit l'un à l'autre : « *Nous sommes pareils.* »

Il n'ignore pas, il ne peut pas. Le restaurant est bondé mais une table est restée libre sur sa gauche et voici que survient une divine : pute ? agent ? pute-agent ? Les meilleurs des comédiens les entourent. Paranoïa ? Il s'en moque. Finalement, demeure-t-il encore un espion ?

Rester naturel, cela signifie courtiser cette offrande. Il n'a rien à préserver, aucun document à dissimuler. Il est seulement de passage. Samarcande n'est qu'une étape sur sa route. S'il est réellement « tamponné », autant festoyer.

Le cœur de Volodia s'affole. Cette voix est bien celle d'un homme qui aime les femmes, les attire puis se laisse piéger, ferme les portes brutalement, chuchote aux oreilles prisonnières et s'évanouit sur le dos des belles endormies. Oui, elle comprend l'anglais, mais il ne parle pas si mal russe. Et quand leurs yeux se retrouvent, ils ont confirmation. Ils sont pareils.

Cette fois, l'homme lui délia son chignon.

Au confluent de tous les Orients, dans la poussière retombée des caravansérails. Un homme, une femme. Sur une route oubliée, sous la protection de dômes saphir sur lesquels jamais ne se voilait la lune. Il n'avait pas résisté, pas à ces yeux qui appartenaient aux steppes et certainement aux rivages du Pacifique. Métissage improbable, promesse et persévérance. Il vénérait l'éternité et la langueur des femmes amoureuses, la nervure de leurs seins. Ils se sont aimés à Samarcande.

Tracé rectiligne. Au cœur des steppes, une ligne d'asphalte gris qui fend la poussière. L'hiver sur la route de la soie, en Ouzbékistan, en direction de la frontière tadjike. Hors du temps. Des lignes de crêtes ondulent à l'horizon. Personne. Le silence et, parfois, une rafale d'un vent du sud, souvenir glacial des solitudes continentales afghanes.

Plus loin, debout, seul, un sac à dos porté à l'épaule, engoncé dans une parka de cuir doublée, les yeux protégés par des lunettes de soleil de haute montagne, les cheveux gris coupés court, un homme attend.

Le taxi, une Lada survivante, l'a abandonné il y a une dizaine de minutes. Il a demandé au chauffeur, un Ouzbek de Daria aux yeux clairs, de le conduire au-delà des champs infinis de coton, à un kilométrage précis. Avec un grand sourire, il avait doublé le prix de la course.

Perdu dans l'immensité minérale, Michel Montserrat a pris appui sur son sac, son partenaire de route. Comme il aime les nulle part, il est presque heureux. Il ne connaît toujours pas le prénom de cette femme. La nuit de Samarcande a été blanche, et brève l'aurore, puis il a parcouru les kilomètres d'un trait, une halte à Daria, puis ici. Fin du périple.

Il est arrivé en avance dans cet empire d'arbustes fantômes, où la pierre combat le sable. Une heure d'avance. Ici, la parole ne trouve pas d'écho. Le froid de décembre crevasse les lèvres, un tourbillon au loin, dans le presque désert.

Avec ses gants, il frotte sa barbe de trois jours, se parfume d'un cuir usé. Un rituel lors des voyages étirés aux confins.

Ouragan furtif. Clandestin, le Falcon fend la steppe à cent pieds du sol et disperse dans son sillage une furieuse poussière. Les pilotes positionnent le jet dans l'axe de la route. Objectif à vingt secondes. Une dernière crête, une vallée. Là. Comme convenu, *Point Omega*.

Objectif accroché.

Le jet reprend quelques pieds d'altitude.

Instinctivement, Montserrat s'est courbé sous le souffle du triréacteur. Le jet vire au loin, puis resurgit. Le train d'atterrissage est sorti. Supersonique très coûteux. Pile à l'heure. Point Omega. Au bout du bout du monde.

Les réacteurs s'apaisent. Une passerelle s'abat. Un homme trapu et chauve touche le sol et s'approche. Il explore d'abord le contenu du sac à dos, puis effectue, de deux mains puissantes, une fouille au corps sommaire. Il jauge Montserrat et, d'un geste, l'invite à prendre place à bord.

Espace sobrement luxueux : cuir et acajou, teintes neutres, dominante de gris. Un long salon. La porte de la cabine de pilotage est bouclée. Le maître des lieux est jeune, à peine la quarantaine, mais déjà le crâne est un peu dégarni et ses cheveux sont bruns. Il porte un costume sombre taillé sur mesure, une chemise blanche, pas de cravate. Ses chaussures, élégantes et fines, viennent d'un chausseur milanais. Pas d'objets personnels dans le salon du Falcon, juste un ordinateur portable. Le garde du corps reste à l'extérieur de l'appareil. Le quadragénaire se lève pour accueillir son hôte dans un français parfait :

– Bienvenue, colonel Montserrat.

La trace d'un accent slave. Il fait signe à l'agent français de prendre place. Ce dernier laisse choir négligemment son sac sur la moquette. Les fauteuils sont doux, au parfum de cuir. Une oasis.

– Merci d'être là, poursuit-il. Je sais, c'est loin... Mais c'est simplement sur ma route... Et puis ici... (il regarde autour de lui) nous sommes seuls.

Il a raison. Que choisir, en effet, de plus discret ? Il propose à son invité quelque chose à boire. De l'arrière de l'appareil surgit une délicate hôtesse auburn d'à peine vingt ans. D'un commun accord, ils choisissent un verre de château Haut-Brion 1989.

– Je suis russe, colonel. Je m'appelle Abraham Levovitch. Je suis né en 1964 en Israël. Il y a douze ans, je suis revenu dans le pays de mes parents. Je suis maintenant – on nous appelle ainsi – un oligarque. Je suis riche.

Puissant. Jusqu'à inquiéter notre nouveau tsar. Je possède beaucoup de très belles choses et, surtout, j'en vends.

Montserrat s'abandonne légèrement contre le dossier du fauteuil. Il cherche les arômes subtils du Haut-Brion, mais sa gorge est encore desséchée par la steppe.

Levovitch le fixe. Son regard sombre, encore si jeune, est bien celui d'un dominant.

– Certains évoquent l'éternité, mais pour ma part, colonel, je sais que je ne vends que de la vanité.

Robe rubis, graves premier cru, nez de mûre, et en bouche... comme le vieux cuir des gants, l'envie du voyage.

– Je vends des diamants.

Château Haut-Brion. Divin passeport. Le vacarme des réacteurs s'est enfin tu. C'est le moment de se confier. Dans un effort de complicité, le Russe se penche vers Montserrat.

– J'ai bien entendu quelque chose à vous proposer...

Le temps des puissants est compté.

– Connaissez-vous les diamants, colonel ?

– Jadis, je me suis rendu dans des zones qui en produisaient.

– Angola ?

Michel Montserrat élude la réponse dans une gorgée de graves, une fuite exquise.

Entre ses mains, Levovitch tient déjà une photographie, qu'il pose nonchalamment sur la table basse. Montserrat distingue deux hommes. Il les connaît parfaitement. Le premier, en treillis léopard, est un Africain barbichu au corps puissant, au regard magnétique, avec une canne dans sa main droite et, dans un holster porté à la ceinture, un Colt à la crosse en ivoire. Montserrat a vécu une partie de sa vie masqué à ses côtés. Abattu par ses ennemis le 22 février 2002 : Jonas Savimbi. Le second

94

est un type assez sec dans une tenue de combat, avec une barbe mal entretenue, des yeux bleus, et qui, à l'époque, n'était pas encore colonel. Un jeune capitaine. Un rien trop sûr de lui, sans états d'âme. En arrière-fond de la photographie, la paroi de torchis d'une case traditionnelle, un django, où se réunissent les chefs en Angola.

– Réponse à ma première question ?

Montserrat plante son regard dans celui de Levovitch. La suite ?

– Connaissez-vous cette femme, colonel ?

Deuxième photo. Une jeune femme, trente ans à peine, des cheveux châtains, courts, une veste beige à poches sans manches, un pantalon de randonnée. Visage doux. Elle ne pose pas. On lui a volé son regard vert sur un marché d'Afrique. Au Congo, peut-être ?

– Vous n'avez pas de chance, Abraham...

D'un hochement de tête complice, Levovitch lui accorde tacitement cette familiarité.

– Vous ne pouvez pas posséder de clichés me compromettant avec cette fille...

– Dommage, en effet. Mais je sais qu'elle a été l'un de vos agents à Kinshasa. Savez-vous ce qu'elle est devenue ?

Geste vague. Montserrat ne veut pas savoir. Qu'elle aille au diable.

– Elle a franchi sans trop de difficultés la « frontière », Michel. De l'humanitaire à la contrebande, il n'y a qu'un pas. Elle travaillait pour moi...

Michel Montserrat ne veut pas se souvenir et le laisse poursuivre :

– Il est vrai que ses précédents commanditaires l'ont vite lâchée. Ingratitude des structures, Michel. Et puis, vous savez fort bien pourquoi vous avez, un jour, recruté cette fille sur une piste tchadienne : elle ne recule devant rien, elle ne respecte rien. Sans scrupules. Pas de vertu. Pas d'amour-propre. Regardez ce visage, souvenez-vous.

Si tendre... A-t-elle de la compassion pour ces enfants africains auxquels elle semble sourire ?

Ce sourire est une plaie ancienne, que Levovitch soupçonne non cicatrisée.

– Vous savez comme moi, Michel, ce que vaut cette femme. Tout pour elle, rien que pour elle. Impitoyable. C'est pour ça que vous l'avez larguée. Incontrôlable. Vous avez mis la main sur quelque chose de très venimeux. Vous avez ensuite voulu l'ensabler mais elle n'a jamais disparu. Je l'ai ensuite utilisée...

Montserrat imagine fort bien à quoi.

– Raphaëlle de Marsac est devenue mon interface avec Jonas Savimbi pour traiter mes affaires de diamants avec l'Unita. Je n'avais aucune confiance en elle. Je prenais seulement des dispositions élémentaires pour prévenir tout malentendu entre nous. Oui, entre Raphaëlle et moi, j'ai immédiatement dressé un rapport de force. Elle a respecté cette règle jusqu'au 2 août dernier...

Montserrat saisit sèchement la photographie. Le Russe poursuit :

– Jour où Raphaëlle de Marsac a disparu. Elle travaillait pour une compagnie aérienne sud-africaine. Elle était la logisticienne d'un vol spécial entre l'Angola et Johannesburg, affrété par un tiers. Stones, ça vous dit quelque chose ?

Le pouvoir. Absolu. Sur le continent noir, et pour Montserrat, ce nom signifie manipulation et oppression. Puissance occulte, ramifications d'États. L'agent français ne les veut pas pour ennemis.

– Je crois que vous avez déjà eu affaire à eux.

Le Russe, qui en sait décidément beaucoup, reprend :

– L'Antonov 72 n'est jamais parvenu à Johannesburg. Raphaëlle de Marsac, trois Britanniques, l'appareil et son équipage ont disparu corps et biens quelque part en Afrique. Jusque-là, rien d'ennuyeux.

Levovitch pose calmement le verre de château Haut-Brion sur la table basse.

– Mais, sur ce coup, elle bossait pour moi. Elle devait me ramener quelque chose qui risquait de m'échapper et qui me revenait.

– Un diamant, bien sûr.

Sur le visage de Levovitch, enfin de la colère. Contenue, sourde.

– Non, le diamant. Celui que tous convoitent. Brut. 791 carats. Rouge intense. Vous ne pouvez pas imaginer ce qu'un homme ou une femme est prêt à faire pour ça.

La tension monte.

– Imaginez, Michel, notre Raphaëlle en contact avec cette pierre...

Montserrat imagine très bien. Abraham Levovitch reprend son calme.

– Elle m'a volé, colonel Montserrat. Elle m'a volé et elle a tué tous les autres. Parmi ses victimes, le chef de la sécurité du premier de mes concurrents : Quentin Ward. Évidemment, pour eux je suis le premier suspect. Avant-hier, en Afrique, au Congo, sur la frontière angolaise où je possède des concessions, un commando de mercenaires était là pour m'abattre ou m'enlever. Les gens de Stones se trompent : je n'ai pas le diamant. Dix millions de dollars pour celui qui me la retrouvera. Elle et la pierre.

Steppe ouzbek. Un visage si doux sur un marché de Kisangani, ex-Zaïre. Dix millions de dollars.

– C'est non, Abraham. Je rentre chez moi.

Libre désormais, Montserrat peut dire merde à qui il veut. Il n'y a pas d'effet de surprise. Le Russe sourit.

– Pour un homme comme vous, où est-ce, chez vous ? Vous oubliez cette femme, cette princesse. Sa libération en Birmanie vous coûtera cher. C'est un projet inaccessible pour vous. Dix millions de dollars seront plus que nécessaires pour la sortir de là... Les généraux birmans sont gourmands.

Montserrat a l'impression d'entendre le directeur général. Les fuites ont été scrupuleusement organisées. Pour l'agent, un monde s'effondre. C'est plus qu'assez. Il se lève. Peu importe où, il rentre chez lui.

– Je m'en vais.

C'est définitif. Il ramasse son sac et tourne le dos à Levovitch. La voix du Russe l'arrête :

– Savez-vous qui est la fille avec laquelle vous avez couché cette nuit, à Samarcande ?

Montserrat n'est pas encore sorti de l'appareil. Rien n'est définitif.

– Son nom ne vous dirait rien. Elle travaille pour le tsar. C'est sa chasse gardée, mais parfois, pour lui, elle se donne à d'autres. Quelqu'un a voulu vous faire une dernière faveur.

L'homme de main trapu bloque la sortie du Falcon.

– Un dernier baiser avant la sanction. On veut vous punir. Je crois qu'on vous suspecte d'avoir fait éliminer un homme du tsar, au Yémen.

Montserrat calcule ses chances de franchir l'obstacle constitué par le cerbère du diamantaire. Elles sont nulles. Il va se faire tabasser à mort et il n'en a plus vraiment le courage.

– Deux hélicoptères MI-24 transportant une section de commandos spetsnaz remontent la route depuis la frontière tadjik. Leur mission est d'intercepter un véhicule dans lequel a pris place un étranger, à Daria. À l'heure qu'il est, ils interrogent votre chauffeur de taxi, à une cinquantaine de kilomètres d'ici. Ils n'auront pas besoin d'être persuasifs. Dans dix minutes, au plus tard, ils seront sur nous. Ils obéissent à une autorité suprême... (Abraham Levovitch se sert un second verre de graves) un service abandonné par l'histoire, après la disparition de Staline. Une entité créée pour liquider les ennemis du peuple, une conjuration de tueurs. Ressuscitée par notre président, pour son seul usage et dirigée par un inconnu qui ne rend compte qu'au tsar... Le SMERSH, *Smyert Spionam*, « Mort aux espions. » Le SMERSH est à nouveau opérationnel. Ils ouvrent le bal ce jour. À la bonne grâce de leur maître. Bien des tueurs dans votre dos, colonel Montserrat.

Le garde du corps s'efface. La voie est libre. Montserrat a un pied sur la passerelle. Levovitch consulte sa montre.

– Dans neuf minutes, ils seront là. On ne retrouvera jamais votre corps.

Devant Montserrat, la route est toute droite, certainement courte aussi. Il entend courir derrière lui. Une voix soudain plus amicale, plus chaude :

– Michel, pas de conneries... Refusez mon deal, mais ne traînons pas...

Levovitch a saisi le Français par une manche. Montserrat se retourne. La respiration du diamantaire est haletante. C'est la peur, et rien d'autre, qui porte désormais ses mots.

– Ne traînons pas. Ils arrivent.

Leurs yeux ne se lâchent pas. Montserrat sait qu'il n'est plus un combattant. Les réacteurs du Falcon ronflent.

– Vous pourriez être russe, Michel. Vous êtes suffisamment dingue pour ça...

Il reprend son souffle.

– Et surtout, suicidaire.

Le ciel, limpide. C'est presque le soir. Le Falcon plane sur l'éternité des steppes. Montserrat est penché sur le hublot. Les pilotes leur indiquent la position de l'ennemi. Seulement deux points sombres, et leur ombre portée qui court le long de la route, à trois mille pieds sous les ailes du jet. Deux hélicoptères. À trois minutes près.

Qui était la fille de Samarcande ? Un dernier baiser, avant élimination. Après la courtisane, il y a eux. Les exécuteurs sont prêts, harnachés, sanglés, cagoulés. Le noir est leur seconde peau. Les armes sont déverrouillées, mais rien à l'horizon. Pas une silhouette. Les deux hélicoptères s'en vont à la rencontre de personne.

Le Falcon a repris son plan de vol. Devant eux, le continent indien, une escale à Calcutta, puis un stop à Kuala Lumpur, avant la destination finale, l'Indonésie : le sultanat de Kalimantan, sur l'île de Bornéo, sous une latitude d'étuve. Quand Montserrat se retourne vers Levovitch, il surprend son soulagement. Le jet survole maintenant le massif du Panshir, l'or du couchant.

– Vous êtes chanceux, colonel Montserrat. Pour eux, pour le SMERSH...

Il boit une dernière gorgée de graves.

– Vous êtes la cible 0.

9

L E Falcon, en progressant vers l'Asie, a rattrapé la nuit. Pour une heure ou deux, Levovitch s'est retiré dans une cabine à l'arrière de l'avion. Michel Montserrat ne trouve pas le sommeil.

Quelques minutes après le survol des premiers contreforts pakistanais du Cachemire, le Russe lui a avoué : « Je marche avec vous, Michel, mais surtout, je marche comme vous : le couteau sous la gorge. »

Un mois plus tôt, en novembre, l'hiver débutait à Moscou. À cette heure avancée de la nuit, l'aéroport de Domodedovo était encore ouvert. L'essentiel du trafic s'en allait vers les républiques asiatiques et caucasiennes. Le Falcon d'Abraham Levovitch se dirigeait vers le tarmac de la zone des jets privés. Ce jour-là – il était une heure du matin – se tenait le conseil d'administration du conglomérat dont il était président : commerce du luxe en Russie. L'avion s'immobilisa. Piotr, le garde du corps vigilant, contrôla la descente de la passerelle. Audehors, sous la neige qui cinglait en rafales, on distinguait à peine sous les projecteurs la masse sombre des hangars. Piotr, le premier, sortit de l'appareil. Il portait le sac de voyage de son patron. Quand il toucha le sol givré, des ombres jaillirent, et le ceinturèrent.

Deux véhicules se portèrent immédiatement à la hauteur du Falcon. Quand Levovitch apparut sur la passerelle, le comité d'accueil était au complet. Manteaux sombres, chapkas grises. Et, tout autour, la menace d'hommes masqués. Forces spéciales du FSB, groupe Alpha. Abraham Levovitch n'ignorait pas la nature de la convocation. Mais avait-il le choix ?

Il fut conduit directement à Matroskaïa Tichina, une prison de haute sécurité où les voix sont seulement des échos, et la lumière carcérale.

Le président entra comme un ami dans la vaste et confortable cellule. Il embrassa chaleureusement Levovitch, qui avait conservé son costume noir. Il invita le diamantaire à se rasseoir sur le sofa de cuir. La pièce était presque luxueuse. On ne cherchait pas à l'humilier, il n'était pas un ennemi politique, seulement un profiteur qui avait oublié ses premiers protecteurs, un ancien agent de renseignement qui avait découvert le monde au travers d'un prisme en trois lettres : KGB. Le président aussi. Tous ceux qui avaient réussi avaient grandi dans le même berceau. Certains en avaient conservé l'orthodoxie. D'autres, plus malins, avaient renié leurs engagements et privilégié leur propre compte au détriment de celui de la nation. Le président et Levovitch n'avaient pas suivi le même destin. Pourtant, l'un et l'autre se faisaient confiance. Chacun connaissait son rôle. Le vice et la vertu. L'un n'allait pas sans l'autre. Le président ne craignait rien du détenu, mais un officier de sécurité demeurait à la porte maintenue entrouverte. On entendait des chuchotements dans des oreillettes.

Le président était debout, les mains croisées dans le dos.

– Il faut s'acquitter de ses dettes envers la nation un jour ou l'autre, Abraham. Tu as trop profité, comme les autres, des faiblesses de Boris. Vous étiez très jeunes, très ambitieux, vous vous êtes partagé le gâteau à peu de frais. Tout foutait le camp, c'était facile pour ceux qui avaient du talent et du culot. Vous avez choisi d'être riches. Pour certains le pétrole, pour d'autres le nickel, pour toi les diamants... J'ai choisi la politique. Nous venons du même camp. Nous sommes une famille. Ce qui change, maintenant, Abraham, c'est qu'ici on doit à nouveau structurer. Tu sais, un peu comme avant... On ne va pas laisser les Américains nous bouffer. Tu as vu nos gamins ? Tu sais vers quoi ils veulent aller ? Ce n'est pas l'avenir que nous voulions hier pour la nation. Abraham, il va falloir participer à l'effort commun.

Geste d'impuissance ironique du diamantaire.

– Tes biens dans le pays vont être confisqués, et les actifs russes de ton groupe, nationalisés. Le fisc te réclamera d'énormes arriérés. Nous nous contenterons de ça pour l'instant. Tout à l'heure, ton conseil d'administration votera à l'unanimité : je compte sur ta procuration... Ça te laisse quelques ressources ailleurs. Tu conserves les pierres dans tes coffres d'Anvers, de Tel-Aviv et de Johannesburg. Je ne peux pas te les enlever, c'est le sel de ta vie. Par ailleurs, sur le marché du diamant, je nous veux moins dépendants de Stones. Ça tombe bien, nous sommes d'accord sur le sujet, nous voulons la même chose. Il me manque un vrai conseiller pour mener tout ça à bien. Un gars qui n'ignore rien des méthodes du *Syndicat*, et qui aime sa patrie, comme toi, il y a quelques années. En Israël, tu as très bien bossé pour nous. Pour un fils d'exilé, c'était exceptionnel. Il y a vraiment du russe en toi. Nous sommes deux frères. Ils ont achevé ton père, aide-moi à leur faire comprendre. Toi aussi, tu veux leur faire payer. À nous deux, nous casserons le *Syndicat*. Les États-Unis sont décadents, la Chine succombera à ses appétits, dans dix ans je veux la Russie en tête partout. J'ai besoin de toi.

Le président laissa tomber les yeux sur sa montre. Il luttait toujours contre le temps.

– Ah, autre chose. J'ai été informé de ton infortune dans l'affaire du diamant de Savimbi. C'est un grand malheur que d'avoir laissé échapper cette pierre. Depuis que cet avion a disparu des écrans radars, beaucoup de monde s'agite. Les Anglais – notre station de Londres est formelle – sont très énervés. Pour eux, vraisemblablement une affaire de souveraineté. Le meilleur élément du service secret britannique a été mobilisé. Ce diamant doit être extraordinaire...

Levovitch savait où le président souhaitait l'entraîner.

– Mais si, ensemble, nous ambitionnons d'être demain les premiers, insista le président, ce diamant est pour nous. Je le veux auprès de l'*Orloff* au Kremlin.

Le ton de la voix était définitif, mais il se fit aussitôt plus doux, il était passé maître dans l'art de manier le chaud et le froid.

– Tu recevras une compensation exceptionnelle. En Sibérie, les dernières explorations vont au-delà de nos plus grandes espérances. J'ai besoin de toi.

Ils s'approchèrent pour l'accolade. Le tsar n'attendait pas de réponse. Le plan de bataille était établi. Il saisit fermement le diamantaire aux épaules. Le président était aussi un judoka robuste et souple. Levovitch ressentit alors toute l'énergie de cet homme. Ils se fixèrent durement, tendrement. Le président conclut :

– N'oublie pas notre mère patrie. Ta liberté... contre ce diamant, mon frère.

– Mon camarade ?

– Oui, camarade.

Levovitch avait achevé son récit en détachant les quatre dernières syllabes : *ca-ma-ra-de*. Il avait pensé que l'histoire aurait pu soulager Montserrat : tous les deux étaient engagés comme une balle dans la culasse d'un revolver, sans possibilité de se retourner. Tous les deux étaient impliqués dans un processus où le diamant, finalement, n'était qu'un instrument.

En fait, cette fuite en avant déprimait Montserrat. Il termina seul la seconde bouteille de château Haut-Brion. L'hôtesse, délicatement, fit basculer son siège qui se transforma en une confortable couchette. Avec grâce, elle déposa un plaid sur ses jambes. Il sombrait dans le sommeil.

Il était saoul. Finalement, cela valait mieux.

L'hiver est comme le plomb. Kazakhstan, pleine lune. Il n'y a pas de cavaliers à l'horizon. Friche industrielle post-stalinienne, après l'apocalypse.

Elle est une espionne, mais elle demeure, pour cette mission, la plus belle des putains de Russie. Elle avance, seule, sous les toits opaques, dans des déserts d'ateliers où résonnent encore des voix spectrales. La Révolution n'est plus, pas un écho dans les fonderies de Karaganda. L'Himalaya n'est pas si loin, on sent la tentation de la Chine, la morsure, plus au sud, des rivages désolés du lac Balkhach. Continental, au cœur du monde, entre terre et ciel.

Elle ne marche pas. Ses bottes ne foulent pas la poussière éternelle, comme si elle survolait le cimetière des illusions. Seule la dernière lumière de la lune court sur son manteau d'astrakan. Elle est brune, ses cheveux tombent sur ses épaulettes. Ses yeux, miroirs et brume. Haute, naturellement fière, elle sourit aux ombres des ouvriers effacés. Elle a ôté ses gants noirs pour donner ses longues mains à la pénombre.

Comme hier, elle le retrouve pour un contact clandestin. Elle le sait : il est, et restera toujours un espion. Le secret est sa vie. Peu importe le sommet du pouvoir, peu importe qu'il soit le maître. Il demeurera ce jeune agent, le plus ambitieux de tous, qui a croisé sa route.

Volodia Makine a été son assistante vingt ans plus tôt, quand il n'était que le résident du KGB à Dresde en RDA, soit un précoce chef de poste. Elle n'a jamais couché avec lui. Elle n'était qu'une exécutante dévouée dans le cadre de la couverture de la Maison de l'amitié germano-soviétique. Mais, pour lui, à l'époque, elle a baisé avec des dignitaires de la Stasi. Pour lui, encore aujourd'hui, elle ferait tout. Son camarade président lui en est reconnaissant. Ils partagent tant. C'est pourquoi, à présent, elle accepte de livrer à nouveau son corps.

Pour le maître, l'amorce d'une mission de renseignement concernant une femme ou un homme débute par la découverte de son corps, de ses sens, de ses envies les plus profondes.

C'est une affaire d'État, pour les seuls yeux du tsar. Il s'agit d'un agent étranger qui aime les femmes. Un espion français. Qui d'autre que Volodia Makine aurait pu endosser ce rôle ?

Pour accomplir cette mission, elle a repris son pseudo d'autrefois. C'est lui qui, à Dresde, avait choisi ce surnom : les yeux de Volodia témoignent d'une origine lointaine, bien au-delà d'une chaîne de montagnes russes.

Volodia attend, sans une inflexion du regard, sans un tremblement des lèvres. Pas un souffle. Catalepsie. Mais il y a ce vent d'est, venu du Xinjiang, qui hurle dans les coursives d'un siècle passé.

Face à elle, une simple chaise. Il arrive comme à son habitude : c'est une ombre. Il a fixé le lieu du rendez-vous. Une halte nocturne sur la trajectoire d'un voyage d'État. Il rajuste timidement le revers de son pantalon, entrouvre légèrement sa parka. Ses yeux sont – toujours quand il la retrouve – fuyants. Elle anticipe tout : il se raclera un peu la gorge, réprimera un geste tendre de la main, retiendra son émotion pour accorder le ton de sa voix, celui d'un confident. Il redeviendra le résident du KGB à Dresde. Ils se rencontraient dans des appartements sordides, des arrière-cours d'usines ou de dépôts d'autocars, dans des entrepôts ferroviaires ou parfois dans des caves. Il se méfiait de tout, et surtout de leurs alliés est-allemands. Il prévoyait déjà la débâcle, la trahison. Un monde s'écroulait sous leurs pieds. Elle et lui représentaient le dernier rempart. Il modifiait sans cesse les itinéraires et les planques. Il détestait la Stasi. Tout un peuple ne pouvait pas devenir espion. La globalisation de la surveillance tuait le renseignement.

Pour lui, l'espionnage était une affaire de professionnels. Avec sa réserve coutumière, il lui dit simplement :

– Bonsoir.

Le vent de Chine est tombé.

– Bonsoir, Volodia.

C'est la première fois qu'il la prénomme ainsi en cours de mission. L'éloignement, les années qui s'en vont ? Ils ne se sont pas retrouvés depuis de longs mois. Elle prend le temps de le dévisager. Comme toutes les femmes de Russie, elle le trouve beau, mais, plus que les autres, elle le sait émouvant. Il ne vieillit pas, conserve cette allure juvénile. Ses yeux ont gardé toute leur vivacité. Il a toujours fonctionné vite. Il a toujours su où aller. Cette nuit, un seul sujet le passionne :

– Je veux que tu me parles de lui.

Avant, elle voudrait lui dire que...

– Seulement de lui, prévient-il.

Silence.

107

– Tu n'oses pas ?

Elle a un geste de recul.

– Parle-moi de lui. Parle-moi de ce qu'il aime, de ce que tu lui as fait.

Elle déglutit. Elle articule douloureusement les premiers mots :

– Je ne sais pas s'il est vraiment beau... Il ne m'a pas embrassée. Je me suis d'abord collée contre lui. Il m'a masturbée. Pas comme les autres hommes... Il a cherché et découvert ce qui me plaisait.

Elle lève les yeux : le regard du tsar est ailleurs, fermé.

– De quoi avais-tu envie ? s'enquiert-il.

– Des mêmes choses que lui.

– Il t'a parlé pendant ?

– Peu. Il parle peu. C'est un homme blessé.

– Ses yeux ?

– Ses yeux sont bleus. Il remarque tout. Il a le goût du détail. Au milieu de la nuit, il observait mon dos. Ça a duré longtemps... Ce goût du détail... au milieu de la nuit... comme un espion.

– Ses mains ?

– Elles ne caressent pas au hasard. Il effleure seulement les seins. Ne les empoigne jamais. Ses mains ne tremblent pas. Il a suffisamment de puissance et d'endurance dans les doigts.

Elle devine qu'il s'imagine au bout des doigts de l'agent étranger. Ne sait-il donc faire l'amour qu'ainsi, au travers des rapports de son espionne ?

– Ses fesses ?

– Musclées. Des reins cambrés... mais j'ai connu mieux. Il a quelques kilos en trop. Ce n'est plus un homme en forme. Il a dû être un athlète exigeant. Mais c'est terminé. Il lui sera difficile de redevenir ce qu'il a été, ses épaules manquent maintenant d'énergie... mais son cou, sa nuque sont souples...

– Sa queue ?

Elle hésite. Elle peut se confier à lui comme à la plus proche de ses amies. C'est d'autant plus simple qu'elle n'a pas d'amies. Chacun de ses mots, elle le sait, le blesse. Ça le prend au ventre. Il fournit des efforts pour ne pas être révulsé. Mais, au fond, peut-être aime-t-il cela ? Il posait les mêmes questions au sujet des cochons de la Stasi. Pour lui, elle leur a tout fait.

– Sans plus. Mais avec les mains, il a cherché ce que j'aime.

– Combien de fois as-tu joui cette nuit-là ?

– Vraiment ? Trois fois. Je ne jouis pas toujours avec mes partenaires.

– Ne me parle pas des autres.

La voix est sèche tout à coup. C'est un avertissement. Puis, plus douce :

– Parle-moi seulement de lui.

– Il aime lécher, très longuement. Il jouit trop vite la première fois.

– Son odeur ?

Il décline les questions qu'une femme aurait pu poser.

– Neutre, mais encore sur moi.

– Encore sur toi ?

– Je ne parviens pas à m'en défaire.

– C'est-à-dire ?

Silence tout à coup. Les mots ne viennent plus.

– C'est-à-dire ?

La courtisane reprend son souffle.

– Je n'efface ni ses yeux, ni sa voix, ni son odeur. J'ai encore ses mains sur moi.

– C'est-à-dire ?

C'est un ordre. Le maître est à présent un homme qui souffre.

– Je...

Elle baisse les yeux. À ses pieds, de vieux cahiers de consignes jaunis, calcinés.

– Je suis désolée...

Le tsar sait la suite.

– Je suis amoureuse.

Il n'y a plus de questions. Un mur s'élève entre lui et elle. Recommence à hurler le chant des frontières orientales, une prière maudite. Le bout de la nuit, l'aurore. La courtisane se relève. Pour lui, à présent, elle n'est plus l'ange. Seulement une putain.

– Pardon. C'est la première fois.

Il n'est pas homme à pardonner. Il présente son profil. Il ne veut plus la voir.

– Continue ta mission. Je veux tout savoir sur son passé avec Raphaëlle de Marsac. Dans quelques heures, pour nous, il assumera de lourdes responsabilités. Je ne confie rien à un inconnu. Je veux savoir son parcours, connaître ses rêves, débusquer ses faiblesses.

Elle a envie de fuir. La voix devient de plus en plus profonde :

– Il a déjà exécuté un grand serviteur de l'État, Igor Zoran, voilà un an, au Yémen. Maintenant... (un dernier silence)... il te prend.

Elle croit distinguer une larme. C'est un homme de fer. Elle détourne le regard.

– Continue ta mission. Quand il reviendra avec ce que nous voulons, je le pourchasserai. Il n'y aura pas de sanctuaire dans ce monde pourtant si vaste...

La courtisane se fige. Maintenant, elle a peur.

– ... pour Michel Montserrat.

10

DE la résignation ? Plutôt un réflexe de survie. Une faiblesse pour qui n'attendait plus rien des jours qui s'en allaient. Le soir tombait sur Kuala Lumpur. Jungle, marché chinois, minarets, technologie rampante, ville liane, Petronas Towers, highways, l'Asie en marche.

Montserrat aurait pu abandonner Levovitch à Calcutta, où l'escale avait été longue. Il aurait pu se perdre en ville : les tueurs du SMERSH étaient encore loin. Et après ?

Il n'avait plus l'énergie d'être traqué. Il n'était pas surpris de cette chasse ouverte. Il savait pourquoi.

C'était il y avait à peine un an, au cœur du Yémen. Nom de code de l'opération : Éternité. Élimination d'un terroriste. Coopération avec les « camarades » russes du FSB. Montserrat avait trahi le pacte. Il avait commis le sacrilège : éliminer un agent. Pas un ennemi, mais un partenaire. Et il devait payer le prix. C'était plus simple pour eux à présent. On ne s'élimine pas entre éléments actifs. Il était désormais retiré. La punition serait sans retour. S'ils l'avaient décidé, alors Calcutta, Kuala Lumpur, ou ailleurs, peu importait. Un homme seul ne saurait leur échapper. Si la Russie d'hier n'était plus, demeurait la persistance de l'efficacité de leurs espions. Les

Russes aiment ce jeu. Non comme les Anglais, par perversion dans la déchéance, mais par passion pour l'âme. En Russie, on ne renseigne ni par devoir, ni par fascination. On espionne parce qu'on aime, désespérément, la part cachée en chacun. D'homme à homme. Trouver en l'autre une part de soi, une part d'ailleurs. Fouiller dans les mémoires, laisser l'autre se découvrir, puis le voler, le dépouiller. Profiter de la puissance de l'ennemi. L'espionnage russe est un art martial. Il se pratique dans le dénuement. Seul compte ce qui se trame à l'intérieur. Rien n'appartient plus à l'autre. Tout doit être découvert, mis à nu. C'est de la chirurgie. Parfois de la boucherie.

Montserrat savait ce qui lui était destiné. Ils avaient découvert qu'il avait programmé « l'effacement » de l'un de leurs maîtres espions. Et s'ils avaient recréé une machine à tuer, fuir n'avait plus de sens. Tenter de durer un peu plus. C'était tout. Comme un grand malade condamné. Sa seule chance de durer pour l'instant s'appelait Abraham Levovitch.

Il avait donc décidé de prolonger le voyage jusqu'en Malaisie, puis en Indonésie où il ne connaissait pas Kalimantan et ses mines artisanales de diamant. Abraham Levovitch avait pour projet d'y acheter une exceptionnelle pierre rose au sultan. Il semblait soucieux d'acquérir ce diamant, mais conservait calme et lucidité. C'était un animal à sang froid. Polyglotte, rusé, méthodique, charismatique, Montserrat le soupçonnait d'avoir exercé le même type d'activité que celle qui avait enrichi et pourri son existence. Il en était même certain. Ils avaient beaucoup en commun. Comme tous les dirigeants russes qui avaient réussi, il était passé par le KGB, le vivier des battants.

Montserrat ignorait si Levovitch saurait longtemps le garder sauf, mais c'était un compagnon de voyage idéal, son avion était confortable, discret le parfum de son hôtesse, muet son garde du corps et hallucinante la cave embarquée. Ils avaient évoqué, la nuit durant, quand le Falcon effaçait l'Inde, leur passion pour le vin. Avec démesure, ils avaient goûté à ce que l'on avait récolté de mieux dans la seconde partie du siècle.

À l'atterrissage à Kuala Lumpur, le Français avait mal à la tête, Levovitch aussi. Une pause s'imposait dans la capitale malaise. Ils reprendraient le cours du trajet tard dans la soirée. Entre-temps, Abraham Levovitch proposa de dîner en ville. Kuala Lumpur était familière à Montserrat. Il correspondait ici régulièrement, dans une autre vie, avec un agent infiltré jadis chez les Tigres tamouls à Ceylan. Les rendez-vous avaient lieu dans une villa de Selangor, chez sa maîtresse chinoise. Chaque mois, la ville grandissait, trente étages supplémentaires sur les gratte-ciel, de nouvelles autoroutes, des centres commerciaux flambant neufs. Quand l'agent rentrait à Paris, il lui semblait retrouver un musée. Il avait écumé les charmes contrastés de cette ville liane.

Kuala Lumpur s'était bien sûr étendue, avec encore plus de circulation. La limousine laissa le Sultan Abdul Samad Building illuminé de mille feux sur sa gauche. Le garde du corps, Piotr, conduisait la Mercedes de location. On s'engageait dans le quartier colonial du Padang. De hauts murs protégeaient des résidences interdites. Montserrat s'étonna : il ne se rappelait pas avoir vu des restaurants dans ce secteur.

La Mercedes emprunta, en revanche, une artère dont il se souvenait fort bien. La voiture tourna tout à coup là où il le redoutait. Le portail électronique de la propriété était ouvert. Des gardiens avec képis. Des limousines de marques familières. Des hommes en costume sombre, oreillettes et carrure puissante, leur ouvrirent les portières.

Levovitch eut un regard provocateur. Le propriétaire actuel de la demeure s'avança vers eux les mains tendues. Pas de présentations. Ils étaient attendus. Montserrat leva les yeux vers le ciel du soir où flottait un drapeau tricolore. Résidence officielle de l'ambassadeur de France en Malaisie.

L'hôte de marque de Son Excellence les attendait sur la terrasse. Ce dernier était en tenue sport, la chemise blanche ouverte. Il quitta son fauteuil en teck à l'approche du petit groupe. Haute stature, chevelure argent en bataille, regard vif. Il serra d'abord la main de Levovitch. Ils s'interpellèrent par leurs prénoms en se tutoyant. Puis il se tourna chaleureusement vers Montserrat.

– Bienvenue, mon colonel.

– Bonsoir, Monsieur le ministre.

L'ambassadeur disparut promptement. La terrasse de la résidence donnait sur un parc étendu, planté d'espèces rares. Senteurs de forêt primitive. Piège raffiné. Les grands félins chassent la nuit. Ils s'assirent face au parc. Le ministre leur offrit des cigares cubains. Le Russe accepta. Pour sa part, merci, Montserrat ne fumait pas. Un serviteur leur apporta du champagne millésimé. Le ministre et le diamantaire paraissaient savourer leur stratagème. On leva les coupes à l'hospitalité de la France.

– Mon cher Michel...

C'est sur un ton déjà victorieux que débuta le ministre des Affaires étrangères, tandis qu'on préparait un dîner pour trois sous la longue véranda.

– C'est à une histoire cruelle que nous souhaitons, Abraham et moi, vous initier. Pour le moment, pour vous, de l'information brute. Plus tard, seulement plus tard, vous nous direz si vous voulez être... notre complice.

En avait-il envie ? Avait-il envie de dialoguer avec un ministre de son pays, au cœur de cette capitale, après deux jours, deux nuits d'errance et d'incertitude ? Au

114

fond, il était libre. Il voulut prononcer un mot définitif et tourner cette fois les talons. Plus de colonel, plus de ministre. Nul n'apprécie autant l'insoumission que les esclaves élargis.

L'« histoire » aurait, il en était persuadé, de vilains relents et, bien entendu, il serait en première ligne, en lieu et place des puissants. Il avait déjà beaucoup servi, souvent à ses dépens. Il avait donné. L'envie ne venait plus sous la contrainte. Il n'aurait jamais dû accepter de monter dans cet avion sur la base d'Évreux.

Le ministre pressentit le malaise. Il avait été maladroit. Il se fit plus affable :

– Mais peut-être n'avez-vous pas envie d'entendre notre histoire, Michel ?

– Vous avez en face de vous un homme fatigué, avoua-t-il. J'ai servi mon pays plus que de raison. Mais je suis un agent secret, donc un homme suspect, on ne fait pas confiance aux vieux espions. On nous casse. On nous classe dans le dernier tiroir du secret : l'oubli. Nous ne sommes pas décorés pour services rendus, nous ne sommes pas reconnus par l'État. Nous perdons nos épouses, nous nous éloignons de nos familles... et, au bout du voyage, seuls survivent nos souvenirs. Il est tard, je n'ai plus votre santé, nous avons picolé avec Abraham toute la nuit, j'ai la gueule de bois et je vais vomir le champagne de l'ambassadeur.

Levovitch leva sa coupe.

– À la santé des vieux espions !

Montserrat prit appui sur les accoudoirs du profond fauteuil.

– Il est l'heure pour moi de prendre congé, Monsieur le ministre. Je m'en vais.

Les yeux du ministre virèrent au gris. Une colère qu'il ne pouvait plus contenir.

– J'aime la France comme vous, Michel. Je la sers

comme vous l'avez servie. Je suis ici aussi pour ça. J'ai pour ma part plus de douze heures d'avion au compteur, et je prends sur mon agenda surchargé une soirée avant une visite officielle en Chine. Pour vous.

Le ton monta :

– Je ne vais pas me laisser emmerder par les états d'âme d'un officier supérieur aigri ! Je me fous des aléas de votre milieu. Je me fous des devoirs de l'État et des droits de ceux qui, vainement, sacrifient tout pour le servir. Je vous propose une seconde chance. Une seconde vie. Il n'y aura aucun chantage. Vous êtes libre de nous quitter, mais oubliez alors la main tendue.

Puis, mezzo :

– Nous sommes deux compatriotes au bout du monde, sur le territoire de la France, pour évoquer, sous les étoiles, une affaire qui concerne une part de l'avenir de notre nation. Mon problème est le suivant : pour bien des raisons, je n'ai personne pour accomplir ce que vous pouvez exécuter, Michel. Vous êtes à la confluence de cette histoire. Vous et personne d'autre. Par ailleurs, vous êtes dans la merde.

Ne pas gueuler : *« Nous y voilà à nouveau. »* Aucun chantage, seulement un avertissement. Montserrat serra les poings et le laissa poursuivre. Dommage, derrière un rideau de bambous, il y avait cet officier de sécurité qui ne quittait pas des yeux son ministre.

– La fosse à purin est au-delà de ce mur, ajouta le ministre. Vous êtes un type seul. Il y a tout juste un an, vous avez fait assassiner le chef des forces spéciales du service de sécurité russe, l'officier supérieur du FSB Igor Zoran. Vous avez utilisé cette opération pour couvrir l'un de vos agents contre nos alliés. Vous n'avez pas hésité à faire disparaître de la circulation l'un des hommes de main du Kremlin, un proche de qui vous savez. Une initiative qui coûte cher.

Le ministre ne s'aidait pas de notes. Il maîtrisait parfaitement le dossier Montserrat.

– Par ailleurs, vous vous êtes mis en tête de libérer une fille emprisonnée dans un pays merdique. Vous n'avez pas le moindre premier dollar pour ça. N'oubliez pas : je vous tends aussi la main ce soir. Vous êtes le premier à connaître la puissance de vos ennemis. Il s'agit de votre peau, putain...

Il n'était plus que la cible 0.

Le chef de la diplomatie française soupira et, plus calme :

– Je vous demande seulement de m'écouter.

– Je capitule une petite heure. Par respect pour vos douze heures d'avion. En revanche, la grandeur de la France...

– Merci. Mais, par pitié, ne vomissez pas le champagne de notre ambassadeur.

En guise de trêve, Montserrat leva la main. Le ministre ouvrit son exposé :

– Tout a commencé en 1996, avec le changement de siège social de Stones, qui a quitté Johannesburg pour Londres. La famille dirigeante du premier groupe mondial diamantifère ne supportait pas l'installation des nouveaux dirigeants noirs en Afrique du Sud. Elle ne supporta pas non plus que Mandela modifie la loi minière de son pays au détriment des sociétés exploitantes. Il en a résulté un conflit féroce entre le gouvernement sud-africain et Stones, qui a décidé de renforcer ses positions ailleurs dans la sous-région australe. En position délicate en Angola, mais nous y reviendrons, et au Zaïre, Stones a jeté son dévolu sur la Namibie et le Botswana, deux pays désormais sous influence. Dans le même temps, profitant de la puissance de Stones sur le continent, Londres se découvrait une nouvelle ambition africaine. L'intervention militaire britannique en Sierra Leone n'avait pas pour seul objet de faire cesser la tuerie... Les Anglais n'étaient pas intervenus unilatéralement dans le monde depuis la guerre des Malouines. L'expédition en Sierra Leone était une première étape. Congo, Angola, Zimbabwe... Londres fait désormais entendre sa voix, mais dans le sous-sol, il y a toujours du diamant. La synergie est entière entre les services de sécurité de Stones et le MI6. Le diamant est maintenant un enjeu de souveraineté nationale pour la Grande-Bretagne. Et surtout de reconquête.

Le dîner était servi. Ils en avaient tous les trois grand besoin. Avec empressement, ils rejoignirent la table. Presque à regret, Montserrat plongea dans un grand bordeaux.

– Cette renaissance a ses limites : notre zone d'influence, reprit le ministre. Le problème, c'est que les Anglais ne distinguent plus vraiment, dans leur nouvelle optique, ce qui est à eux et ce qui est à nous. Ils violent les codes. Ils menacent la place de la France en Afrique.

Château-kirwan 1971. « Fachoda. nous revoilà. » Tout était dit. Les enjeux : l'orgueil, l'ego, le fric.

– Sans l'Afrique, que devient la France ?

1971, immense millésime.

– Les Anglais ne cessent de nous agresser. Vous connaissez, je sais, l'affaire de la commission d'enquête des Nations Unies en 1999...

Et pour cause, le souvenir du cadavre décapité de l'inspecteur-chef Kirsten.

– Un peu plus tard, les Anglais copinent avec Kabila junior pour tenter de nous chasser de la République démocratique du Congo. Enfin, en 2002, la Côte-d'Ivoire s'embrase. En support de deux des trois mouvements rebelles des agents d'influence britanniques. Le jeu est mené avec la complicité de leurs cousins américains. Ils se partagent équitablement les rôles, et la part du gâteau africain. À ce train, nous évacuons le dernier expatrié français de Dakar dans dix ans.

Château-kirwan, margaux. Rien que le nom. Retour au pays. Douceur. Rondeur. Elixir d'été.

– Mon problème, Michel, c'est que j'aime mon pays. Je veux qu'il rayonne au mieux et j'agis pour. Pas seulement ses pétroliers, ses marchands de comptoirs, ses vendeurs d'armes, mais aussi sa langue, l'universalité de son message pérenne, une France qui protège la paix et la liberté. Entendre des gamins m'interpeller en français à Cotonou ou à Djibouti, voilà pourquoi je me bats.

Est-il vraiment sincère ? Ses yeux s'étaient adoucis, le ton était moins brutal. Flamboyant, il parlait avec le regard, ponctuait ses propos avec ses longues mains, parfois il s'emportait. Parfois il caressait. Il avait le charisme de ceux qui sans cesse avancent. L'attention de Montserrat se relâchait, mais le ministre fit mine de ne pas s'en apercevoir et poursuivit :

– J'ai connu Abraham Levovitch en périphérie d'un dossier qui empoisonne durablement les relations entre la France et l'Angola...

Qui puent le pétrole...

– On le présente comme le nouveau bras d'une mafia qui gangrène l'Afrique. En fait, c'est un conquérant courageux, qui a brisé les monopoles de Stones sur les anciennes chasses gardées de la compagnie.

Bon appétit, Abraham.

– Il est mon ami. Et, à l'heure où je vous sollicite, les intérêts de nos deux pays sont communs. Nous voulons tous les deux ce diamant avec la même détermination. Cette pierre revenait de droit à Abraham qui contrôle, avec l'État angolais, le monopole de la commercialisation des diamants. Pour notre part...

C'est le moment fort. Encore un verre...

– ... je ne veux pas que les Anglais mettent la main sur

ce diamant, il représente, il symbolise plutôt, la renaissance britannique en Afrique. C'est, pour demain, leur couronnement. La survie de Stones. Et les facettes de ce joyau seront celles des couleurs de Sa Majesté sur le continent. Le prestige, la toute-puissance. Je répète : je ne veux en aucun cas que cette pierre revienne à Londres, j'y mettrai toute mon énergie.

Personne ne prendrait de dessert. Juste encore un peu de margaux, alors que le ministre en arrive au cœur du sujet :

– À la convergence de Savimbi et de Raphaëlle de Marsac, il y a vous. Par ailleurs, vous avez déjà été confronté aux agissements de Stones en Afrique. Vous êtes ma première carte. Je la joue ce soir. Vous me direz oui ou merde... Mais avant, voyez-vous, Michel, l'amitié entre Abraham et moi, c'est un peu celle de la nouvelle alliance entre la France et la Russie. Nous sommes deux vieux pays. Nous ne voulons pas d'un monde formaté. Nous voulons la complexité, le raffinement, la pérennité des civilisations anciennes... le même combat pour donner au monde une chance d'improvisation. Croyez-moi, j'ai tout le poids nécessaire auprès des nouveaux maîtres du Kremlin.

Négociation ? Dans la moiteur du royaume aux douze sultans, ce vin était trop lourd.

– Cela suffit pour lever votre condamnation. Pour eux, vous avez commis l'irréparable. En exécutant Zoran, vous avez touché le numéro Un. C'est un outrage majeur.

L'outrage, pour Montserrat, était ce vin qui ne passait plus.

– Pourtant, j'ai obtenu sa promesse : votre survie contre votre participation à notre opération combinée et, évidemment, votre réussite. Plus un bonus de dix millions de dollars.

Il n'abandonnait plus le regard de l'agent français.

L'ivresse, l'invitation au voyage ? Montserrat leva son verre : il abdiquait. Le pacte se scella dans le silence et la résignation.

Levovitch et l'agent français poursuivraient dans un premier temps leur itinéraire vers le sultanat de Kaliman-tan où un achat stratégique attendait le diamantaire. Puis il serait temps de suivre les traces de la pierre rouge, et celles de Raphaëlle de Marsac.

Et si, véritablement, l'envie n'était que cela ? Le sourire de Raphaëlle, le même que sur la photo prise sur le marché congolais ? Montserrat n'avait couru le monde que pour elle.

Dans la mémoire de l'agent, Raphaëlle occupait une place à part. Celle de la désillusion.

11

A U cœur de Paris, le carrousel du Louvre. La Pyramide resplendit de mille feux ce 12 décembre à 22 heures. Bouquet final du défilé. Exposition exceptionnelle de pierres fabuleuses. Ce que Stones a de mieux à vendre dans le monde. Diamants blancs, jaunes, bleus, verts, noirs, rouges, roses. Carats par milliers. Clients triés sur le volet. Très haute sécurité.

Marquises, pectorales, rivières, gouttes. Splendeur des corps. Éclat des pierres. Femmes sculptées par les dieux et les diables. Sur l'explosion de leur nudité, seulement des diamants. Les unes sont lierre, les autres fauves, leurs yeux sont l'aurore, la lune, le feu.

À la droite de l'épouse du président de la République française, la barbe parfaitement taillée, dans un costume bleu marine rayé trois pièces, le boss de Stones, sir Edmond Steiner. Ses petits yeux sombres, pourtant ternes en toute circonstance, s'allument. C'est l'heure, enfin, de la montrer.

Pièce unique montée en pendentif, taillée en perle, exposée entre les seins satinés du modèle africain le mieux rémunéré de la planète. Joyau de 111 carats. Rose intense.

Sultanat de Kalimantan, au sud de Bornéo, Indonésie. Une nuée de chauves-souris s'en vont retrouver les bras de la jungle. Le jour vient. L'écho des pas des serviteurs résonne dans le palais du sultan quand il s'éveille.

Retransmise par ligne satellite privée, l'image en direct de la fille de Somalie se fige tout à coup. D'un geste mesuré, Abraham Levovitch promène son index sur l'écran de son portable. Son doigt effleure la gorge de l'Africaine, puis s'arrête entre les seins. Pour sa part, Montserrat s'intéresse plus à la fille qu'au joyau.

– Michel, cette pierre est un diamant de guerre. Officiellement, son certificat d'origine est canadien. En fait, elle vient de Sierra Leone, achetée clandestinement aux rebelles du Revolution Union Front, bien avant l'intervention britannique, puis cachée longtemps dans les caves du *Syndicat*. Elle est découverte au monde pour la première fois aujourd'hui, dans la capitale de la mode et du luxe, Paris, une terre hostile pour Stones, qui ne recule devant aucune contradiction. Une provocation, un défi du *Syndicat* à une puissance ennemie.

Un air frais parcourt l'antichambre de marbre gris où les deux hommes patientent, un patio noyé de plantes rares, empli d'oiseaux-mouches qui butinent les dorures de l'aube. Levovitch est gagné par la colère.

– Double provocation, reprend-il. Ils exposent cette pierre achetée aux pires assassins d'Afrique, sur le corps de la plus belle femme de ce continent. C'est un viol.

Le geste est sec, Levovitch coupe la retransmission.

– Cette pierre porte le nom d'un lac. *Supérieur*. Mais ce diamant rose qui transpire le sang n'est pas unique. Celui que j'achète aujourd'hui au sultan de Kalimantan est plus fantastique encore. 192 carats, brut, rose plus intense encore que la pierre de Stones. Si je mets la main sur le trésor du sultan, le *Syndicat* aura beaucoup de mal à vendre le Supérieur. Taillé, le diamant du sultan sera de l'ordre de 140 carats. En poire, comme celui du *Syndicat*, mais numéro un.

Levovitch retrouve son sourire d'enfant.

– Le Supérieur ne trouvera plus acheteur au prix demandé. On ne se bat pas pour acquérir le numéro 2. Ce que nous devons réaliser coûtera des millions de livres sterling à Stones. Ils le savent. Ils savent que je suis ici. Leur acheteur n'est pas loin. Ici même, déjà au palais.

Coup d'œil évasif.

– Peu importe qui sera reçu avant l'autre. Je paierai le double de leur prix. Et ce ne sera rien par rapport à ce qu'ils vont perdre et ce que je vais gagner. Suprématie. Jeu d'échecs. Je suis russe. On a formé mon esprit sur un échiquier, Michel. Ils ont bougé un pion. Nous sommes une tour. Nous sommes deux tours. Aucun fou sur nos diagonales.

Levovitch lie puissamment ses poings, puis il fait mine de glisser sa main droite dans la poche du pantalon de son costume noir.

– Ce diamant est pour nous. Je n'ai pas encore choisi son nom. Les espions ont l'imagination fertile, je vous écoute, Michel.

– Comment se prénomme la fille de Samarcande ?

Le soleil est là, la lumière déjà chaude.

– Son identité est un secret d'État.

Levovitch esquisse un sourire, puis lève la main, comme pour solliciter un peu de patience. Soudain, le téléphone du diamantaire vibre. Le numéro est d'abord caché, mais le système de déverrouillage et de traque de sa valise satellite démasque l'émetteur. La main toujours suspendue, Abraham demande à Montserrat un instant. Ce dernier profite de l'intermède pour repenser aux heures précédentes.

La veille, ils s'étaient tous les deux rendus sur un affluent de la rivière Barito, ils avaient péniblement, dans un véhicule tout-terrain du sultan, remonté le cours d'une eau grise et terreuse, ils s'étaient arrêtés à proximité d'une mine alluvionnaire en amont d'un barrage sommaire. Le ronflement du groupe électrogène rythmait le travail d'une moto-pompe qui raclait le fond de la rivière. L'air était pesant, les corps moites des *garimpeiros* luisaient dans un univers boueux pour ne tamiser souvent que l'infortune. Parfois, le cœur s'emballait pour un gravier sans grand éclat, un peu mat, mais le lendemain éclatant, un diamant brut de Kalimantan. Un de ceux qui avaient, jadis, construit les fortunes des diamantaires d'Amsterdam. Extraite de la vase d'une rivière sans grâce, la pierre remonterait la filière. Vendue dans un *tender*, une vente aux enchères, à Banjamarsin ou Djakarta, elle prendrait clandestinement la route d'un centre de taille. Anvers, New York, Tel-Aviv, Bombay ou Johannesburg. Un diamantaire imaginerait un joyau. Et puis, la vie, naissance, fiançailles, mariage, séduction, au revoir. Son destin serait celui des hommes et des femmes. Une gorge, une oreille, un annulaire, parfois un nombril ou une paupière.

Levovitch fit un geste vers la grève désolée.

– Le diamant de Savimbi a été découvert dans un *drag*, dit Abraham sur un surplomb au-dessus des eaux alluvionnaires. C'était en novembre 1993, dans une rivière un peu comme celle-ci. Ça a commencé dans le sang...

À Bornéo, dans la province de Kalimantan, à cette heure-ci, la température était très lourde.

– Ce diamant a accompagné Savimbi dix ans, dans une mallette de cuir que son bagagiste personnel ne quittait jamais, un officier d'ordonnance fidèle. Savimbi conservait cette pierre pour un ultime coup dur. Un trésor de désespoir. Ce serait le dernier diamant qu'il vendrait.

Seulement, les infortunes se sont accumulées, le chef de l'Unita a été traqué comme une bête au fin fond de l'Angola. Le dernier jour, un vendredi, il a demandé à son ordonnance de rester dans une colonne arrière. Les guérilleros erraient à pied dans la brousse depuis maintenant deux ans. Enfin, vous connaissez leur histoire... Il a pris avec lui la pierre pour un dernier combat. Il est mort avec. Vous savez la suite.

Un général angolais indélicat. Un acheteur de Stones qui disparaît avec la pierre dans un Antonov 72, un vol affrété par le *Syndicat*, avec à son bord Raphaëlle de Marsac. Stones, pour des impératifs de confidentialité, ne veut pas utiliser l'un de ses appareils. Mauvaise pioche : Raphaëlle est aussi une créature de Levovitch. Alliance de pirates. Mais l'Antonov est avalé par l'Afrique, et le général, lâché par Stones, est exécuté, avec sa famille, par le régime angolais. On retrouve les six corps carbonisés dans la Nissan de l'officier supérieur.

– Une histoire de diamant, soupira Levovitch, c'est toujours cruel et tumultueux. Pour offrir de la joie ? Il n'y a pas d'espérance dans cette pierre. Où est-elle ? Au fond du golfe de Guinée ? Dans les coffres d'un dictateur africain, d'un trafiquant libanais ? Narcos, islamistes, grands de ce monde ? Si Raphaëlle la détient, quel sera l'acheteur final ?

Levovitch se tourna vers Montserrat et, dans un sourire chaleureux, atténua l'avertissement :

– Ce diamant est dangereux.

À Paris, le défilé s'est achevé sur un scandale. Levovitch a coupé quelques secondes trop tôt la retransmission satellitaire. Le top model africain, la jeune femme de Somalie, en bout de podium, face à Steiner, a délicatement ouvert le fermoir du pendentif, s'est agenouillée et, avec son plus radieux sourire, a déposé avec désinvolture le joyau de 111 carats à ses pieds nus. Elle s'est retournée, abandonnant l'orgueil de Stones au sol.

Steiner n'a pas bougé, le visage de la première dame de France s'est glacé, tandis que des agents du mannequin distribuaient un tract protestant contre le sort du peuple San au Botswana, ces Bushmen spoliés de leurs terres par le *Syndicat*. Par malchance, leur territoire dans le désert du Kalahari est aussi l'eldorado de Stones, qui ne partage la terre miraculeuse – trente millions de carats par an – avec personne. Plus jamais le mannequin starisé n'exhibera un bijou de la compagnie, qui a décidé l'extinction d'un peuple de son continent.

Dans un malaise sans précédent, le président de Stones baise la main de l'épouse du chef de l'État français et s'éclipse. Il ne dînera, ni ne dormira à Paris. Question de fierté, obligation de sécurité. Ses diamants, déjà protégés dans des fourgons de la Brinks, embarqueront au Bourget dans un vol spécial, destination les coffres du *Syndicat* à Londres.

Sa Bentley blindée surgit des souterrains du Louvre, deux voitures de protection l'encadrent. Les mondanités le lassent. Il ne cède que rarement à ce type d'obligations. C'est avant tout un homme d'affaires. Son obsession de discrétion se marie mal avec les relations publiques. Il a déjà occulté l'affaire des Bushmen : il a des préoccupations supérieures. Cette nuit, une négociation de grande importance, et puis cet achat à Kalimantan, qui n'est pas certain puisque Levovitch est aussi chez le sultan. Toujours Levovitch, qui ne recule jamais, qui ne respecte pas les codes. Angola, Namibie, Afrique du Sud, Russie, Indonésie, il chasse sur les mêmes territoires. Il est jeune, brillant, arrogant, insolent. Il s'oppose. Mais il faut le laisser s'opposer. Pour Stones, c'est aussi un alibi : le monopole dénoncé n'existe pas, puisqu'il demeure des Levovitch, la concurrence, aussi malsaine, mafieuse soit-elle... Le boss se fait une raison : il faut tolérer Levovitch. Encore. Mais pas pour toujours. Et il est chez le sultan, pour rafler la pierre rose de Kalimantan.

Depuis la Bentley, sir Edmond appelle son acheteur à Bornéo. Le cortège a déjà quitté le périphérique. Une voix chevrotante à l'autre bout du monde annonce une autre mauvaise nouvelle : le Russe est reçu en second. Il va surenchérir. Il va pourrir la vente. Pas de scrupules. Pas d'éthique. Avec le *Syndicat* pour seule cible. Steiner, froidement, s'avoue que ce n'est pas son jour.

Quand le cortège arrive à toute allure sur le tarmac du Bourget, déjà en bout de piste, le Boeing 737 de Stones s'arrache pour Londres avec son trésor à bord. Le boss, pour sa part, est attendu ailleurs. Il claque lui-même la lourde portière de la Bentley. Il ne supporte plus Levovitch. Installé dans son jet, saisi d'une brutale pulsion, il l'appelle.

Abraham Levovitch reconnaît immédiatement la voix.

– Bonjour, bonsoir plutôt, sir Edmond.

– Shalom, Abraham. C'est bientôt ton tour, non ?

– Je ne sais pas, sir Edmond, j'attends. C'est aussi notre quotidien.

– Comment trouves-tu la pierre ?

– Unique, mais la taille sera exigeante.

– Ton père, Abraham, était un grand tailleur. Il t'a transmis ce don : imaginer la pierre, précéder le rêve... Tu as raison, elle est unique. Mais je sais pourquoi tu la veux.

– Votre timbre de voix est sourd, sir Edmond.

– C'est la dernière tolérance de la compagnie, Abraham.

– Tolérance ?

– Réfléchis. Tu es jeune, le monde est à toi. Je rêve d'avoir encore ton âge et ton audace. Je sais que ton père, là où il repose, est fier de ton nouvel empire. Mais nous sommes toujours là, fils...

Abraham Levovitch laisse le magnat poursuivre :

– La compagnie ne peut plus supporter l'arbitrage du Haut Conseil qui te protège trop. Tu abuses de l'espace que t'accordent les sages. Tu repousses les murs de ta propriété. Tu es un parvenu, Abraham. J'en ai assez. Je ne transige plus. Fais un geste de bonne volonté. En mémoire de ton père... C'était un homme respecté.

– Excusez-moi ?

– Un homme respecté.

– Vous l'avez rayé de la liste, sir Edmond.

– Il n'est pas le seul.

– Vous l'avez déshonoré. C'était un grand tailleur, mais un petit commerçant. Il n'a pas su lutter...

– Mais...

– Il en est mort. Vous l'avez rayé de la liste. Il en est mort. Shalom.

Fin de la communication. Levovitch prend le bras de Montserrat. Il est secoué, mais doit se maîtriser.

– Il est temps, Michel. Quand j'aurai acheté la pierre, nous ne traînerons pas. En Indonésie, je ne suis qu'un juif sur une terre musulmane ouverte aux extrémistes. Avec en plus un diamant rose de 192 carats. Le climat ne m'est pas favorable. Avant que ne tombe la nuit, je l'aurai acheté. Nous nous séparerons ensuite. Vous rapporterez la pierre à Anvers. Elle n'a pas de certificat d'exportation, l'Indonésie n'est pas reconnue par le protocole de Kimberley. Toutes les pierres indonésiennes brutes doivent être taillées dans le pays. En exporter est illégal, mais le sultan veillera sur votre sortie du territoire. Vous la garderez sur vous. Voilà votre billet sur un vol commercial. Djakarta, puis Amsterdam, d'où vous prendrez le train pour Anvers. Je vous attends dans mes bureaux demain en fin de matinée au septième étage de l'immeuble de la Bourse du diamant.

Montserrat ne répond pas.

– Confiance, Michel. Tout est là. Le monde du diamant, c'est ça. Rien d'écrit. Tout dans la parole des hommes. La mienne, la vôtre. Notre pacte : vous jouiez votre vie sur une route en Ouzbékistan, je vous arrache aux tueurs du Kremlin, puis je vous trompe à Kuala Lumpur, enfin, je vous propose une association qui commence aujourd'hui. Faites cela pour moi. Avec cette pierre, je ne suis pas certain de quitter Kalimantan vivant.

Montserrat ne répond rien, mais c'est d'accord. Ils se serrent la main.

– Chez nous, sourit Abraham, on dit...

– ... *Mazal.*

– Le nom de la courtisane de Samarcande est un secret d'État. Mais elle opère sous un pseudo.

Ils gardent leurs mains liées.

– Son pseudo est Oural.

12

À cette heure, le grand palais semble figé. Edmond Steiner tend l'oreille. Parfois, résonnent dans d'infinies galeries les pas des bottes des sentinelles sur le marbre. Pas d'échos de voix, les ordres se transmettent par des gestes concis, des regards entendus. C'est toujours ainsi quand on se rapproche du cercle du pouvoir. Dans l'antichambre, un homme du Service fédéral de protection ne quitte pas des yeux le diamantaire. Il en faut beaucoup pour impressionner Edmond Steiner. Mais ici, il n'a plus les commandes. Par ailleurs, le rendez-vous est capital. Une rencontre annuelle, souvent brève, où se dit l'essentiel. Dans le monde du diamant émergent le Canada et la Namibie, mais le Botswana, l'Afrique du Sud et la Russie demeurent des géants. Or, en Russie, Stones occupe une place à part, cependant le monopole se fissure. Entre les deux partenaires, ne subsiste plus qu'un rapport de force.

L'audience est tardive, dans la nuit du 12 au 13 décembre, au Kremlin.

– Merci de me recevoir si tard, Monsieur le président.

Le président russe est fatigué. Les nouvelles d'Irak l'ont occupé tout le jour. Saddam Hussein est aux mains de la coalition. Pour la Russie, ce n'est pas nécessairement une bonne nouvelle. Les réunions de crise se succèdent, mais il n'a pas besoin de beaucoup d'heures de sommeil. Une chance réservée aux décideurs. Malgré l'heure de l'entretien, et son caractère informel, il conserve sa veste de costume bleu marine taillée par un couturier italien trop cher à son goût, le choix de ses deux filles, les seules autorisées à travailler son image. Il n'apprécie pas l'ostentatoire. Il n'offre pas à boire à son visiteur du soir. Il est pressé. On a introduit son interlocuteur dans le grand salon en laissant beaucoup de place entre les deux fauteuils. La distance nécessaire. Il décroise les mains pour inviter son vis-à-vis à parler.

– Dans un mois, Monsieur le président, la Russie annoncera ses nouveaux partenariats dans le domaine qui est le mien.

Avant de poursuivre, le président de Stones se racle la gorge.

– Vous déciderez du nouveau visage du marché. À l'époque de votre prédécesseur, nous avions la chance de détenir le monopole d'achat des pierres de l'État russe.

– C'était un privilège exorbitant, coupe le maître des lieux. Ces diamants avaient été rassemblés par Staline : un stock stratégique pour la nation. Boris a trop vite cédé à vos propositions, sir Edmond. Ces diamants constituaient un recours.

– Ils représentaient une menace pour l'équilibre du marché, monsieur le président, vous le savez. Aujourd'hui, la Russie a choisi l'économie de marché. Elle doit jouer le jeu. Et vous avez d'autres moyens que le diamant, dans un monde moderne, pour rémunérer clandestinement vos agents de renseignement.

Le Russe conserve une placidité exemplaire.

– Justement. Nous jouons le jeu du marché. Nous ouvrons pleinement à la concurrence...

– Nous n'y sommes pas opposés, Monsieur le président. Nous demandons seulement à être consultés, en tant que partenaire principal, quant à la liste des acheteurs. J'ai une responsabilité majeure, et c'est aussi le devoir de ma compagnie vis-à-vis du marché de garantir la stabilité des cours. Si vous décidez une politique d'enchères sur vos produits, vous compromettez l'équilibre de l'ensemble.

– Vous conserverez plus de 60 % des ventes des diamants de l'État, ainsi que 65 % de celles de Yakoutie, sir Edmond. Cela reste considérable. Dans ces proportions, vous n'avez pas le droit d'être plus regardant.

– Monsieur le président, je veux seulement vous préserver de certains oligarques. Vous avez bien des soucis avec le monde du pétrole, où certains ambitionnent un rôle qui n'est pas le leur. Nous ne voulons pas, je ne veux pas de cela pour vous avec le diamant. La nature de notre partenariat vous préservait auparavant contre ces menaces.

– Nous recevons des offres du monde entier. Les acheteurs viennent d'Australie, d'Anvers, de Tel-Aviv. Le FSB et le SVR enquêtent sur chacun d'entre eux. Nous ne vendons pas à l'aveugle. Jamais. Et nous ne nous engageons pas sur un choix du plus offrant. Vous le savez, nous avons évoqué ensemble les intérêts de la Russie dans ce secteur : diversifier les filières de vente. Vous êtes déjà touché par la loi antitrust américaine. Ils ont raison. Voyez tous les efforts que vous déployez pour retrouver une honorabilité là-bas. Je crois savoir combien vous coûtent vos avocats et vos lobbyistes à Washington. Acceptez la concurrence, sir Edmond, c'est aussi l'assurance de la pérennité de votre compagnie. Stones n'est pas éternelle.

Une contraction de sourire sur les lèvres du dirigeant russe, qui enchaîne :

– Maintenant, la Russie est redevenue une grande puissance. Dans tous les domaines, sir Edmond, vous le constaterez bientôt. Je ne laisserai pas l'ingérence poindre derrière les conseils. Je ne vendrai plus un produit aussi stratégique à un seul et même partenaire.

Face au mur, Steiner se défend pied à pied :

– Notre relation privilégiée est construite sur la confiance et sur l'expertise inégalée que nous vous apportons sur le marché, monsieur le président. Quant à notre position ici... nous achetons votre diamant très cher, bien au-delà du prix.

– Il n'y a pas de prix pour le diamant de la Russie. C'est à prendre ou à laisser.

Le président russe sait son interlocuteur touché. C'est le moment d'ajouter une dose de cruauté :

– Enfin, les prévisions de production explosent en Sibérie. Je crains que, sur ce dossier, le protocole d'accord qui nous lie doive tenir compte de cette nouvelle providence.

Il n'y a pas de réponse. Pour Steiner, c'est plus qu'un coup dur. La survie de Stones est en péril. Un attaché militaire pointe son nez. À présent, les priorités sont orientales. La crise irakienne se gère en temps réel. Le président russe croise les mains, signifiant la fin de l'entretien. Il convient de ne plus insister.

– Encore autre chose, sir Edmond ?

– Levovitch.

Regard ailleurs du président. Ce n'est pas signe de fuite mais d'agacement, le plus souvent suivi de fermeté. Steiner abuse. Le temps, cette nuit, est plus précieux que jamais. À cette heure, Saddam subit déjà la question de la CIA.

– C'est une affaire russe. Nous avons l'habitude de régler cela en famille. Dans cette optique, je vous déconseille d'engager quoi que ce soit contre lui. Je n'ai pas encore tranché. C'est tout ?

– C'est tout.

Par le hublot, sir Edmond, d'un œil distrait, regarde la nuit sur Moscou se voiler à l'approche d'une dépression neigeuse. L'hiver sera rigoureux. Rien ne va plus : au décollage, un message lui est parvenu de Bornéo. Levovitch n'a pas compris l'avertissement. Il a fait main basse sur la pierre rose de Kalimantan. Peut-être son dernier achat. Les humiliations doivent cesser. Steiner compose un numéro.

– Rex ?

– Oui, boss.

– Porte le premier coup.

Des kilomètres de coursives ailleurs dans le palais, une ombre hante le musée de l'Armurerie, au cœur du trésor du Kremlin. Le président a franchi les passages secrets, ceux d'Ivan le Terrible, ceux de Staline, jamais révélés, le grand secret des révolutions passées, où se combattent les spectres des bourreaux et de leurs suppliciés. Au-delà de la pénombre, paisible est la nuit, éclairée d'une lune neigeuse, sur les remparts de la résidence des tsars. Un rideau de flocons qui voltigent. Comme toujours, le silence. Un palais en hiver. Et, en son cœur, sous de profondes voûtes, la fierté de tout un peuple. L'ombre s'immobilise devant la vitrine qui a été ouverte pour lui seul. Les mains approchent du joyau. 189,62 carats. Diamant blanc en demi-œuf, teinté de jaune léger. Révélé en Inde au XVIIe siècle, chapardé par un grenadier français à Sriranga, là où la pierre symbolisait la divinité du soleil. Le Français vend le diamant à Madras, plus tard acheté à Amsterdam, cité de perdition, par Gregori Grigievitch *Orloff,* prince de sang, pour une conquête extravagante : le cœur de Catherine II de Russie. Le diamant est serti sur le sceptre des tsars. Pour toujours, il rayonne sous l'aigle impérial. L'impératrice ne s'est jamais donnée au prince.

Mais il demeure un nom, attaché pour toujours à un diamant de légende, accouché des entrailles de l'Inde, que les mains d'un aventurier de France ont conduit vers la Russie : l'*Orloff.* L'orgueil des tsars.

Celui du nouveau siècle tente de mirer son regard dans les facettes de la pierre. Il n'y parvient pas.

– Un diamant n'est pas un miroir.

Le président russe a sursauté. Toute sa vie, une seule voix a eu une emprise sur lui. Le visiteur reprend :

– Tu m'as convoqué ?

– Ah... tu es là...

– Tu n'oses pas toucher la pierre ?

Le président suspend son geste.

– Elle appartient au peuple. J'ai seulement le privilège de l'admirer, la nuit... Seul, ou avec toi. C'est un grand trésor.

Il a retiré sa main de l'écrin de la vitrine.

– Sais-tu que c'est un Français...

– Oui.

À présent, le président cherche du regard le visage du visiteur. Mais il ne devine que les contours d'une silhouette.

– J'aime imaginer que toujours, l'histoire se répète. Qu'en penses-tu ?

– Juste un fantasme de dominant mythomane, qui croit faire l'histoire. Rien de grave. Je t'ai toujours connu ainsi.

– Un Français nous apportera un jour le plus grand des joyaux. Je le sais...

– Un Français ?

– Le Français.

Le visiteur laisse échapper un léger rire amusé.

– Tu veux dire... ?

– La cible 0.

L'ombre acquiesce.

– L'exécution est suspendue jusqu'à ce qu'une nouvelle pierre supplante l'*Orloff*. Elle sera le symbole de nos ambitions. Nous avons été esclaves de l'autre monde pendant dix ans. Une parenthèse longue et humiliante. Avec le retour d'un nouveau trésor, nous leur montrerons qui nous sommes vraiment.

– Ensuite ?

– Ensuite, bien sûr, tu pourras le tuer. Et puis...

– Et puis ?

– Une nouvelle cible est définie pour SMERSH.

– Cible 1 ?

– Qui ?

– Une femme. Avec un peu de chance, tu pourras les tuer ensemble.

L'index du président revient sur le joyau. Il le caresse comme le visage d'un être cher.

– Une femme que j'aime.

791 carats

13

SILENCIEUSEMENT, Rex glisse le poignard de combat hors de sa gaine huilée. C'est un Camillus Marine Combat, avec sa lame noire acérée phosphatée de 17 cm. Le destinataire final du message de sir Edmond dort à moins de cinq mètres. Autour, la brousse perpétue son vacarme nocturne. Rex n'est qu'un prédateur parmi les autres.

La brousse est son territoire. Toute sa vie, il a été entraîné à évoluer en milieu hostile. Les hautes herbes tranchantes du bush, la nuit, habitées de mille créatures rampantes, le refuge de fauves aux aguets, ne lui semblent pas étrangères.

Rex est le meilleur des chasseurs d'hommes. Comme tous ici, il ne tue que la nuit. Comme un félin, aussi, il sera cruel. Auparavant, il lui faudra survivre aux pièges.

Konstantin dort profondément. Il a confiance en ses défenses. Cette fois, il a positionné son camp de toile au bord de la rivière Lubalo, au sud du Congo. La nouvelle s'est propagée comme une traînée de poudre. À l'aube, les *garimpeiros* se regrouperont à l'entrée du petit camp. Ensuite, les acheteurs feront leur boulot. Les négociations se dérouleront dans une bonne humeur africaine. On prendra le temps nécessaire ; de la bière et des cigarettes de médiocre qualité seront offertes. Ce sera une faste journée pour tous. Ce sera dans trois heures, trop tard pour Konstantin.

Avec le poignard affilé, le tueur découpe la toile de tente. La lame n'a pas ripé, juste effleuré le tissu imperméable. Il ouvre l'espace nécessaire pour pénétrer chez sa victime. Sur les yeux de Rex, un masque infrarouge intensificateur de lumière.

Les serpents, eux aussi, chassent la nuit. Certains se sont provisoirement échappés de l'antre de Konstantin pour traquer des proies le long des berges de la rivière.

Les yeux des autres se reflètent dans le masque infrarouge. Vingt, trente ? Rex appréhende toutes les espèces venimeuses du continent. À Hell's Gate on apprenait aux éléments rompus au combat de brousse à s'en méfier. Rex se remémore les plus dangereux : la vipère fer de lance, celle du Gabon, le cobra cracheur, et surtout les mambas, verts et noirs. Si l'on peut survivre à la morsure des quatre premiers, celle des mambas noirs est fatale. Le système respiratoire est paralysé en quelques minutes. On meurt asphyxié. Ce reptile est d'une vivacité redoutable. Quand le ressort se détend, adieu.

Le territoire de chasse du mamba noir est très restreint. C'est un tueur sédentaire qui repère ses proies à la vue. C'est le meilleur garde du corps nocturne de Konstantin. Un magnifique spécimen se dresse à deux mètres de Rex. Quatre mètres de long, les écailles rutilantes, la tête haute, enflée. Il protège son périmètre. D'ordinaire, nul ne l'agresse.

Rex avance d'un pas. C'est la mort en personne qu'il défie. Comme une flèche. Malgré sa corpulence, il possède la souplesse d'un danseur. En un éclair, sa main se referme sur le cou du mamba noir, dont la queue bat désormais tel un fouet.

Konstantin s'est redressé sur son lit de camp. Il est

trop tard. Une main lui tire les cheveux en arrière, il veut crier, mais une autre engouffre la gueule extraordinairement étirée d'un reptile jusque dans son gosier. Les crochets latéraux du mamba s'agrafent sous les amygdales.

Fulgurant.

Rex relâche ses proies et recule d'un pas. Les yeux vides de Konstantin ont une ultime lueur. Ils fixent un point qui, le long du mât central de la tente, descend sur les épaules du tueur : les anneaux blanchâtres de Britney, le Ngouma, s'abattent autour du cou de l'agresseur. Un nœud se referme sans retour avec une puissance inouïe. En quelques secondes, le python lui broiera les cervicales.

Mais le Camillus Marine Combat de Rex est sa troisième main. Le combat est inégal. D'un geste sec, Rex tranche le cou de Britney, le Ngouma blanc, et piétine la tête du python avec indifférence. Il ne croit pas aux superstitions nègres. Pas plus qu'il ne croit au diable.

Le matin de ce même jour, la grande horloge de la gare centrale d'Anvers marque 11 heures. La pierre du grand hall est noire comme les jours d'hiver en Flandre. Les courants d'air apportent un vent marin, un souffle de mer du Nord en décembre.

Sur le parvis de la gare, Michel Montserrat profite quelques instants de ce vent qui pénètre tout. Il ne supporte plus les longs vols, surtout nocturnes, et avec cette pierre brute sur lui, simplement dissimulée dans une poche cousue de sa parka, il n'a pas fermé l'œil de la nuit.

Les escales à Djakarta puis à Singapour ont été brèves. Il a franchi les contrôles de douane et de police sans être inquiété. Certes, Abraham lui a remis un faux certificat d'origine de la pierre, cependant, à chaque passage de portail de sécurité, il redoutait la fouille à corps, le temps perdu de l'interrogatoire et de la vérification des informations. Les préoccupations sécuritaires ne profitent pas aux contrebandiers. Montserrat est resté un bon professionnel : sourire, cheveux courts, cravate, rasage frais, parfum classique, billets première classe. Des passes simples, efficaces, pour faciliter un voyage à hauts risques.

La pierre est suffisamment lourde : il l'a sentie tout au long du périple. Finalement, cette légère pression sur la hanche était rassurante, mais il était vain de songer à s'assoupir. Tandis que le 747 survolait interminablement l'Inde, il a contemplé les étendues nocturnes, où, selon Abraham, furent extraites les premières pierres de l'histoire : mines de Golconde, puis route de la Soie, enfin les grands chemins de commerce, Constantinople ou Venise. La découverte du cap de Bonne-Espérance achemina, plus tard, les diamants de l'Orient vers Lisbonne, puis Bruges, et enfin Anvers.

En rejoignant le lever du jour, le vol suivait les routes anciennes, mais aussi, à la naissance de la lumière, la vallée imaginaire des diamants, aux confins d'un triangle légendaire formé par les frontières de l'Iran, de l'Afghanistan et du Turkménistan, une magie dévoilée par Alexandre le Grand, protégée, disent les contes persans, par d'impitoyables reptiles. Le soleil effleurait, ce matin de décembre, ce pays mystique, le Khorassan, et l'ombre d'Alexandre sur l'éternité du monde.

Arrivé tôt le matin par le vol KLM à l'aéroport de Schiphol, il s'est rendu à la gare centrale d'Amsterdam, où lui est revenu le souvenir d'une fin de mission ancienne. Huit ans plus tard, il doit encore être sous le coup d'un mandat d'arrêt aux Pays-Bas. Il a embarqué néanmoins dans le Thalys Cologne-Amsterdam-Anvers-

144

Bruxelles-Paris. Le trajet a été trop court. Il n'a pas eu le temps de s'endormir. Pourtant, il était épuisé.

À présent, pourchassé par le vent de la mer du Nord, il traverse une galerie commerciale presque déserte, débouche sur une rue étroite, puis s'engouffre dans une nouvelle galerie où l'on vend de la joaillerie pour touristes. Enfin, il retrouve la lumière du jour, Hovenierstraat, au cœur du quartier du diamant.

Une main se ferme sur son bras gauche. Il se fige. Seulement le regard chaleureux d'Abraham Levovitch. Costume noir, chemise blanche, comme la plupart des hommes qui cheminent sur Hovenierstraat. Il est chanceux. Quelques années plus tôt, Montserrat lui aurait cassé le bras.

– Bienvenue à Anvers, Michel. Merci d'être là.

Il lui fait signe de continuer à marcher. Sa présence est rassurante.

– Depuis Amsterdam, Michel, des yeux, qui ne vous veulent que du bien veillent sur vous. La route des diamants est plus courte aujourd'hui, n'est-ce pas ? Ne levez pas trop les yeux. Surveillance partout. Vous êtes dans l'endroit au monde où l'on compte le plus de caméras de sécurité au mètre carré.

Hovernierstraat est une artère assez courte bordée d'immeubles de bureaux disparates. Au 22, siège le Conseil supérieur du diamant et, à l'angle de Schupstraat, le bâtiment au haut duquel battent des drapeaux bleus : celui de la Bourse du diamant. Les deux rues centrales sont, comme chaque matin, animées d'une bonne humeur commerçante. L'arrivée sonore du cortège de la Brinks et de son escorte surarmée de la gendarmerie belge ne stresse personne. La rue est coupée. Les deux fourgons blindés disparaissent dans un garage souterrain.

– L'arrivée quotidienne des pierres de New York et Tel-

145

Aviv, stockées ici dans une « poste » très sécurisée, où chacun de nous vient chercher ses lots, commente Abraham.

Hovernierstraat est enfin libérée. Levovitch guide l'agent français jusqu'à l'immeuble de la Bourse et lui tend un badge portant déjà sa photographie, mais avec l'identité de Marc Leclerc. Quelques marches, des portillons automatiques, au fond du hall une cantine casher, puis une salle modeste : une vingtaine de longues tables disposées contre de hautes baies qui donnent sur le nord, où des hommes la plupart de noir vêtus – beaucoup de religieux – négocient en flamand, en français et en yiddish. Toujours une grande légèreté, de l'humour et de la convivialité.

– La Bourse... De moins en moins de transactions ici, ou dans la rue, comme dans le passé. À présent, tout se déroule à l'abri des regards, aux étages. Notez, Michel, sur le mur opposé aux baies, les panneaux d'affichage. Tous ces noms sont ceux de courtiers ou de négociants exclus. Les tricheurs n'ont pas leur place ici. Ils l'ont perdue à jamais.

Les yeux de Levovitch s'attardent sur la salle des transactions.

– La lumière du Nord. Celle du matin, plus blanche, met les pierres en valeur, révèle leur pureté. Elle a baigné les yeux de nos anciens et bâti des fortunes, construit des dynasties.

Ascenseur bondé jusqu'au septième étage. Les caméras qui pivotent. Premier sas. Le regard d'une grande assistante, si brune si flamande. Second sas. Tout est encodé, même l'accès aux toilettes. Seuls les diamants circulent librement dans le domaine réservé d'Abraham Levovitch. Comme dans le Falcon, décoration sobre, cuir et marbre, meubles en chêne clair, et parfois, sous une longue lampe à la lumière blanchâtre, un torrent de pureté, un ruissellement de pierres brutes négligemment abandonnées sur une table allongée.

Le dernier code est le sésame qui libère la porte vitrée du bureau de Levovitch. On domine Anvers, presque le monde. Les bruits sont étouffés. Au mur, une toile contemporaine dans les gris, la dominante du décor. Un coffre-fort derrière le fauteuil du diamantaire.

– Mon trésor, commente Abraham en désignant le coffre.

Il le déverrouille, tout en avertissant Montserrat :

– Attention, c'est une coutume dans notre monde : dès lors que le coffre est ouvert, personne d'autre que moi ne peut se trouver de ce côté-ci du bureau.

Il tend la main au voyageur. L'Oural passe d'un homme à l'autre. Levovitch ouvre le pli.

– Quatre C exceptionnels. Carats : 192. *Clarity* : LC, pureté parfaite. *Color* : *Intense Pink*, la plus recherchée. *Cut* : *very good*, la meilleure des évaluations pour la taille. Un diamant unique.

Il considère le diamant brut avec gourmandise.

– Le clivage sera le plus léger et le plus fin possible, la pierre ne comporte aucune inclusion, sa forme est idéale pour une taille en poire. Nous perdrons le moins de carats possible. C'est un grand bonheur. Mais c'est aussi un grand souci, cette pierre est illégale. Elle n'existe pour personne. Je dois la rendre irréprochable. Elle part avec moi en Afrique du Sud. Elle sera extraite de l'une de mes mines, puis proposée à la Bourse de Johannesburg, pour se voir attribuer un certificat d'exportation en bonne et due forme. Elle voyagera à nouveau pour Anvers dans une semaine.

– Et Stones ? demande Montserrat.

Le regard du diamantaire s'assombrit.

– Ils ne tenteront rien. Eux aussi ont cherché à acquérir illégalement cette pierre. J'ai fait transmettre au cours des dernières heures à Steiner une copie des images et des enregistrements des tractations de son acheteur avec le sultan. Je suis un type prudent, Michel. Je sais qu'ils sont à l'affût de la moindre erreur de ma part. Je n'en commettrai pas. Pour l'instant, ils n'ont qu'une obsession : me fragiliser. J'ai perdu cette nuit un homme de confiance, ainsi que tout un lot de pierres brutes du Congo. Je ne serais pas étonné de les retrouver dans les prochaines ventes du *Syndicat* à Johannesburg. Ce qui a été commis cette nuit là-bas, c'est du travail de professionnel.

Levovitch repose la pierre sur son pli et, du bout des doigts, la rapproche de Montserrat.

– Vous n'avez pas eu peur, Michel ?

– Juste peu dormi.

– D'ordinaire, je préfère les services de la poste, plus anonymes, plus sûrs, mais pour l'Oural... Vous avez convoyé cette nuit un diamant exceptionnel. Nous avons, ensemble, écrit une nouvelle page de l'histoire d'Anvers. Vous ne partagez pas mon émotion ?

– J'ai surtout sommeil, Abraham. En outre, pour le moment, c'est encore à mes yeux un morceau de gravier teinté de rose.

– Je vois. Seul son nom vous fait rêver. Je n'ai jamais vu cette fille, comment est-elle ?

Volodia Makine est une grande brune parvenue à un âge qui porte les femmes à la splendeur. Ce n'est pas encore la maturité, mais un hommage à l'exaltation passée, à l'émotion naissante. Une affaire de passion toujours. Elle a pourtant noué strictement son chignon, a conservé son jean et son chemisier délavé, et n'a pas pris le soin de se maquiller. Sa taille a dû être beaucoup plus fine et ses fesses plus musclées, mais, en rejoignant sa table sur la terrasse panoramique de l'hôtel des Mille Collines, sa démarche et sa discrète élégance attirent irrésistiblement le regard des hommes. Quelques jours plus tôt, dans la grisaille de Munich, on lui donnait dix ans de plus. Depuis, un homme est passé.

Elle déjeune seule. Elle a préféré le calme de la terrasse au buffet de la piscine où se pressent les touristes, les notables et les putes. Il est un peu plus de midi à Kigali, capitale du Rwanda. Son visage ruisselle. En cette saison, quand l'air tombe au creux de la journée, la réputation de capitale tempérée dont jouit Kigali est trompeuse. La sueur perle sur les rides horizontales, très régulières, de son haut front. Elle ne fait aucun geste pour l'essuyer. Un ruisseau salé vient à la commissure de ses lèvres légèrement ourlées, qu'elle laisse s'écouler le long de son cou, s'épancher sur les salières, glisser sur sa poitrine. Ses seins sont restés fermes, le résultat d'un maintien physique régulier. La transpiration marque son chemisier. La pointe de ses seins est plus sensible.

Alors, comme tous les jours depuis cette nuit-là, comme toutes les heures, elle retrouve les yeux et l'odeur de cet homme. Cela n'aurait pu être qu'un hasard, mais c'était bien dans le cadre d'une mission, qui se poursuit ici, au Rwanda.

Les yeux en amande de Volodia se posent sur les collines arborées de Kigali. Dans cette capitale, dix ans plus tôt, l'homme qui occupe ses jours et ses nuits a traversé des heures chaotiques. Il était là, nécessairement, auprès de son agent, Raphaëlle de Marsac. Le département des Investigations spéciales du SVR avait retrouvé trace de la jeune femme à Kigali à cette époque. Avril 1994, le Rwanda sombre dans l'horreur. Dans cet hôtel parviennent à se réfugier des centaines de Tutsis. Une odeur atroce plane sur la capitale. Au cœur de ce charnier, le principal agent de renseignement pour la France était cette jeune femme un peu osseuse, au regard habité. Les clichés que Volodia a pu étudier la conduisent à la même conclusion : dans les yeux verts de Raphaëlle cohabitent à parts égales le bien et le mal. L'officier traitant Montserrat avait dû éprouver du plaisir à manipuler son agent. Avaient-ils été amants ? Volodia rejette l'hypothèse : Montserrat est un professionnel. Il aime les femmes, mais n'a jamais couché avec l'un de ses agents. La Russe suppose qu'une telle discipline a dû provoquer chez lui une immense frustration. Il a sans doute aimé l'une de ces femmes courageuses et charismatiques. Une ou plusieurs. Mais il n'a pas transigé.

Avant de poursuivre sa route plus au sud, Volodia Makine a souhaité cette halte au Rwanda, où elle pressent que tout avait basculé entre Marsac et Montserrat. Elle en est sûre : aucun des deux n'en est revenu indemne.

Sur Kigali, la lumière est crue. Volodia sait que Montserrat ne tardera pas. Son chemin sera africain. Leurs parallèles se rapprocheront. À cet enthousiasme naissant, se mêle une crainte qui contracte son cœur. En se donnant à lui, elle a aussi condamné cet homme. Elle n'a pas su mentir à son camarade. Elle ne lui mentira jamais, mais cette vérité précipite la destinée du colonel Michel Montserrat. Elle a désormais une obligation : coûte que coûte, le protéger.

Son cœur palpite un peu plus encore. Depuis plusieurs jours, elle commet une imprudence, une élémentaire faute de sécurité. Dans la poche arrière de son jean, elle cherche le document qu'elle a conservé sur elle depuis le début de sa mission. Ce papier porte un nom qui n'est pas celui sous lequel elle opère ès qualité SVR à Munich, ni celui de sa présente couverture. Elle n'a pas osé en découvrir le contenu dans la capitale bavaroise. Les malaises ont commencé il y a un an. Depuis, régulièrement, elle est accablée de fortes fièvres et de règles hémorragiques. Elle s'est décidée à consulter. Comme elle se savait particulièrement serrée par la direction de la surveillance du SVR, elle a pris rendez-vous dans une ville voisine, à Nuremberg, sous une fausse identité allemande.

Le document est le résultat des premiers tests sanguins. Il est accompagné d'un courrier du docteur Katz, son médecin, qui a calligraphié d'une écriture nerveuse : « Appelez-moi vite, s'il vous plaît. Annette. »

Avant d'intégrer l'école du renseignement de Leningrad, Volodia a fait trois ans de médecine. Sans trembler, elle décrypte le bilan sanguin. Elle s'en doutait. Maintenant, c'est une certitude.

Elle pense immédiatement à Natali, Youri, Dieter, ses trois enfants. Pour la première fois, elle est heureuse de les savoir auprès de leur père.

Sur la terrasse de l'hôtel des Mille Collines, elle apprend que les jours à venir seront trop courts.

Dans les yeux de Michel Montserrat, dans la lumière du Nord, resplendit un autre éclat que celui du diamant rose de Kalimantan.

– Pardon, Abraham, mais je conserverai le souvenir de cette femme pour moi seul.

– C'est une pierre extraordinaire. Des diamantaires ont usé des vies pour ne jamais réussir à approcher une pierre semblable.

Levovitch soupire.

– Mais le diamant de Savimbi, que m'a volé Raphaëlle de Marsac, est incomparable. Il n'y a sur cette planète que le *Culinan I* pour l'égaler : 530 carats, 74 facettes, sous protection de la couronne britannique, à la Tour de Londres. La pierre de Savimbi est rouge intense. La plus rare des couleurs.

Le diamantaire avance encore le pli vers le Français.

– Je vous ai promis dix millions de dollars pour ce job. Retrouvez-moi cette pierre, Michel.

Le ciel d'Anvers se couvre. La lumière s'assombrit sur l'Oural.

– Savez-vous combien ça vaut ? demande Levovitch en désignant le diamant brut.

Montserrat a un geste évasif.

– Je décuple la mise, Michel. C'est ce que vaut l'Oural.

– Vous êtes cinglé.

– Rapportez-moi le diamant rouge. L'Oural en contre-partie.

– Vraiment cinglé.

– Ce diamant est l'accomplissement de ma vie.

– Je ne vais pas me répéter.

Abraham Levovitch cale subitement son dos maintenu très droit dans son fauteuil. Il serre les dents.

– Mon père est mort déshonoré. Pourtant, il avait l'étoffe pour être le plus grand des diamantaires. Il était talentueux, conquérant, généreux. Il avait la passion de la beauté, de la tendresse. Ils l'ont humilié, ils l'ont chassé, ils l'ont tué.

– C'est pour lui ?

– Oui, pour lui. En mémoire d'un homme bon avec, sur le bras, tatouée à jamais, la folie des hommes. Il a réchappé du pire, mais il n'a pas supporté qu'on le raye de la liste.

– Pourquoi lui ?

Levovitch ferme le poing sur le diamant rose.

– Parce qu'il voulait aussi rêver seul. Parce qu'il n'acceptait plus les règles du *Syndicat* qui décrète la liste de ceux qui peuvent accéder aux ventes de la compagnie. Il y avait à l'époque cent cinquante *sightholders*. En faire partie était un très grand privilège, une orgueilleuse et nécessaire vassalité. C'était l'honneur de mon père que d'en être, un accomplissement. Il possédait la fierté naïve des enthousiastes. Après avoir été chancelante, la vie lui donnait tout. Un jour, il a contesté auprès de la compagnie une pierre bien plus modeste que celle-ci. Ils n'ont pas pardonné. Ils l'ont écarté et ont rendu publique l'offense. Mon père a survécu aux camps, pas au déshonneur...

Il ouvre la main.

– C'est à cause de ça que mon père a oublié le pire, pour ça aussi qu'il a décidé de s'en aller. Nous, les juifs, sommes de grands musiciens. Dans la fuite, on peut toujours emporter avec soi un violon. Le départ est là, en nous. Un violon, c'est léger. Mai ça aussi (il désigne l'Oural), c'est petit et se négocie partout. Un gage de survie pour notre peuple.

Il fait mauve à présent sur les Flandres. Dans sa paume offerte, un diamant brut. Montserrat referme ses doigts sur ceux de Levovitch.

– Que signifie *mazal*, Abraham ?

– Un vieux terme yiddish qui berce nos illusions, mais aussi éclaire nos chemins. Il signifie l'essentiel.

– C'est-à-dire ?

– Bénédiction.

14

22 décembre. Saint John Court Palace. Résidence de sir Edmond Steiner, héritage des Tudors. Créneaux ocre, aboiements lointains de chiens dangereux dans le parc endormi. Un vent océanique apporte une légère douceur en hiver.

Richard Larkin était étourdi par le pouvoir au cœur duquel il pénétrait. Peu de gens entraient ici. La Jaguar du Service, celle que le directeur avait mise à sa disposition, franchit lentement le porche central entre deux tourelles de brique rouge. Larkin eut le temps de découvrir les armoiries de la maison Steiner sur le panneau sculpté qui dominait l'entrée du palais.

La Jaguar traversa une première cour pavée, celle de la chapelle royale, puis pénétra dans celle de l'horloge. Quand le véhicule stoppa, l'homme qui ouvrit la portière à Richard Larkin le fouilla au corps, puis l'invita à le suivre dans un cloître voûté. Le garde du corps marchait avec élégance et parfois donnait un coup de tête derrière lui pour s'assurer que Larkin demeurait sur ses talons. Ils empruntèrent un escalier de chêne, puis un vestibule couvert de trophées de bois de cerf. Enfin, il fut introduit dans la grande salle, où un roi qui, hier, saignait volontiers ses compagnes, recevait sous un plafond d'une vingtaine de mètres de hauteur. Sir Edmond n'avait pourtant pas besoin d'un tel décor pour imposer le respect. À la place du trône, un bureau ovale contemporain. Steiner ne se leva pas pour accueillir son visiteur. Le garde du corps se volatilisa. Il faisait froid dans cette salle.

Depuis quelques jours, Steiner dirigeait la compagnie dans cet austère château, où personne n'avait voulu résider depuis les Tudors. Sinistre, humide, inhospitalier sauf pour sir Edmond, qui ne supportait que la seule compagnie de l'âtre, la plainte du vent sur les chemins de garde, les pierres qui claquent au gel, la pluie pénétrante. C'était pour lui un envoûtement. La solitude convenait à l'exercice de son pouvoir, et particulièrement au moment clé où se jouait l'avenir de Stones. Il ne pouvait diriger l'opération que dans ce dénuement. Le temps était à présent compté, les heures cruciales.

Le MI6 ne possédait que de rares photographies du magnat. Steiner était comme l'avait imaginé Larkin, massif dans un costume trois-pièces bleu marine. Sa barbe épaisse était parfaitement taillée, l'œuvre quotidienne de son barbier personnel qui vivait à Saint John Court Palace. L'essentiel de son visage demeurait dans la pénombre.

Steiner laissa son visiteur debout. Larkin se dit que l'attitude la plus noble était de croiser les mains dans le dos et de se maintenir le plus droit possible. Il se laissa dévisager par le maître des lieux. Il paraissait trop jeune pour exercer déjà de hautes responsabilités au Service secret de Sa Majesté. En fait, il paraissait seulement son âge. Il n'était pas un athlète, juste un quadra bedonnant, mal mis puisque le traitement du Service, même pour les cadres de haut rang, n'était pas généreux. Il était myope, sa peau supportait mal les rasages quotidiens et sa coupe de cheveux était celle d'un collégien. Pourtant, il était le nouveau contrôleur pour l'Afrique du MI6, un patron de zone remarquable.

– Avez-vous connu sir Quentin ?

Ni bonjour, ni bienvenue, ni quoi que ce soit d'autre. Larkin ne fut pas déstabilisé. On l'avait prévenu. Pour Edmond Steiner, la convivialité était perte de temps.

– Vous ne pouvez pas ignorer que c'était l'un de mes prédécesseurs, mais surtout mon maître, Sir.

– Vous n'avez pas suivi la même formation, pourtant.

– Vous le voyez, Sir, je n'ai rien d'un Royal Marines du Special Boat Service.

– Sir Quentin était un homme complet.

– Oui, il avait découvert le renseignement par le métier des armes.

Larkin avait coupé la parole à Steiner. Un silence sans équivoque suivit.

– On m'a loué vos compétences, contrôleur Larkin. L'Afrique est votre territoire.

– Mon terrain de jeux. Oui, Sir.

– Nous avons fait précédemment, vous et nous, du bon travail. Qu'en pensez-vous ?

L'agent britannique devait-il avouer ce qu'il pensait ? Pourquoi pas ?

– Je ne suis pas un fervent défenseur des collusions, Sir.

– Des quoi ?

– Des collusions, Sir. Défendre à la fois ses intérêts et ceux de son pays ne nécessite pas de préméditation. Il ne s'agit pas d'être complices, mais équipiers.

– Pardon ?

– C'est ce que je pense.

– Vous faites partie de ces gens qui disent : « L'État ne doit pas se compromettre. »

– Exact.

– Stones a rétabli la présence de la Grande-Bretagne

156

en Afrique. Avant cette « collusion », Londres n'avait plus d'ambition sur le continent. Nous voulons la même chose : recouvrer notre suprématie. C'est tout, contrôleur Larkin.

Un blanc. Larkin se laissa volontiers clouer le bec. Avant sa visite à Saint John Court Palace, il avait reçu des instructions strictes de soumission. Cela tombait bien, il ne se sentait pas de taille à débattre avec Steiner, qui reprit :

– Je vous ai fait convoquer par votre hiérarchie auprès de moi parce que j'ai une affaire de première importance à vous confier. Aussi, j'aimerais que vous soyez pleinement convaincu de l'efficacité de notre synergie.

– Le plus important, Sir, c'est que mes supérieurs le soient.

– Vous devez retrouver sir Quentin mort ou vif ainsi que cette salope de Française.

– Raphaëlle de Marsac.

– Peu m'importe. Cette salope. Et ce qui nous a été volé.

– *Nous* ?

Steiner tourna son visage vers la lumière. Ses traits apparaissaient bouffis par le surmenage. Il inclina légèrement la nuque en arrière.

– Connaissez-vous, contrôleur Larkin, la destination finale de ce diamant ?

– Non, Sir.

– Je ne suis pas un homme ingrat. Stones est reconnaissant envers son... – comment nommez-vous cela ? – ...son équipier.

Il faisait de plus en plus froid dans la salle royale. Les personnages des vastes tapisseries d'ornement semblaient plus figés encore. Steiner, de nouveau, livra son visage à l'ombre.

– Vous pouvez donc imaginer à qui je céderai le diamant, contrôleur Larkin.

– Je crois, Sir.

– D'autres le veulent. Certains, déjà, croient le posséder.

Une dépression d'ouest assombrit brusquement la lumière filtrée par le vitrail. Les fils d'or et d'argent des tapisseries flamandes du XVIᵉ siècle se ternirent.

– Je vis pour cette pierre, Larkin. Je vis pour un jour en faire le plus grand des présents. Elle a sa place dans l'histoire de l'Angleterre. Aujourd'hui, un joyau de la Couronne est porté manquant. Ne vous méprenez pas, vous chassez pour Votre Majesté. Ce diamant est perdu, pour l'heure, dans votre... terrain de jeux. Il vous revient donc l'honneur, et le devoir, contrôleur Larkin (le fauteuil de Steiner pivota, maintenant, il lui tournait le dos), dans les plus brefs délais, de mettre la main sur Mˡˡᵉ Raphaëlle de Marsac.

Dans la nuit du 22 au 23 décembre, un vol commercial plane à 11 000 mètres au-dessus du continent africain, sous une latitude où la lune, pour peu de temps encore, règne sur le Sahara.

Montserrat ne parvient plus à trouver le sommeil au cours des vols de nuit. Il retourne en Afrique. Il ne dort pas, et c'est tant mieux, puisque c'est toujours avec allégresse et crainte qu'il revient sur ses pas, une fois franchi l'au revoir du grand désert sous la lune apaisée. Il se tord le cou contre le hublot, il essaie de distinguer le continent noir qui lui ouvre encore les bras. À cette heure, l'Airbus doit survoler l'endroit où, seize ans plus tôt, il l'a recueillie.

C'était sur une route, au nord du Tchad, qui relie deux oasis, Zouar dans l'ombre du Tibesti, et Faya-Largeau, dont le nom fait battre des cœurs légionnaires, celui des amours contraires de la France et de l'Afrique. En 1987, Hissène Habré pourchassait les forces libyennes très au nord, avec sur ses flancs la main invisible du Service Action de la DGSE.

Raphaëlle de Marsac a vingt-trois ans. Elle a écourté ses études de pharmacie. Une génération de jeunes Français s'engage dans un élan humanitaire sans précédent : kinés inexpérimentés, médecins paumés, infirmières pasionarias et amoureuses, logisticiens en herbe, ils perpétuent dans la douleur, la maladresse, la voie tracée par de légendaires anciens. Tous ces jeunes Français n'ont pas trente ans. Dans un monde qui n'était pas le leur, ils ont partagé une frange d'humanité, ont croisé leur sang, leurs larmes au Mozambique, en Angola, au Nicaragua, au Liban, au Cambodge, au Laos, en Afghanistan, au Tchad. Ce monde est devenu le leur, c'est toute leur fierté.

Raphaëlle est épuisée. Il est midi sur le désert du Borkou. Et midi sur le Borkou, quelle que soit la saison, c'est l'enfer zénithal. Plus beaucoup d'eau. Panne sèche d'essence. Faya est à cent bornes au sud. Prosper, le chauffeur annakaza, attend un miracle. Sa jeune protégée, cette pharmacienne qui a l'âge de sa plus vieille épouse, s'est adossée à une roue dans ce qu'il demeure d'ombre. Les effluves de caoutchouc du pneu l'enivreraient presque. Elle est tellement à bout qu'elle n'a plus la force de pleurer. Cette route leur était interdite mais elle voulait, coûte que coûte, récupérer des antibiotiques auprès du médecin militaire français qui remontait, avec la colonne des forces d'Habré, vers le nord. Elle les avait ratés à Faya-Largeau et leur courait après, dans un effort imprudent et vain. Désormais, avec Prosper, ils sont en galère, en pays gorane, hostile à Habré et à ses alliés français.

Le premier véhicule qui surviendra signifiera leur salut ou leurs pires ennuis. Prosper n'est même pas armé. Elle,

159

c'est encore une oie blanche qui découvre l'Afrique, depuis à peine deux mois, c'est-à-dire hier. Elle cherche du réconfort dans les poches de sa saharienne souillée de cambouis, où vient se coller le sable. Sa seule consolation est qu'ici il n'y a presque plus de mouches noires. Il lui semble que sa langue prend toute la place dans sa bouche et que sa salive est maintenant comme un adhésif. Son crâne cogne, sa gorge est compressée : la soif.

Son pays à elle est un jardin, la Charente, une douce récompense, la cocagne et l'insouciance. Son chapeau de brousse ne la protège plus du soleil qui l'accable impitoyablement. Au plus haut maintenant, il peut tous les deux les tuer lentement. Elle s'endort, retourne où s'évanouit la part des anges.

– *Ho, ça va ?*

Cette voix encore lointaine, déjà chaleureuse, un songe ? Non, un visage, des yeux bleus, des doigts humectés portés à ses lèvres. Cette voix, c'est un compatriote. L'ombre s'est allongée, il est plus tard dans le désert. Elle ne voit plus que le goulot de la gourde, non, c'est un thermos. Courte gorgée d'abord. L'homme veille à ce qu'elle ne s'hydrate pas trop vite.

Elle lui sourit. Il est un jeune officier du Service Action. Il croit être un héros. Cette jeune Française sur sa route lui coûtera un temps précieux. Il lui fera la leçon durement. On ne s'aventure pas chez le diable impunément. Mais avant, et bien avant de la recruter, il lui donne à boire. Les yeux de la jeune femme rient, disent merci. Il rencontre Raphaëlle. Il était jeune capitaine.

23 décembre 2003, 12 heures au cœur de l'été austral. Rand Airport, Johannesburg. Un bar d'escadrille qui s'appelle Le Piston. En arrière-plan, une flottille d'appareils d'un autre siècle : Dakotas, DC6, Electras.

160

Michel Montserrat s'installe sur un tabouret au comptoir. Il n'a plus de jambes, il a faim : il ne supporte vraiment plus les vols de nuit. Il n'y a pas de décalage horaire, mais c'est tout comme. Il est crevé. Le Piston, malgré l'heure tardive et cette salle désertée qui fleure l'épopée des vols improbables, est l'univers d'un grand fumeur de cigares. De Cohiba Siglo V, plus exactement. Le Français a besoin de remettre son foie en place. Il commande une vodka.

La barmaid est slave, elle a dû s'échapper de l'un des bordels florissants de Johannesburg où les filles de l'Est sont interchangeables, où le sexe pue l'eau de Javel, où il n'y a plus de lueur dans les regards, où la fièvre ne vient plus du désir. Elle est trop jeune, anorexique, et sa pâleur ne convient pas, en cette saison lumineuse sur le veldt.

– Papa Charlie est toujours le taulier ici, miss ?

– Toujours.

– Il vole aujourd'hui ?

– Non. Il fait la cuisine.

Elle fait un geste derrière elle, vers une porte entrouverte, d'où provient une odeur de graillon.

– Il n'a pas perdu la main ?

– Heu...

– Pour la cuisine.

– Essayez, dit-elle en tendant la carte. Vous êtes français ?

– Allez me chercher le chef, miss. Dites-lui que Michel est de retour.

Montserrat entend gueuler une voix grave, au fort accent wallon. Alors surgit une montagne, un grand type à la John Wayne, le cigare vissé au coin des lèvres : Papa Charlie, commandant Guy Vanhootegem, une légende. Pas un ciel d'Afrique qu'il n'ait traversé avec les pires

161

cercueils volants. Vols borgnes, pistes fantômes. Toujours l'extrême. Jamais un pépin.

Ils s'embrassent pudiquement, virilement. Depuis quand ? Le nord de l'Angola, puis vol clandestin jusqu'au Brésil, il y a sept, huit ans ? Ils se retrouvent comme deux hommes se retrouvent. « Putain, on a vieilli ! Tu as pris du bide... Tu plais toujours aux filles quand même ? Ça fait un putain de plaisir, Papa Charlie... Tu te souviens du Grand Sud ? Une autre vie... nous étions des géants, nous vivions, Michel, mon ami. Tu sais, c'est toujours beau, l'Afrique, toujours le bordel... »

Vanhootegem ôte son tablier, vire les trois malheureux clients en hurlant et boucle la boutique. À cette heure, seulement l'amitié, et la « petite » pour faire le service. Festin. Waterzoï, bière blanche, champagne, sur fond de moteurs qui s'échauffent. Le soleil claque sur les cockpits, comme hier.

Le pilote belge a chaussé ses éternelles Ray-Ban. Il mastique son cigare qui pue et s'enfile sa neuvième coupe de champagne.

– Michel est de retour.

Il fixe le Français, le visage penché, dubitatif.

– Michel a toujours un truc en tête. Jamais pour le tourisme. Toujours un truc spécial. Ou bien, aujourd'hui enfin, pour l'amitié ?

– La nôtre est faite de trucs spéciaux, Guy.

C'est vrai, il cherche un truc spécial.

– Raphaëlle ?

– Tu es médium, Papa Charlie ?

– Y a pas un jour qui passe sans qu'un étranger vienne me poser la question.

– Tu anticipes, alors ?

– Si t'es là, c'est pas un hasard. C'est aussi pour elle. Michel est de retour pour...

– Raphaëlle.

Recruter une jeune femme. Elle porte un beau nom de France. Il ne l'a jamais convoitée. Elle a été d'abord efficace, puis plus encore, et enfin presque trop. Elle a été son agent à Kigali, lorsque la France a fermé les yeux au Rwanda. Puis quand le Zaïre s'est désagrégé, elle a attendu la dernière heure pour quitter Kisangani. Les hommes du commandement des opérations spéciales l'ont extraite in extremis des griffes de l'avancée rebelle. Ensuite, elle a vécu la chute de Kinshasa, et elle est devenue trop maligne. Après elle a tout mélangé et il a rompu les ponts. Comme cela se fait dans le métier. Brutalement. Sans regrets.

Ils ont l'un et l'autre traversé le pire. Ils ont ensemble couru des horizons égorgés, ont goûté le sang des autres. Pour elle, pour lui, la désolation, la souffrance n'étaient qu'un décor. L'épopée pouvait se nourrir de cris et de pleurs étouffés, effleurer le monde masquait l'épouvante.

L'officier a seulement accompli son devoir. Tropiques assassins. Il a vu, mais il n'a rien partagé. Montserrat ne s'est pas attardé dans le cauchemar. Raphaëlle, oui. Le coup de fouet des machettes qui s'abattent hante ses nuits. Elle assouvi sa part de sauvagerie. Elle s'est progressivement oubliée dans les ornières creusées, s'est abandonnée aux outrages. Elle s'est perdue, ou révélée.

Maintenant, à cause de l'alcool englouti, Papa Charlie serait tout juste bon à piloter un Dakota. Il fait nuit sur Rand Airport. Parfois se pose un vol cargo. Les équipages toquent à la porte du Piston. Guy gueule « *Do not disturb !* », accompagné d'un *fuck off* sans retour. Son vocabulaire anglais reste limité. Ils sont gentiment pétés. Pourtant, Montserrat ne doit pas s'oublier. Les heures s'écoulent et lui sont défavorables. Il pose une main sur le bras épais de Vanhootegem qui, cuit, développe tout de même :

– T'as du retard, vieux. Ils sont déjà tous passés : les Russkovs, les Libanais, les Rosbifs, même des Indiens, et surtout, les gars du *Syndicat*. Dans quel merdier s'est-elle encore foutue ? On prétend n'importe quoi : gros lot de diams, beaucoup de cash, trafic d'uranium ou de plutonium. Difficile de démêler... Dans tous les cas, c'est elle qu'ils veulent et un Anglais qui l'accompagnait. J'en sais pas plus que la rumeur. Le zinc appartient à un groupe russe, il est en leasing depuis deux ans ici pour une compagnie sud-af', *Impala Air*, piloté en alternance par deux équipages moldaves. Les gars qui étaient au guidon de l'Antonov, ils t'ont déjà charrié en Angola, à l'époque...

Montserrat se souvient.

– Des costauds. J'avais beaucoup de respect pour le commandant. Un type qui avait servi en Afghanistan avec les Rouges et qui ne dormait plus beaucoup depuis. Un vrai pilote. Pas une tête brûlée comme ton serviteur, mais un taulier. Jamais une sueur froide. Pas de risques inutiles. Jamais de soucis. Pas besoin de baraka. Il s'est posé avec son engin sur toutes les pistes du continent. Et côté entretien, un maniaque.

Le colonel abrège la légende en marche :

– Bon, Guy, ton avis ?

– Elle peut être n'importe où, sa charrette. Cette nuit-là, le golfe de Guinée était un four à orages. Des tornades terribles. Pile poil sur l'itinéraire de son plan de vol officiel. Donc, une bonne chance, somme toute, que le zinc soit au fond de l'océan. Auquel cas... Sinon, il a pu avoir un pépin mécanique, se poser au Congo-Brazza ou au Congo-Kin, alors là, tu sais, un militaire ou un chef de la police indélicat, ou un président trop gourmand : tout le monde passe à la casserole, même les exécutants si l'enjeu est lourd. On efface tout... Mais rien ne demeure longtemps secret sous ces latitudes, surtout un truc aussi énorme. Tu peux tout imaginer sur ce putain de continent.

– Il y avait une très grosse pierre à bord.

Vanhootegem est songeur.

– C'est ce qu'on dit, mais on ne sait pas à qui elle appartient. Ils revendiquent tous le pactole. J'écoute plus ces rumeurs, j'entends trop de conneries sur cette histoire, ici, chaque jour. Chaque pilote, chaque mec a sa version. Depuis, on l'a vu partout, cet Antonov. Je ne te parle pas de Raphaëlle...

– Elle était toujours très solitaire ?

– Oui.

– Pas de mec ?

– Rien de durable. Des pilotes par-ci, par-là. Des hommes d'affaires à Sandton. L'hygiène, c'est tout. Toujours sauvage, pas le genre à s'attacher. Et tu le sais mieux que moi, elle préfère quand même les filles, pas n'importe lesquelles.

– Amoureuse ?

– D'elle-même, Michel, toujours sûre d'elle, d'elle-même seulement. Désolé, pas de révélations éclairantes, l'ami.

– Au contraire, Guy, des confirmations.

Le Français referme des portes les unes après les autres. Il a une chose en tête, mais il n'est pas nécessaire de trop traîner à Johannesburg. Le climat est dangereux pour ceux qui recherchent Raphaëlle de Marsac. Mauvaises vibrations. Il referme des portes et, d'instinct, il entrera par celle à laquelle il songe depuis des jours. Une clé ancienne. Un pressentiment.

– Ah ! J'ai oublié quelque chose ! s'écrie Vanhootegem.

Montserrat lève un sourcil.

– La baraque de Raphaëlle à Kempton Park a été retournée sens dessus dessous, alors...

165

– Quoi ?

– J'ai un studio que j'ai aménagé à Morningside...

– Christiane te serre toujours de près ?

Papa Charlie prend son air le plus accablé.

– C'est un endroit confortable et discret. Raphaëlle m'avait demandé de pouvoir y laisser des papiers très perso. J'y ai jeté un œil bien sûr, ils ne m'ont pas semblé d'un intérêt formidable, mais... (Dans les larges doigts de Vanhootegem apparaît une paire de clés.)... tu y trouveras peut-être ton bonheur ? Longdon Road, 2059 Morningside. Je préviens la sécurité de la résidence.

Montserrat s'empare prestement des clés. On ne sait jamais, en effet. Le Belge, avant de se torcher un peu plus encore, tend un index fraternel.

– Fais gaffe, Michel, les gars qui lui courent après ne sont pas corrects. Dans le genre efficace. Stones a booké les mercenaires d'Executive Peace & Safety. Le gratin dans ce qui se fait de définitif. Ils sont commandés par un mec terrible.

– Qui ?

– Tu le connais.

L'agent français fait un geste d'incompréhension. Vanhootegem insiste :

– Tu le connais : un ancien officier supérieur des services sud-af', viré il y a quatre ans. Un vieux flic namibien, une de ses sources, avait été buté au Cap, une histoire comme ça...

Montserrat ne semble pas intéressé. Il glisse les clés dans le pantalon de son costume en lin et se lève précipitamment. Papa Charlie continue :

– C'est pas un gars que j'aimerais avoir dans mon dos.

Le Français s'éclipse.

– Tu ne connais que lui, Michel.

Dans un murmure, Montserrat prononce un nom.

15

JEAN Retief. Le chef mercenaire a patienté de longues
heures. Puis l'homme qu'il attendait a enfin quitté
Le Piston. Il se présente face au parking. Depuis l'arrière
d'un fourgon très spécial, Jean Retief peut voler les meilleurs clichés.

L'homme a beaucoup changé. Il a connu des épreu-
ves, perdu en route des femmes qu'il a aimées. Il a définitivement blanchi. C'était son ami. Aujourd'hui, c'est
un concurrent. Plus que cela, un danger.

Pour lui-même, à voix basse, en afrikaans, Jean Retief
s'entend dire :

– Bienvenue, colonel Montserrat.

Puis, plus bas encore :

– Bienvenue, mon frère.

La route, en pleine nuit, est périlleuse entre Rand
Airport et les localités huppées de Sandton et Morningside. On croise la proximité du township d'Alexandra
où règnent les plus violents des gangs. Il convient de ne
pas tomber en panne sur les highways, ni même de trop
traîner aux feux rouges. À Johannesburg, on tue pour
peu de chose. Montserrat a loué une modeste Golf, mais,

167

à une heure où la circulation est quasi inexistante, il se sent tout de même une proie. C'est donc avec soulagement qu'il parvient dans les faubourgs de Morningside. Dans son rétroviseur, toujours des feux, mais de formes différentes. Ce n'est pas non plus une assurance : les Sud-Africains sont des professionnels éprouvés. Quand il freine devant la grille d'accès de la résidence de Longdon Road, la Ford Escort qui a obliqué cent mètres derrière lui continue son chemin. Pour Montserrat, c'est clair : il est déjà dans la nasse. South Africa Secret Service ? Executive Peace & Safety ?

Demain, le plus tôt possible, il fera ses valises.

Le vigile de la sécurité a été prévenu par Papa Charlie. Le portail s'ouvre. Montserrat range la Golf au bout d'une allée. La nuit est tendre. L'agent secret a un goût prononcé pour ces instants. Des yeux sont partout, mais il adore ça. Néanmoins, il ne s'éternisera pas.

Le studio crapuleux de Vanhootegem se trouve au second et dernier étage, au n° 47. C'est spécifié sur les clés. Montserrat ne prend jamais l'ascenseur pour ce type d'excursion. Il gravit le plus silencieusement possible les marches. Il débouche sur un palier à ciel ouvert : une porte et, sur la gauche, une fenêtre protégée par des barreaux, vraisemblablement celle de la cuisine. L'agent approche les clés en évitant de les faire tinter. Une pour le verrou de sûreté, l'autre pour la serrure. Il va engager la première. Il suspend son geste.

Depuis l'intérieur, un rai de lumière balaie les carreaux de la kitchenette du studio. Montserrat pivote sur lui-même et se colle à la porte. Son cœur s'est arrêté.

On l'a précédé.

Il ne bouge plus. Ses capteurs sont en alerte. Il attend quelques minutes. Puis il recule vers l'escalier et redescend plus précautionneusement encore. Il rejoint le jardinet par lequel on accède au bloc n° 4. C'est la seule

168

issue. Il se coule sous la végétation où la pluie soudaine de tout à l'heure exhale le terreau. C'est un poste d'observation parfait, d'où il peut même deviner les traits de lumière de la torche du visiteur nocturne, au travers des rideaux tirés du studio. Onze minutes s'écoulent. Plus de rayon lumineux.

Sur la terrasse, au second étage, quelque chose a surgi. Une ombre se dessine qui défie le vide. En une fraction de seconde, elle touche le sol du jardin. D'un coup sec, elle ramène le filin qui s'enroule automatiquement à son poignet. L'ombre demeure une ombre. Montserrat ne peut rien découvrir de plus, sinon le rythme de la démarche d'une femme qui, dans un souffle, s'éloigne. Comme un rappel subliminal.

Longdon Road n'est pas très éloigné du City Lodge Hotel où est descendu l'agent français sous l'identité de Marc Leclerc. Il continue de surveiller son rétroviseur : toujours des phares, pourtant l'heure est tardive. Des véhicules se substituent les uns aux autres. C'est une filature en règle, opérée par des gens organisés. La Golf rejoint l'entrée de l'hôtel qui fait face au grand centre médical de Sandton. Demain, Montserrat quittera le City Lodge à la première heure. C'est un hôtel anonyme, mais confortable, pour hommes d'affaires de passage, où il se serait cru moins exposé, mais l'adversaire est tout proche.

Il parcourt le couloir à l'entresol qui le conduit à la chambre 32. Ils sont là : l'heure du contact est dépassée de neuf minutes. Ils sont entrés par la porte-fenêtre qui donne sur le jardin intérieur de l'hôtel, sont arrivés par le parking du pub KEG voisin. Les chambres 30 et 34 sont occupées par des agents russes. Un homme en uniforme d'employé du City Lodge se positionne devant la porte de la 32. Le rendez-vous est sécurisé.

Abraham Levovitch a le visage lessivé. Lui aussi dort peu. Il est venu avec un partenaire, la soixantaine élégante et argentée, bien mis malgré l'heure tardive. Montserrat a la mémoire sélective. Immédiatement, il le reconnaît.

– Salut, fait Levovitch.

Pas de prénoms. On ne sait jamais.

– Salut.

– Tu ne connais pas notre ami ?

– Si.

Anatoli Dimitri Gregov, premier secrétaire de l'ambassade russe au Mozambique, maître espion. Meilleur spécialiste, hier pour le KGB, aujourd'hui pour le SVR, de l'Afrique australe. Polyglotte, cultivé, charmant, convivial, voire festif. Un atout pour le renseignement russe dans cette partie du monde. Avec lui, la donne a changé. Le Kremlin est entré dans le jeu.

– Notre soutien logistique et informationnel, annonce Levovitch.

Gregov préfère sourire. Montserrat n'entendra pas le son de sa voix ce soir. Pour l'heure, il observe. Mais Abraham et l'agent français sont en phase : dans tous les cas, mieux vaut compter Gregov dans son camp. Il n'a jamais été tenu en échec dans cette partie du monde. Il a certes accompagné des reflux, jamais des défaites. La Russie n'a jamais rien lâché à quiconque dans la sphère australe : Angola, Mozambique, Zimbabwe, Namibie, Afrique du Sud. Les vieux camarades sont toujours là. Montserrat a devant lui leur interlocuteur, l'officier traitant de l'Afrique rouge. Trente années de révolutions et de dictatures le contemplent.

– Il sera le pivot du groupe, reprend Levovitch. Demain, je règle le problème du diamant de Kalimantan

à la Bourse du diamant, ensuite, je m'éloigne un peu. Je rejoins mon repaire africain. Nous communiquerons comme convenu. Tu sauras toujours où me trouver. Mais mieux vaut limiter les contacts au maximum.
– Et pour les détails...
Montserrat a compris : il passera par Gregov. Les visiteurs du soir sont sur le pas de la porte-fenêtre. L'espion russe a déposé une enveloppe sur la table. Le mémo du modus operandi des contacts. À apprendre cette nuit sans sauvegarde. Levovitch demeure seul sur le palier. Il scrute l'agent français. Il discerne trop de choses chez Montserrat, trop à découvert.
– Tu sais déjà ?
Le Français dans une vaine attitude hausse les épaules.
– Tu sais déjà où la trouver ?
– Je crois.
– Ce sera long ?
Il pose la main sur l'épaule du Russe.
– Hasardeux, surtout.

Le lendemain matin, sur les quais de Saintes, où coule la Charente : une douceur triste, l'humidité et la sérénité de la cathédrale Saint-Pierre. L'agent anglais est descendu au relais du Bois-Saint-Georges. Il s'est couché tôt et a sombré aussitôt. Le cri des paons dans le parc de l'hôtel l'a surpris à l'aube. Il se sent presque en vacances. L'air est léger malgré l'hiver. Ce matin, Richard Larkin est heureux d'être sur les traces de Mlle de Marsac.

Il s'est habillé un peu comme pour aller à la messe : manteau noir en cachemire, costume trois-pièces, chemise blanche, cravate sombre. Il déambule, débonnaire, dans les rues de ce grand village. Il ne se presse pas. De toute façon, il ne se presse jamais. La maîtrise du temps est sa signature. Il s'est chaussé de ce qu'il a de mieux :

une paire achetée Burlington Arcade deux ans plus tôt, une réelle folie, qu'il réserve pour les jours de fête, et les réunions d'état-major. Il est parfaitement équipé pour cheminer dans le matin d'une journée paisible.

C'est une promenade charmante, apaisante, qui replace l'agent du MI6 dans son rythme. Ne pas allonger le pas, s'obliger à laisser traîner le regard sur des détails insignifiants, se gorger de quiétude, s'abandonner un peu à la paresse du corps et de l'esprit, pour, plus tard, mieux se concentrer. Richard Larkin est un espion contemplatif. Il se plaît à s'attarder. Il ne fait aucun effort pour dissimuler son appartenance à l'ancien empire où jamais ne se couchait le soleil. Bien au contraire, quelle que soit la partie du monde qu'il arpente, il plaît à demeurer britannique. Il n'aime pas endosser un rôle. C'est mieux qu'une couverture. Sa bonhomie est le premier passeport pour laisser les autres s'ouvrir à lui. Il est dans cet exercice – il le reconnaissait avec une certaine prétention – un redoutable pilleur de mémoires. Lorsqu'il était jeune chef d'antenne, son incroyable aisance dans la manipulation de sources mettait à genoux les exploitants de secteur. Débonnaire, patient, curieux, un parfait espion anglais, c'est-à-dire scrupuleux, précis, pervers.

Les comtes de Marsac ne vivent plus depuis des générations dans quelque château, mais rue des Bornes, dans une maison basse, presque noire, de Charente. Pas de personnel. Le comte est veuf, dépressif, malade. Son teint est gris. Il n'a pas pris la peine de s'habiller pour recevoir son visiteur, un certain Edgar Rodgers, un assureur anglais qui s'exprime dans un français chantant.

– Edgar Rodgers, expert pour la Lloyds, merci d'avoir bien voulu prendre la peine de me recevoir, Monsieur le comte.

Louis de Marsac jette un œil discret sur la carte professionnelle de l'Anglais, puis l'abandonne sur le guéridon poussiéreux de l'entrée. Le salon est adjacent. Larkin, après y avoir été invité, s'enfonce dans un fauteuil dont il se demande comment il réussira à s'extraire. Le comte, par éducation, propose vaguement un café. L'Anglais le met à l'aise en déclinant la politesse.

– Monsieur le comte, j'irai à l'essentiel...

Petit accent londonien, mais prononciation harmonieuse : un Anglais doué pour les langues étrangères.

– C'est au sujet de votre fille, Mlle Raphaëlle de Marsac.

Le comte fronce les sourcils. Son visage se ferme. Il regarde fixement le tapis persan décoloré.

– Mlle de Marsac a souscrit, il y a six ans, une assurance-vie conséquente auprès de notre compagnie, en votre faveur, Monsieur le comte.

Louis de Marsac reste impassible, ce qui soulage Larkin.

– Votre fille a disparu dans un accident supposé d'avion voilà quatre mois.

Le comte lève le regard. À peine.

– L'épave de l'appareil n'a pas pu être localisée, poursuit Larkin.

Louis de Marsac demeure stoïque. En apparence, cela ne lui demande aucun effort.

– Le montant de cette assurance-vie, à votre profit, insiste l'Anglais, est considérable, Monsieur le comte. Voici la copie du contrat...

Larkin extrait le document de sa sacoche de cuir noir, le tend à Marsac qui fait mine de ne pas le voir.

– C'est inutile, cher monsieur...

L'Anglais jette un œil discret autour de lui. Ce capharnaüm du passé baigne dans l'odeur de la pisse de chat.

– J'ai cru comprendre, Monsieur le comte...

– Que nous étions dans le besoin, cher monsieur ?

Louis de Marsac a répliqué sans agressivité.

– Je voulais juste dire... si le décès de mademoiselle votre fille était confirmé, sachez qu'une somme importante vous sera versée par la Lloyds. Aussi, si vous possédez le moindre renseignement sur... Raphaëlle, soyez, Monsieur le comte, certain que ces informations sont précieuses pour nous, comme pour vous.

Silence entre les deux hommes. Marsac pose sa main droite sur la gauche et, nerveusement, se masse les doigts.

– Je comprends que la situation de ma fille vous passionne, cher monsieur (Louis de Marsac lève son regard vers le visiteur), mais, pour ma part, elle ne me concerne plus.

Il tend la main droite vers le cadre d'une photographie en noir et blanc posé sur la commode. Une femme élancée dans une robe de mariée, un voile de tulle sur de grands yeux sombres.

– Caroline, feu mon épouse, celle pour qui j'ai toujours vécu, nous a quittés il y a quatre ans. J'ai prévenu ma fille dans son pays de sauvages. Elle n'est pas venue, elle n'a pas écrit. Là-bas, elle n'a jamais dû pleurer. Pourtant, si vous saviez, cher monsieur, combien Mme de Marsac chérissait son enfant.

Nouveau silence.

– Ma fille est devenue un monstre. Je veux partir sans jamais ni la revoir, ni espérer la moindre nouvelle d'elle.

Le regard de Louis de Marsac se détend et se fait presque ironique.

– Pensez-vous que cette femme qui ne respecte rien, qui n'accompagne pas le dernier voyage de sa mère, pensez-vous un seul instant que cette femme ait souscrit une assurance-vie en faveur de son père ?

Larkin ne bronche pas.

– Pensiez-vous, cher monsieur, me faire avaler ça ?

Les yeux du comte ne lâchent plus ceux de Larkin.

– Ce que je sais, moi, et ce dont je suis sûr, c'est que ma fille s'est perdue à cause d'hommes comme vous.

174

Vous et vos ennemis avez tué depuis longtemps ma fille, ma fille adorée.

Larkin est déjà debout.

– Disparaissez, cher monsieur. Je vous chasse de chez nous. Et surtout, par Dieu, surtout ne revenez plus jamais nous parler...

Larkin tend inutilement sa main.

– Nous parler... de... (sa voix s'étrangle)... Raphaëlle de Marsac.

Une Peugeot de location attend Larkin quai de Verdun. Une femme ronde, aux cheveux un peu gras, avec une paire de lunettes fumées, est au volant. Sur l'autre rive de la Charente, le jardin public est désert. Larkin prend soin de ne pas claquer la portière. La femme comprend au premier regard le coup pour rien. Le contrôleur a ce seul commentaire :

– Rien de bien glorieux pour nous tous, Janet. Passons à autre chose.

Immédiatement, elle lui transmet une série de clichés grand format. La date et le lieu des prises sont spécifiés en légende. Rand Airport. Johannesburg. Un homme qui sort d'une cantine d'aéroport.

– Ça vient d'arriver. Pris par les hommes de Stones. Vous savez qui sait, Richard ? demande sa collaboratrice.

– Oui.

– Vous l'avez déjà rencontré ?

– Non, bien sûr, mais oui, je le connais. Il est toujours en activité ?

– On cherche.

– Il a rendu visite au Belge, il est aussi en chasse.

– Il a du retard, se rassure Janet.

Elle démarre lentement. Il y a peu de circulation sur le quai, mais pas question de prendre le moindre risque.

– Non, il est en avance, rétorque Larkin. C'était le recruteur et l'officier traitant de Raphaëlle. Il en sait plus que la meute. Nous pataugeons. Les filets sont lancés, certaines pistes s'ouvrent, mais rien ne se recoupe. Pas un renseignement précis, de première valeur. Cet homme nous fera gagner du temps. On ne le quitte pas, on le colle, on reste dans ses pas, on avance avec lui.

– Il est en main.

– Je veux doubler le dispositif sur lui, et pas seulement les équipes du *Syndicat*. Je veux investir sur lui.

Larkin examine les traits du visage sur la photo : un peu sec, de l'ironie et de la dureté dans le regard clair, un rien de supériorité, mais aussi une immense absence.

– Une note détaillée vous attend au Club, Richard.

Les yeux du contrôleur du MI6 ne quittent pas le cliché. Il prévient :

– Pas de fautes, Janet, c'est un vrai pro. Un pro fatigué, mais vigilance et respect.

– Dépressif ?

– Bien vu. Oui, Janet, mauvais cycle : sanctions des années, ingratitude du Service, sacqué par la hiérarchie. C'est un agent marginal. Il paraît soumis, mais il doit être en révolte. Il a commis de graves fautes professionnelles. Il s'attache trop à ses *Joes*, il ne prend pas de recul et se met en danger. Il est sous l'emprise de cette schizophrénie si particulière à notre métier. Mauvaise pioche : il a choisi Mlle de Marsac, rien d'honorable, peu de flair, pas de chance avec les femmes, surtout avec celles qu'il recrute. Il se laisse berner. Un homme qui aime trop les femmes...

– Un Français, résume Janet.

La Peugeot trouve l'autoroute pour Bordeaux, sagement. Pas d'excès de vitesse. Les flics, ici, ne plaisantent plus. Larkin range les clichés dans la longue enveloppe.

– Pire que ça.

16

L E Kalahari est jaune et brun. Pas un nuage. La désolation du désert austral. En provenance de Lanseria Airport, Johannesburg, un hélicoptère puissant survole l'ancien lit de la rivière Molopo. Destination, l'Atlantique, Lüderitz Bay, où les profondeurs règnent sur un trésor. Le plus vaste gisement de diamants au monde.

Les yeux sur les infinis du Kalahari, Abraham Levovitch songe à ces heures dans la prison de haute sécurité où il ne voyait pas la lumière du jour. Matroskaïa Tichina, geôles pour privilégiés. Son parcours a été celui du travail et de la détermination. L'empire bâti est avant tout celui des sacrifices et du courage d'un homme encore jeune. Il a renoncé à beaucoup pour parvenir au sommet. Il aurait pu ne pas céder à son tsar, engager des avocats brillants, résister et accepter la déchéance. Il n'a rien volé à sa nation : ce qu'il a réalisé, qui aurait pu, à sa place, sans son abnégation, sa rage, l'égaler ?

Il a concédé une liberté qui lui permet de poursuivre la quête de la pierre rouge de Savimbi. Sa liberté contre le trésor. Peu lui importe, en fait, l'acquisition finale. Seul compte de le soustraire à Stones, et l'exaltation de conquérir le diamant absolu.

Ce jour, l'Oural a repris le chemin d'Anvers. À 9 h 07,

Levovitch a pressé la touche de reconnaissance digitale du système de protection de la Bourse du diamant de Johannesburg. Sous son index, la lumière rouge s'est allumée. La porte à tourniquets aux barreaux noirs s'est libérée sous le regard vigilant des employés de la sécurité chapeautés de couvre-chefs grenat. Son visage ne correspondait à aucune des photographies des individus patibulaires tapissant le poste de garde, tous indésirables dans ce vieil immeuble du centre historique de Johannesburg. Pour arriver au Centre du diamant, au 240, Commissioner Street, il faut traverser le quartier sensible d'Hillbrow. Le Centre du diamant, qui abrite la Bourse, se compose de trois immeubles très modestes, dont les deux principaux sont reliés par une passerelle décrépie.

Au cinquième étage du bâtiment principal desservi par l'un des quatre ascenseurs gris est installée la Bourse du diamant. Au même étage règne le puissant Diamond Board, l'office de contrôle gouvernemental de ce secteur, très lié aux services de renseignement, notamment à la National Intelligence Agency : le diamant est un produit stratégique pour l'Afrique du Sud. Stones est le seul diamantaire à disposer du privilège d'un bureau privé à cet étage, où a débouché Levovitch avant de traverser la cantine casher et de stopper devant une porte vitrée blindée. Il a sonné à un interphone et s'est annoncé. Il était attendu : la porte s'est déverrouillée : il a pénétré dans les locaux de la Bourse du diamant, une quinzaine de pièces, aux murs peints d'un bleu gris. À la réception de la Bourse, un inspecteur du Diamond Board l'attendait.

Le processus dans lequel était engagé l'Oural était le suivant : Levovitch s'était présenté le 20 décembre à la Bourse avec la pierre, muni d'une licence d'exploitant minier, ainsi que d'un certificat d'extraction du diamant, délivré par un fonctionnaire gouvernemental sur le site de sa mine du Griqualand West. On a peu trouvé de diamants roses en Afrique du Sud. La découverte de la pierre a fait dans le milieu l'effet d'une bombe. Pas pour Stones, évidemment. Pour échapper à la taxe de 15 % frappant les pierres à l'exportation, Levovitch a abandonné l'Oural quatre jours ouvrés aux acheteurs potentiels du marché sud-africain. Il a défini auparavant la valeur du diamant avec un inspecteur du Board. 630 millions de rands (90 millions d'euros) : un record pour la Bourse de Johannesburg. La pierre a été pesée, et exceptionnellement scannée. Elle devait suivre un protocole précis. Cette mesure de protection permet au pays de maintenir une industrie locale de taille et de vente conséquente. Quatre jours plus tard, à l'heure précise correspondant au dépôt initial de la pierre, si cette dernière n'a pas été vendue, elle est restituée à son propriétaire pour l'exportation. La règle a été initiée quarante années plus tôt par Stones pour éviter la moindre taxe à l'export, à une différence près : les diamants de Stones ne quittent pas les installations de la compagnie pour celles de la Bourse, et le *Syndicat* dispose de son propre inspecteur du Board.

Le dépôt de l'Oural à la Bourse a excité les curiosités. Aucun acheteur ne pouvait décemment se porter acquéreur du diamant à Johannesburg, mais nombreux furent ceux qui souhaitèrent découvrir la pierre. Ils entraient dans l'une des huit chambres d'exposition, chacune surveillée par l'œil de cinq caméras. Un inspecteur de la Bourse, confiné avec le diamant dans la chambre forte centrale, faisait passer la pierre par un sas à clapet. Le diamant brut était pesé au millième de carat avant et après. Tous purent donc, au cours de ces quatre jours, admirer l'Oural. Mais seul Stones disposait des moyens de s'en emparer. Sir Edmond fut dissuadé par son orgueil.

Le 24 décembre à 9 h 10, Abraham Levovitch entrait à nouveau à la Bourse. Sur un tableau à gauche en entrant étaient signifiés les dépôts des quatre derniers jours. Il était mentionné sur chaque ligne la qualité de la pierre, le nombre de carats, son prix, et sa date de libération.

Le 24 décembre à 9 h 12, l'inspecteur et Levovitch vérifièrent sur le cadran de leurs montres respectives, mais l'horloge électronique de la Bourse faisait foi. Ensuite, une assistante vint rayer avec un stylo noir la ligne où il avait été spécifié qu'un diamant de 192 carats, d'une valeur de 630 millions de rands, avait été proposé à la vente. Il était 9 h 13. Levovitch pouvait exporter son diamant sans taxe. Il se rendit avec la pierre dans la salle des scellés où il glissa dans un pli l'Oural. Un premier inspecteur coula une larme de cire rouge, puis poinçonna le sceau du Diamond Board, un second apposa les deux sceaux de la Bourse.

L'Oural pouvait enfin bénéficier du certificat de Kimberley, le seul légitime au monde pour l'exportation d'un diamant brut. Levovitch quitta les locaux exigus de la Bourse, fit seulement une trentaine de mètres, pour gagner ceux du Diamond Board, où, dans l'un des vingt petits box d'un bleu dur, un nouvel inspecteur procéda à l'enregistrement de la pierre et à l'établissement du certificat de Kimberley, dûment signé par l'inspecteur en chef, l'un des deux seuls hommes du pays à jouir de cette responsabilité. L'Oural était certifié. On l'emballa dans un paquet ignifugé – un diamant ne peut pas résister au-delà d'une température de 1000° –, puis on joignit au paquet le certificat qui ne quitterait jamais la pierre brute. Enfin, on couvrit l'ensemble d'un dernier papier spécial de protection.

Le diamant pouvait quitter les bureaux du Board. Levovitch, en quelques pas, se rendit, toujours au même étage, au guichet de Forward Air, qui serait chargé de convoyer la pierre jusqu'à sa destination finale.

Levovitch consulte sa montre : à présent, le diamant brut rose rejoint Anvers par vol spécial.

L'hélicoptère coupe au plus court vers l'océan. À contre-jour, Lüderitz Bay, où débouche la rivière Orange qui, depuis l'éternité, livre des millions de carats aux profondeurs des grandes failles de l'Atlantique. Un univers de diamants repose dans les entrailles de cet océan au bleu si dur, presque noir.

La liberté d'Abraham Levovitch compte peu. 7X974. Un matricule sur l'avant-bras gauche. Un numéro que par pudeur son père lui a toujours caché. Il n'a jamais évoqué les camps, n'a jamais raconté. On ne partage pas les cauchemars. Il a seulement avoué que les hommes, souvent, deviennent des bêtes. Il lui a dit, avec tendresse, sa honte d'être revenu, la culpabilité des survivants.

Les rouleaux de l'Atlantique s'abattent sur la côte la plus sauvage au monde.

L'appareil s'engage face à l'océan rompu : là-bas, au large, se dressent des forteresses, d'où l'on arrache la fortune immergée. Ici, les fonds sont merveilles inaccessibles, mais rien n'arrête la main des hommes. Il est 14 h 04, à l'extrême sud de la Namibie, petit pays africain, futur géant du diamant livré aux convoitises sans partage.

L'hélicoptère décrit une longue ellipse. Le vent se lève à peine, les conditions sont parfaites pour se poser sur l'hélisurface du dragueur de diamants marins dressé à dix-neuf miles de la côte, symbole de la résistance au *Syndicat*, car ici, dans le nouvel eldorado, Stones impose sa domination, mais il existe cette concession insolente, cet orgueil arraché aux griffes du monopole.

7X974.

Le numéro, tracé en rouge à bâbord et tribord du dragueur de diamants du groupe, est celui des faibles qui ne s'agenouillent pas. La survie, la renaissance.

Tant de scintillement, ce matin, sur l'Atlantique Sud, comme si le trésor se dévoilait au soleil austral.

Quand on suit les vagues vers le sud, puis vers l'est, on se rapproche des extrêmes du monde, on parcourt le Namaqualand, les fiançailles des fleurs et du désert, puis les hauteurs annoncent Bonne-Espérance, un cap, une flèche d'Afrique vers le pôle. Ensuite ce sont des landes, enfin la douceur, l'océan se fait Indien, aux rocs succèdent des anses paresseuses, Wild Coast, une lumière plus chaude, le chant des pêcheurs, la grande migration des thons. Après, le regard remonte la côte Est du continent, plus indulgente, où le soir courtise le tropique du Capricorne, indolence, métissages, un crépuscule d'or sur le Mozambique.

Maputo, capitale pimpante. Mais la nostalgie, sur les lèvres des femmes venues d'ailleurs, quand les Indes, la Chine, les rives du Zambèze, la Malaisie, et l'éclat des descendants de Vasco ont accouché d'une divine imperfection. Le corps de la jeune maîtresse d'Anatoli Dimitri Gregov transpire la poésie des femmes du Sud.

Le vent chaud vient des terres et maintiendra la nuit tropicale. Sur la corniche, le quartier réservé à la nomenclature d'une fin de régime. Villas perchées, céramiques indigo, turquoise, rues surveillées par des gardes aux kalachnikovs qui traînent leurs semelles nonchalantes. Un peu de musique, et le son des *telenovelas* qui s'échappe de partout. C'est le soir, et Anatoli Dimitri Gregov donne de la tendresse à Rosa. Elle sent si bon, elle a fermé ses yeux, ceux des esclaves et des conquérants mêlés, il n'y a personne entre eux et l'océan. Le bruit sourd de Baixa, la ville basse, monte jusqu'à eux, s'emplit chaque instant davantage de vie, de cris, de joie. Ils s'en nourrissent pour se donner plus de plaisir l'un à l'autre.

Anatoli Dimitri Gregov est le plus génial des espions russes en Afrique. Tout le monde sait qui il est. S'en cache-t-il d'ailleurs ? Mais s'il n'y a plus de secret, demeure-t-il un agent secret ?

Gregov, pendant trente ans, a été l'officier traitant le plus prolifique du KGB, et aujourd'hui du SVR. Il a vu grandir et mourir bien des présidents, il a supporté les régimes insoutenables et marié les irréconciliables. Il a fait l'histoire de l'Afrique australe. Sous le charme, le poison. On le vénère et on le craint. Il n'est pas beau, mais c'est le plus séducteur des diplomates dans cette partie du monde. Son parfum est sur tant de cadavres, mais il n'a pas d'ennemis. Populaire et indispensable, il est grand confesseur. On lui parle comme au plus proche de ses amis. Il ne paie jamais pour savoir.

Qu'il y a-t-il derrière son sourire ? Quel est son véritable rang ? Quelle part dévore la légende ? N'est-il pas le divulgateur des rumeurs qui composent la statue ? un mythomane ? le plus gradé des officiers du SVR en Afrique ? ou bien un comédien vieillissant qui use de ses derniers charmes ? Est-il ici, au Mozambique, l'amant de la présidente ? et celui de la veuve de l'ancien président ? De laquelle des maîtresses des hauts dignitaires n'est-il pas l'amant ? Ne dit-on pas qu'il baise mieux encore qu'il ne parle ? Anatoli, son prénom est chuchoté amoureusement, et combien de femmes exquises ont inventé de vulnérables secrets, pour seulement murmurer à l'oreille du maître espion ?

Où est le venin ?

Il n'est jamais oublié pour une réception, une cérémonie, on se laisse approcher, on se laisse embrasser. L'ennemi est fatalement irrésistible. On cherche, bien sûr, à l'enfumer, mais c'est un nez. On s'attroupe souvent autour de lui. Il conte volontiers les alcôves, jamais vulgaire, à voix basse quand il s'agit de dames outragées, dont il est le seul à savoir baiser la main ici et ailleurs.

Quand l'ombre pénètre l'Afrique, alors, il est le premier des prédateurs.

Son téléphone portable vibre sur la pelouse de sa propriété, qui domine l'embouchure du port. Il délaisse Rosa pour la voix empressée, un peu haletante, d'Antonio, le tenancier du Scorpião, le restaurant portugais populaire de la ville basse. Un étranger, qui dîne seul, a demandé le patron pour lui réclamer une eau minérale française pétillante qui n'est pas importée au Mozambique.

– *Muito obrigado*, Antonio. *Boa noite*.

La nuit est là. Son domaine. C'est l'heure pour laquelle il est fait. Contact. Le business reprend.

Anatoli n'aime pas les voitures de luxe, il n'aime pas les voitures, voilà tout. Il n'aime ni la mécanique, ni même conduire. Il a toujours eu à sa disposition des chauffeurs, ou presque toujours. Parvenu au garage, d'un revers de la main il écarte Manuel qui, instinctivement, s'est porté vers le break Volvo. Il part seul ce soir. Les gardiens font grincer le portail balayé par les phares qui tracent un tunnel lumineux sur l'Avenida dos Martires de Mueda avant de plonger sur le littoral.

En deux minutes, la Volvo parvient, par la Marginale, au club naval et pénètre dans le petit parking gardienné. Au passage, Anatoli glisse un billet de cinq dollars dans la main tendue du vigile. Quelques instants plus tard, il se dirige lentement vers l'embarcadère de son Cabin Cruiser, avec en arrière-plan les arches blanches du club. On sifflote à son approche. Il répond en chantant trois notes enlevées. Vieilles méthodes de maîtres espions.

Montserrat s'est déjà servi dans le bar. Un verre de vodka frappée à la main, il est là, costume de lin bleu, chemise blanche, sourire ironique.

– Bonsoir, Anatoli.

L'entretien se déroulera en français.

– Salut, Michel. Vodka ?

– Elle est fameuse. Je sais que vous avez du goût, Anatoli. Même chose ?

– Je vous en prie, faites comme chez vous.

– Vous ne m'avez pas encore posé la question ?

– Déjà là, Michel ?

– Eh bien, oui.

Gregov lève la main droite pour suspendre la conversation, sort de la cabine pour larguer les amarres, puis monte au poste de pilotage pour faire ronfler les moteurs. À quelques miles marins plus au nord, un ferry entre dans le chenal du port.

– Vous avez raison, Gregov, rien de tel que l'océan pour conserver le secret.

– Il fera surtout plus frais au large. On étouffe, cette nuit.

Le Cabin Cruiser quitte à petite vitesse l'anse du club naval, puis accélère vers le large, en direction de l'île d'Inhaca. Ils conservent durant de longues minutes le silence. La pudeur de professionnels qui se reniflent. C'est vrai qu'il fait bon à présent dans les embruns de cet océan un peu boueux sur les rives de Maputo. Au grand large croisent les feux des navires de haute mer sur la route du cap de Bonne-Espérance. Plus au sud, il n'y a rien que la désolation.

Là, les tropiques pervertissent encore l'océan. Gregov stoppe son bateau. On entend se dérouler en quelques secondes le câble de l'ancre. Maintenant, tout est calme : peu de vent, et le halo de la lumière sur la capitale au lointain. La vodka leur fouette le sang.

– Colonel Montserrat..., un fantôme depuis toujours. L'amant de la Suédoise de Greenpeace...

– Danoise, corrige le Français.

– L'homme des Apaches, toujours les causes perdues. Vous avez disparu après l'opération Éternité. Ce n'est pas pour nous le meilleur des souvenirs.

– Vous avez perdu Igor Zoran, je sais...

Le Russe change de sujet :

– Vous étiez le traitant de Savimbi, je me trompe ?

– Pouvez-vous vous tromper, Anatoli, sur ce sujet ?

Gregov met ses yeux dans les étoiles.

– Je regrette de n'avoir jamais connu l'homme, avoue le Russe. Vous parliez ensemble la nuit ?

– De longues nuits. Auprès de lui, j'ai suivi le déclin de ce continent.

– Je sais. J'ai lu récemment qu'un journaliste d'un grand quotidien français disait : « *Il faut aimer ce continent sans pitié.* » Cela nous paraît, je pense, extrêmement juste. Vous êtes donc déjà là, Michel. Vous avez recruté Raphaëlle, n'est-ce pas ? Savimbi et Raphaëlle... C'est pour cela qu'on vous a choisi. Parlez-moi de Raphaëlle.

Montserrat demeure d'abord silencieux. Le Russe remue, à dessein, des braises mal éteintes. Manœuvre de déstabilisation, mais l'agent de la DGSE n'esquive pas la réponse :

– Nous avons l'un et l'autre, Anatoli, donné tout ce que nous avions. Nous manipulons un matériau très particulier, une part de nous-mêmes... Nous manipulons des femmes et des hommes. Parfois, nous choisissons, par faiblesse ou facilité, je ne sais pas... Raphaëlle possédait la grâce des proies égarées, la force des filles interceptées au croisement des chemins. Je lui ai montré une direction. Si ce n'était moi, quelqu'un d'autre s'en serait chargé. Pourquoi pas vous ?

Gregov ne cille pas. Il laisse poursuivre Montserrat.

– Je lui ai ouvert les portes de nouveaux mondes. J'ignorais ce qu'elle avait en elle. Il m'aurait fallu une vie pour le détecter. Pourquoi me justifier ? Elle fut le meilleur de mes agents pendant sept années. Elle m'a beaucoup donné. Dans les pires conditions, sa production fut longtemps irréprochable. Et puis, à un moment, ce cauchemar imprévisible pour l'officier traitant... Un événement qui inverse les directions, qui ne transforme pas l'individu, mais révèle sa face cachée. Les premiers jours, au début, je n'ai pas hésité. C'était Raphaëlle et nul autre qui avait sa place là-bas. Avril 1994, les massacres au Rwanda. Je me souviens des premiers rapports qui tombaient. Nos correspondants de Kigali paniquaient. Personne ne savait quoi faire. Personne n'a rien fait. Ou, pire encore...

L'océan est à présent étale. Aucun écho aux repentirs.

– ...l'impuissance, la compromission, le silence. Raphaëlle avait mis ses doigts dans le sang tutsi. Quand je suis parvenu à Kigali, il était trop tard. La direction qu'elle avait prise était irréversible. Au contact de la barbarie, tout avait basculé, la face cachée se découvrait. Je l'ai compris immédiatement : j'avais perdu mon agent. Mais je me suis toujours emmuré dans mes lâchetés, j'ai laissé courir Raphaëlle plus loin. Toujours plus loin... Un jour, nous avons disparu l'un pour l'autre. Pour elle, c'était un abandon, pour moi un geste de survie. J'ai cohabité près de dix années avec elle. À très longue distance. Et c'est pour ça que je sais où...

– ...elle est, complète Gregov.

En fait, Montserrat n'est pas sûr de lui. Il interprète d'anciennes traces, estompées par le croisement des pistes. Il a trop vécu le long des parallèles de Raphaëlle. Son espace est le sien. Leur monde est restreint.

– J'ai mon idée. Vous savez ce que c'est. Une intuition plutôt. Mais avant, il y a un préalable.

– C'est compliqué ?

– Oui et non. J'ai besoin de parler au successeur de Savimbi, au nouveau président de l'Unita, à Isaias Samakuva.

Le visage hâlé de Gregov reste impassible.

– Je m'attendais à quelque chose de ce genre, Michel. On a un problème de procédure, non ?

– Bien sûr. Pas de contact envisageable en Angola, et encore moins dans la capitale. À Luanda, il doit être serré de près par vos camarades du régime en place. Et en Afrique du Sud, ce sera pire encore. Là-bas, il me faut dix rétroviseurs.

– À ce propos, vous avez remarqué vos amis anglais au *Scorpião* ?

– À trois tables de la mienne.

– Bien vu. Sous couverture d'une société de surveillance des douanes du port. Depuis quatre ans ici. On les a activés deux heures avant que vous ne posiez le pied à Maputo. Sentez-vous l'haleine de Sa Gracieuse Majesté ?

– Anatoli, un aveu : je préfère finalement la vodka au gin.

– Au Mozambique, ils ne sont pas chez eux. L'entretien peut s'organiser ici. Je peux faire venir Samakuva. J'ai une filière pour le prévenir. Je le soustrairai aux types de la sécurité. Nous ferons ça sur une île au nord. J'ai aussi un hydravion. Je prendrai en compte Samakuva à la descente de son vol. Cela me vaudra un petit débat avec le chef d'État ici... Ou bien, j'irai le chercher chez lui en Angola... Rien de trop compliqué. Je peux vite régler tous les problèmes dans cette partie du monde. En fait, c'est mon seul loisir.

– Ne me dites pas que vous vous ennuyez, Anatoli ?

Geste hésitant du Russe, qui reprend :

– Vous êtes bien sorti du *Scorpião* comme convenu ?

– En me dirigeant vers les toilettes, puis en bifurquant

vers les cuisines, ensuite la sortie de service, où m'attendait le véhicule du patron du bistrot. Pas un phare ne nous a suivis sur l'Avenida 10 de Novembro.

– Où êtes-vous descendu ?

Comme s'il l'ignorait...

– Au Polana.

– Bien entendu, vous avez tous vos papiers sur vous ? Rien d'important au Polana ?

Le Français hausse les épaules, comme si la question était inutile, voire blessante. Cela paraît divertir Gregov.

– Vous n'êtes pas malade en mer, Michel ?

– Bien sûr que si.

– Tant pis. Nous avons du chemin à faire. Je vais vous escamoter quelques jours. Rien de désagréable.

– Je n'ai pas le choix, de toutes les façons.

– Non, confirme le Russe. Vous êtes cuit depuis votre entrevue avec votre copain belge à Rand Airport. Ils ne vous lâcheront plus. Si les Anglais étaient seuls... mais la compagnie mobilise depuis plusieurs semaines Executive Peace & Safety pour couvrir le dossier au sud du Congo. Je vous promets que ça grouille de types pas vraiment raffinés aux trousses de Mlle Raphaëlle. Et maintenant aux vôtres. Comment dit-on, déjà, Michel ? À votre disparition, conclut-il en levant un nouveau verre.

– Organisez-la-moi la plus douce possible, Anatoli. Demain, c'est Noël.

– Comptez sur votre serviteur, vieil espion.

La brise se lève, s'engouffre dans les palmes des longs cocotiers et les cheveux libérés de Volodia Makine. L'hôtel Polana est un grand paquebot blanc offert à de puissants projecteurs. C'est le plus bel établissement de cette partie de l'Afrique, un vestige de nostalgie. La vaste terrasse surplombe l'océan Indien et le club naval.

Volodia a vu le départ du Cabin Cruiser, puis l'océan a avalé le hors-bord. L'homme de Samarcande s'en va. L'espionne russe pose un document sur le bord de la rambarde qui délimite la corniche : la seule information exploitable dérobée dans le studio de Morningside. C'est un cahier d'écolier assez épais, à la couverture plastifiée. Au fil des pages noircies, l'écriture change. Au départ déliée, elle devient tendue, puis sèche. Dix années séparent les premières lignes de la fin du texte. 1987-1997. D'abord la tendresse, puis la colère, enfin la rancœur.

Le journal de Raphaëlle de Marsac court sur dix ans. Jamais il n'est question de son réel travail. Jamais il n'est fait allusion à ses missions. Elle évoque l'émotion des terres découvertes, les rencontres prodigieuses, l'indéfectible mémoire de l'amitié : l'Afrique.

Elle ne parle vraiment que d'un seul homme. Le journal commence le jour où il s'est penché sur elle :

14 janvier 1987, Faya-Largeau

Je recommence mon journal interrompu il y a sept ans.

Cet homme a surgi comme un chevalier. Je reste une petite fille qui croit aux contes de fées, surtout ceux de Perrault : ceux qui effraient. Longtemps après que Caroline avait terminé la lecture pour m'endormir, je m'enfouissais le plus possible sous les draps au creux du lit. Dans ce nid, je laissais les ogres et les sorcières gagner l'obscurité de la chambre. J'entendais leurs voix, leurs rires. Je les entendais vraiment ! Je crevais de trouille, et puis, il y avait cet instant magique, juste avant le sommeil : l'arrivée du chevalier. Comment une petite fille entrevoit-elle un chevalier dans ses rêves ? Avait-il déjà les yeux de cet officier ? Mais c'est sa voix que j'ai entendue en premier tout à l'heure. Il s'est écrié quelque chose comme : « Ho, ça va ? » C'est ce que j'ai cru entendre, j'étais partie très loin. Ensuite, j'ai senti la fraîcheur de ses doigts trempés sur mes lèvres desséchées, puis j'ai pu écarquiller les yeux et j'ai découvert son regard que je n'ai pas quitté pendant tout le temps où je me suis gorgée de son eau. Je suis vivante ! J'ai fait une connerie, mais je suis vivante !

Ce soir, je le sais, mon chevalier avait les yeux clairs de cet officier. Il les conservera toujours.

Volodia frissonne. Les alizés fraîchissent. Elle couvre ses épaules saillantes d'un châle écru. On n'entend plus que la rumeur de l'océan. Elle guette les signes annonciateurs des derniers moments, mais ce n'est pas encore le grand soir. Elle mourra plus tard.

Cette nuit est celle du chevalier.

17

Sur les côtes du Dorset, au sud de Bornemouth, au large du village de Swanage, la silhouette menaçante des ruines du Corfe Castle se découpe.

Un jour de Noël, à l'heure où le crachin matinal sur les côtes de la Manche annonce une effroyable journée, à quel plaisir s'adonnent les Royal Marines du Special Boat Service ?

Canoë de mer à contre-courant, par marée descendante.

La cinquième section du Squadron 6 est comme perdue au large. Les canoéistes ne paraissent pas pouvoir se rapprocher du littoral escarpé. Aux confins d'un champ suspendu au-dessus de la mer grise, deux hommes cheminent.

– Ça donne toujours la même impression, dit celui en battle-dress, coiffé d'un béret vert. Pourtant, ils parviendront sur la grève.

– C'est leur job, major général Wilkinson. Palmes et pagaies, vous commandez une bande d'otaries.

L'officier supérieur laisse reposer sa paire de jumelles de marine sur son torse. Il est le commandant du *Royal Marines Training Reserve and Special Forces*. À ce titre, le Special Boat Service est sous son autorité. C'est un grand gars rouquin aux yeux clairs et au teint buriné. Il n'aime pas qu'on chambre ses gars.

– Attention, contrôleur Larkin, aux morsures de ces bestioles...

– Moi, vous savez, je reste toujours au sec.

– Je crois que c'est la spécialité de votre boîte, non ?

Larkin se gèle. Il pourrait être au chaud, à Acton, dans son modeste cottage modèle, où l'attendent trois filles bavardes, qu'il surnomme avec amour « ses pies », une épouse patiente et un chien bâtard qui ressemble à un labrador obèse. La cheminée a été ramonée en novembre. Les filles à cette heure doivent être bruyantes et mutines, le chien soumis et larmoyant, Sandy débordée au milieu des décorations de Noël redoutablement kitsch cette année.

– Contrôleur Larkin, auriez-vous besoin de mes otaries ?

– Doublement, major général.

– Doublement ?

– Comment vos hommes vivent-ils la disparition du commander Ward ?

Une lueur dans le regard de l'officier supérieur des Royal Marines, comme de l'espoir.

– Vous avez des nouvelles encourageantes, Larkin ?

– Rien, mais tout demeure possible. On m'a chargé de l'enquête.

Les deux hommes reprennent leur marche. Ils progressent difficilement par vent debout.

– Il y a eu des rumeurs très désagréables, Larkin.

– Je suis certain que sir Quentin n'est coupable de rien. Je vous dois un petit aveu, major général, nous pirations les conversations téléphoniques entre la valise satellitaire du commander et la ligne protégée de son boss. Sir Quentin avait refusé, dans un premier temps, d'acheter la pierre. Comme s'il pressentait... un danger

193

sérieux. Vous savez, une intuition de professionnel. Il a obéi, il a cédé à la pression de son patron. Il existe donc peu de probabilités que...

– Il n'en existe aucune, Larkin. Cette suspicion de vol est intolérable. Le commander Ward est le père de tous mes gars.

– Je sais, fit Larkin d'un ton rassurant. Il est le commandant historique du SBS.

– Le Spécial Boat Service lui doit tout. Nos succès aux Falklands portent définitivement sa griffe. Le SBS n'a jamais connu meilleur chef. Il a organisé, façonné cette unité, il s'est battu pour donner aux Royal Marines une force spéciale enviée et crainte. Comment avez-vous pu le suspecter, ne serait-ce qu'un instant ?

– Vous palmez, mais la base de mon boulot est de me méfier des hommes.

– Je préfère demeurer une otarie.

– Nous avons un point commun, major général, vous lui avez succédé comme chef d'unité du SBS et moi à la tête de mon département il y a trois ans à peine depuis hier. Nous connaissons le même homme. Il n'est, en effet, pas envisageable qu'il soit coupable. Maintenant, j'aimerais que nos efforts s'unissent pour aller le chercher. Mort ou vif.

Les deux hommes s'arrêtent. Les points sur l'horizon marin se distinguent mieux. Le major général attend des précisions que Larkin lui fournit :

– Mon boulot est d'enquêter et de trouver. Quand je saurai où, qui pourrait être plus qualifié que sa propre unité pour le dernier coup de collier ?

– Nous serons là, Larkin.

– Mon boulot est aussi de punir. Nous avons déjà une idée... Si nous avons confirmation, qui de plus qualifié ?

– Nous serons là, Larkin.

– S'il doit y avoir vengeance, ce ne sera personne d'autre que vos Royal Marines, major général.

– Nous serons là.

Larkin a un geste d'apaisement.

– Pour cette part de la mission, nous ne voulons pas que le Spécial Boat Service prenne le risque de ternir son image. Il y aura des dommages collatéraux.

– Les hommes de cette unité sont tous des frères, répliqua Wilkinson. Venger leur père ne fera jamais d'eux des assassins.

– Les éléments que vous choisirez pour l'élimination seront placés sous couvert du Groupe 13. Et ce n'est pas négociable.

– Le Groupe 13 ? *The Increment,* cette bande de salopards ?

L'homme du MI6 lève les mains, comme pour s'excuser.

– Le SBS participe déjà régulièrement à l'activité de cette unité. Et c'est sir Quentin en personne qui a initié son intégration au Groupe 13. Je connais vos préventions quant aux méthodes de cette unité, mais ainsi, il n'y aura ni rapport, ni archives. Juste le Premier ministre, votre patron, le mien, vous et moi. La réputation du SBS sera préservée. Un message codé pour instructions du Premier Lord de l'Amirauté vous attend à votre quartier général de Portsmouth.

– Je n'ai pas d'états d'âme, Larkin. Mon seul problème, ce sont les effectifs. J'ai trois sections sur cinq du *Squadron 6* bloquées à Um-Qasr, au sud de l'Irak, et le *M-Squadron* traque autour de Mossoul les fedayin de Saddam Hussein. Ici, à Poole, il me reste une partie de l'unité de commandement, le *D-Squadron,* le *S-Squadron* et ses véhicules amphibies, qui est seulement à moitié opérationnel, enfin deux sections en réserve du *Squadron 6,* dont ces phénomènes... (De l'index ferme, il

195

désigne la dizaine de canoës, dont on distingue à présent les pagayeurs, bonnets noirs et visages de suie.)... mes otaries.

– Le Premier Lord a reçu les ordres nécessaires au rassemblement des personnels et des moyens, major général. Dans une semaine, vous serez prêts.

– Vous avez une idée du théâtre d'opérations ?

– C'est trop tôt, mais imaginez l'Afrique.

– C'est vaste.

– Je vous le concède.

– Et la cible ?

Larkin lui tend enfin l'enveloppe de cuir qu'il portait sous l'aisselle.

– Entraînez vos hommes à détruire un dragueur de diamants. Au large des côtes namibiennes ou sud-africaines.

L'officier supérieur inspecte rapidement la demi-douzaine de pages du document.

– Il va y avoir de la casse, commente-t-il.

– Voilà pourquoi le Groupe 13, major général : cinquante hommes à bord. Il faut le couler. C'est dans vos cordes ?

– Nous sommes formés pour ça. Accident ?

– Si possible, oui.

Le major général cherche à haute voix :

– Ce sont des vaisseaux robustes, un incendie à bord ne suffira pas.

– Vous avez beaucoup d'imagination.

– Moins que vous, contrôleur Larkin. N'oubliez pas la devise de notre unité : « Non par force, mais par ruse. » Je pense peut-être à une solution. Une piste à suivre.

– Toujours un accident ?

– Vous n'êtes pas marin, Larkin, encore moins un guerrier, mais vous ne devez pas ignorer que, durant la Seconde Guerre mondiale, l'Atlantique Sud fut la proie de combats maritimes intenses.

– Je vois où vous voulez en venir.

– On réfléchit vite au MI6.

– Mines ?

– Oui. Dévastatrices. Anti-destroyers ou croiseurs. Des engins d'un autre âge. Et, voulez-vous savoir, contrôleur Larkin ?

– Vous en avez sous la main ?

Le major général ajuste sa paire de jumelles. La tempête chasse la brume. Ils se rapprochent. On n'entend pas leurs pagaies qui effleurent seulement la crête des vagues.

– J'irai en trouver chez le diable.

Les oiseaux de mer hurlent.

– Soyez sûr pour la cible, Larkin.

Ils échouent leurs embarcations sur les galets.

– Pour le reste, pour sir Quentin Ward, pour mon commander... (des silhouettes furtives envahissent une baie de craie et de rochers noirs)... mes otaries sont là.

Le jour de Noël sera fatidique pour les Bushmen : Rex ne réveillonne pas. Il s'accorde un entracte de quelques heures dans la chasse à Raphaëlle de Marsac : un détour par le Botswana, une commande personnelle du boss, une réponse à la gifle du défilé de Paris, où les Bushmen ont signifié à Edmond Steiner une offense publique.

Cette partie du désert du Kalahari botswanais, où la manne des carats semble inépuisable, sera désormais l'univers de la soif : les mercenaires d'Executive Peace & Safety ensablent ce jour tous les puits du peuple san. Il n'y aura pas de victimes immédiates : les Bushmen san, cueilleurs et chasseurs, ne sont plus des guerriers téméraires. Ils ne comptent pas non plus de chefs, leur société est basée sur le partage des ressources et des responsabilités. Personne donc pour faire face à Rex et à ses sbires. Les puits qui ne sont pas obstrués sont empoisonnés, les pompes à eau fracassées. La survie des Bushmen du Kalahari passera par une nouvelle errance, loin des ambitions de Stones.

Le Camillus *Marine Combat* de Rex racle les semelles de ses bottines de marche. À l'ombre de l'aile du Pilatus d'Executive Peace & Safety, sur une piste de fortune, le chef mercenaire fait le point : pas de violence nécessaire aujourd'hui. Seul dérapage déploré, le viol d'une jeune fille. Elle était isolée dans une case de toile, comme le veut la coutume san, le jour de ses premières menstruations. Rex punira sévèrement le débordement. Il n'est pas nécessaire d'ajouter à l'ignominie la bestialité, pas aujourd'hui en tout cas.

Un appel sur la radio du Pilatus annonce la disparition du dernier puits des Bushmen du Botswana. Rex n'est pas satisfait. Il est payé pour ça, mais il préfère affronter un adversaire apte à se défendre. Il attend que ses informateurs, sollicités sur tout le continent, retrouvent la trace égarée d'un homme capable de s'opposer.

Les femmes des tribus bushmen n'ont plus de larmes, le Kalahari impose sa loi, les turbines du Pilatus de Rex sifflent. Décollage imminent pour l'endroit, quel qu'il soit, où sera repéré le colonel Michel Montserrat.

L'océan Indien est limpide comme jamais. Il se meurt dans des méandres de dunes de sable blanc. Une grande raie manta remonte un canal entre les bancs de l'île Bazaruto. À l'ouest, le ruban émeraude de la côte, avec pour sentinelle l'îlot Santa Carolina. Un 25 décembre sous les zéphyrs, tiédeur, barques paresseuses, voiles triangulaires. La raie plane sur son nouveau domaine. Le nageur tend une main confiante vers le poisson géant.

Il prolonge l'apnée, mais sa cage thoracique n'est plus performante.

La surface. L'air. Il relève son masque. Juste le ciel et des dunes amoureuses. L'anse n'est pas profonde. Il reprend pied rapidement. Les traces de ses pas sur le sable s'évanouissent dans l'instant. Il retire son masque, le pose délicatement sur la plage. Il est seul, nu, face à une éternité d'éden. Pourquoi courir au loin ? Ici, il y a la douceur, l'océan nourricier, le silence des hommes. Quand vient un ouragan, il est bref, et meurtrit seulement les terres.

Dans la nuit, le Cabin Cruiser d'Anatoli Gregov a remonté la côte jusqu'à la ville de Xai-Xai. Dans l'obscurité, ils ont pu distinguer les ravages des dernières inondations, quand la boue du fleuve Limpopo a submergé la cité trois ans plus tôt. Ils ont embarqué du hors-bord dans l'hydravion personnel de l'agent russe. Une heure plus tard, l'appareil amerrissait aux aurores dans la baie de Bazaruto. Gregov a décollé dans la matinée vers Maputo.

Il a abandonné Montserrat à sa nouvelle demeure, une case ouverte au vent alimentée en énergie solaire, avec une valise satellite, une douzaine de romans portugais et mozambicains, une réserve d'eau potable pour dix jours, du matériel de pêche, du sucre, de la farine, de l'huile, un four à pain. L'essentiel. Les premiers voisins, dans un hôtel de charme pour touristes chics et écolos, sont éloignés d'une dizaine de kilomètres, mais des embarcations de pêcheurs qui cabotent s'arrêtent régulièrement pour proposer la capture matinale de leurs filets. La plus douce des disparitions.

Montserrat doit seulement attendre. Ce soir, Gregov sera à Luanda, la capitale angolaise, pour organiser le voyage du président de l'Unita, Isaias Samakuva. Il y parviendra. Il possède toutes les cartes. La seule inconnue reste le temps.

Attendre. Accepter l'inconnue : le temps, ne pas le subir, mais en profiter. Laisser couler les heures, retrouver le plaisir d'être un homme parmi les autres. Pourquoi courir au loin ?

Il déplie son corps, qui s'étire, s'allonge. Il lui reste quelques jours, ou quelques semaines, pour redevenir un homme d'action. Ici, il possède des atouts : le sable pour alourdir les foulées, l'océan pour durcir le dos et les épaules, la chaleur pour éliminer, et le soleil pour énergie interne. Pas de graisses, pas d'alcool. Des nuits longues, un sommeil rythmé par le jour qui vient, qui s'en va, et puis l'effort, accompagné du chant du large. Il expire le plus longtemps possible. Contre son dos, le sable est si chaud, une coulée tiède.

Quand a commencé cette histoire ? Il se souvient de son dernier rendez-vous avec Jonas Savimbi, dans son fief reculé, à la fin des années 90. Il avait longtemps attendu un « taxi » à Victoria Falls, où se brise le Zambèze. Le périple l'avait conduit jusqu'au berceau familial du chef, dans une petite localité du plateau central angolais, Lopitanga. Il ne voyait pas vieillir le Patron. Pourtant, lâchée par ses anciens soutiens, l'Unita commençait à sombrer dans la marginalité. Les conditions de vie des guérilleros se dégradaient mois après mois. Ils avaient perdu l'avantage du contrôle des zones diamantifères. Ils étaient sous le coup de sanctions des Nations Unies. Pourtant, Jonas Savimbi s'était montré un allié fiable. Comme Massoud. Pour les parias du nouvel ordre mondial, ceux qui avaient choisi le camp de la liberté, Montserrat était le dernier lien. Mais les promesses de la France s'évanouissaient. L'agent n'était plus que l'alibi masqué d'une amitié désormais honteuse. Dans les derniers moments avec Savimbi, il faillit lui révéler qu'il était illusoire de croire encore à la fidélité. La France partouzait avec le pétrole des émirs angolais. Mais il tint son rôle jusqu'à l'ultime instant. Et puis, l'indignité récurrente des diplomates, Savimbi connaissait. Le leader politique et l'espion français avaient, cette dernière nuit, évoqué la situation militaire du mouvement, dans une maison anonyme d'un village ovimbundu. Autour, une centaine de combattants étaient déployés. Au cours de leurs entretiens, ils étaient seuls. Il était le plus redoutable des chefs, mais sa voix était chantante.

Quinze balles dans la peau. L'obstination des ennemis, couplée à la technologie américaine, a eu raison de Savimbi. Ce 22 février 2002, Montserrat n'a pas su : il était à l'affût, allongé sur le ventre, dans une forêt birmane au nord du territoire kayah, le royaume des derniers combattants karens. La nuit était sur la jungle, dans une vaste dépression. À ses côtés, les yeux sur des jumelles à infrarouges – du matériel que Montserrat avait négocié à des agents américains de la DEA à Mae Hong Son, en Thaïlande –, la princesse karen observait en silence les points de garde. Les fournitures américaines ne sont jamais gratuites : ils devaient anéantir un laboratoire d'héroïne de la Shan State Army, des narcotrafiquants à la solde du pouvoir birman. Il y avait dans ce village shan, au cœur d'une zone de culture du pavot, un trésor de guerre. L'odeur âcre de l'anhydride acétique flottait sur la forêt. On transformait ici de la morphine en héroïne. Rien de criminel sur cette frontière du Triangle d'Or, mais ces Shans étaient l'ennemi.

Le jour où Savimbi tombait, Montserrat continuait donc, très loin en Birmanie, à mener une guerre hasardeuse et inutile, pour simplement exister. Il aurait pu être auprès du rebelle angolais, ce 22 février.

Il apprit beaucoup plus tard le destin de Jonas Savimbi. La dernière opération gouvernementale, *Kissonde*

(Fourmi violente), avait eu raison de lui. Montserrat se résolut à visionner les images. Jonas Savimbi semblait serein. Il ne l'avait jamais surpris avec les yeux fermés. On avait baissé son pantalon pour l'humilier. Dans un essaim de mouches vertes, il portait encore sa veste de treillis olive. Les premiers impacts ne l'avaient pas immédiatement fauché. Montserrat savait qu'il avait été le dernier à s'agenouiller.

L'agent avait cru que l'aventure s'arrêterait ce 22 février, mais le cœur de l'Afrique ne cesse jamais de battre. Après la tragédie revient la vie, c'est un perpétuel miracle, après le feu repousse la végétation. Samakuva, qui succède au grand chef, amène petit à petit l'espoir en Angola. Il renonce à la lutte armée et engage son mouvement dans la démocratie. Le chemin est encore long, mais l'homme, fils de pasteur, est sage et tenace. Isaias Samakuva, réfugié politique, s'est auparavant exilé en France pendant cinq ans. Montserrat avait eu le temps d'apprécier sa loyauté.

Samakuva possède une clé. Montserrat l'attend. Sur son archipel, il se gorge d'Afrique, d'océan enchanteur et dangereux, de feux côtiers, du retour des tortues, et de l'aube australe, ce rose qui vient avec la fraîcheur.

La nouvelle année est passée : 2004. Tout est pair. Montserrat a fini de lire *Les Baleines de Quissico*. Le dernier chapitre de Mia Couto s'intitule : « *Aimer la main armée ou armer la main aimée ?* » L'agent français a perdu quelque chose comme sept à huit kilos. Il est tanné par un été en décembre. Son corps se durcit. Il n'a pas passé un seul appel. La liaison satellitaire ne sert qu'aux urgences, il respecte la consigne. Il a réveillonné avec les étoiles du Sud, un thon sur les braises, nu sur le sable. Il avait sur son flanc la tiédeur du foyer et ce mystère, Samarcande, une femme qui fait tomber ses longs cheveux noirs dans son dos. Il s'est surpris à chuchoter, avec l'écho du ressac : « *Oural, mon amour.* »

Il s'éveille avec du sable dans la bouche. Jour de l'an, un moteur au lointain, un hydravion à l'horizon.

Sur le dinghy de l'hydravion, deux hommes : Gregov, bien sûr, et un Africain, plutôt trapu, costaud, barbu, qui enlève sa veste de costume, alors que l'embarcation légère aborde l'anse. À son approche, Montserrat peut lire un sourire complice.

L'agent aide le leader de l'opposition angolaise à prendre pied sur la plage.

– Bienvenue au paradis, monsieur le président.

– Merci, colonel.

Gregov semble fier de son coup. Il n'a pas oublié le champagne pour les retrouvailles du nouvel an, une cuvée millésimée. Il les abandonne en tête à tête sur la plage. Samakuva, le président de l'Unita, paraît épuisé. Ils ont voyagé toute la nuit. Le dernier jour de l'année était propice pour quitter Luanda, et transiter à Johannesburg avant de continuer confidentiellement vers Maputo.

– Toujours ému de vous retrouver, monsieur le président.

– Le plaisir est partagé, Michel. Qu'est-ce que vous complotez avec eux ? ajoute-t-il amusé.

– C'est le mariage de la carpe et du lapin, n'est-ce pas ?

– Pire que ça ! s'exclame-t-il dans un grand éclat de rire.

– Alliance de circonstance, monsieur le président.

Samakuva pose une main sur son épaule droite, pour le rassurer.

– Je connais Anatoli Dimitri Gregov depuis quatre ans. Il était venu à Paris pour négocier avec nous l'exfiltration des membres d'un équipage russe mercenaire que nous détenions dans le maquis. Chacun a tenu ses promesses. Il fait honneur à votre métier. Et que me veut la France ?

– La France, rien.

Montserrat a envie d'ajouter : « La France, rien depuis longtemps », mais il doit entrer dans le vif du sujet. Il peut, avec Samakuva, éviter le protocole du verbiage stérile des politiciens africains. C'est un homme pragmatique, qui va à l'essentiel. Leurs rapports ont toujours été directs.

– J'ai besoin d'une information. Un truc capital pour nous.

– Capital pour qui, Michel ?

Le chef de l'Unita jette un regard au loin vers le Russe. L'agent français reste évasif.

– Peu importe, dit Samakuva. Expliquez-moi.

– Le commandant Angela ne fait pas partie de votre direction, je crois ?

Samakuva ne se départit pas de son sourire.

– Angela Cesara « Palanka », non. Vous êtes bien renseigné.

– Elle n'est pas rentrée à Luanda, n'est-ce pas ?

– Vous voulez dire, plutôt, Michel, qu'elle n'a pas déposé les armes.

– C'est la seule ?

– Pas tout à fait, mais c'est notre seul commandant d'envergure à n'avoir pas accepté la trêve. Elle n'abandonnera pas la lutte. Elle a assisté aux atrocités de la Toussaint rouge de 1992. Elle ne pardonnera jamais.

Montserrat se souvient des images des massacres dans la capitale angolaise. Les forces gouvernementales avaient, à l'époque, rompu les négociations en éliminant les cadres et les militants de l'opposition à Luanda. Ces exactions marquèrent la fin de deux années d'espoir en Angola. Des hommes s'étaient acharnés sur d'autres hommes comme jamais. Angela Cesara « Palanka » était une rescapée.

– Je lui ai envoyé des émissaires pendant six mois, reprend le président de l'Unita. Elle ne répond pas à mes messages. Son attitude peut compromettre les efforts du parti. Nos adversaires utilisent sa démarche pour dénoncer un double langage de notre mouvement.

– C'est-à-dire un parti légitime d'opposition respectable manipulant une frange radicale clandestine, qui pourrait avoir recours au terrorisme.

– Absolument. Angela ne rend pas service au mouvement. L'Unita n'a pas besoin de ça, en ce moment. Mais je n'ai aucune prise sur elle. Par ailleurs, elle est diabolisée par le régime. On raconte des histoires épouvantables...

– Sorcellerie, infanticides ?

Samakuva paraît résigné. Il ne sourit plus.

– C'est la conséquence de la brutalité de ses actions. Elle ne laisse pas de prisonniers derrière elle. De la cruauté, oui. Cela suffit à notre malheur. En quoi vous préoccupe-t-elle ? Je peux espérer la réconciliation nationale sans elle, malgré tout. Pour le moment, elle coupe seulement les routes. Son groupe vit de rapines et de pillage, parfois une embuscade isolée, mais aucun combat d'envergure qui menacerait les accords de paix.

– J'ai besoin de la trouver, monsieur le président.

– J'ai besoin de savoir pourquoi, Michel. Je suis le chef de l'Unita. Je suis responsable des brebis égarées.

– Faites-moi confiance, monsieur le président. Si je la trouve, et si j'ai finalement raison, je promets à l'Unita des moyens exceptionnels, qui vous manquent terriblement aujourd'hui.

Samakuva est gêné.

– Vous ne m'avez jamais fait défaut, Michel.

– J'ai toujours été là, monsieur le président. Les bons comme les mauvais jours.

– Venez m'embrasser, mon frère.

Le chef angolais lui murmure :

– Prenez les bonnes décisions, Michel. Ensuite, Dieu seul sera juge de vos actes. Dieu et notre amitié.

– *Obrigado, senhor presidente.*

Ce jour-là, Anatoli Dimitri Gregov a cuisiné un délicieux déjeuner de nouvel an : raie, bar, grosses crevettes grillées. Exceptionnellement, le président Samakuva a bu une coupe de champagne sous la paillote de la case. Il y a eu des rires, des chants, le souvenir de combats anciens, la fraternité, et aussi le recueillement. Les hommes et l'Afrique.

Le soir s'est annoncée une tempête. Au revoir à l'archipel.

18

L E 4 janvier 2004, Richard Larkin, contrôleur pour la zone Afrique du MI6, débarqua en fin de matinée par un vol South African Airways en provenance de Johannesburg à Gaborone, capitale du Botswana, petit État d'Afrique australe surtout connu pour le delta magique de l'Okavango, perle protégée du continent. On pourrait croire que la terre des Swanas et des Bushmen san a pour seule ressource le tourisme, mais, en fait, ce pays est potentiellement l'un des plus riches du continent. Les éléphants, les hippos et les martins-pêcheurs de l'Okavango n'y sont pour rien. Le Botswana est un formidable gisement de diamants, la chasse gardée du *Syndicat.*

H/GAB, le chef de l'antenne des services britanniques à Gaborone, vint cueillir son patron sur le tarmac du pimpant petit aéroport. Larkin, qui n'avait jamais entretenu sa forme, était à genoux le lendemain d'un vol de nuit, suivi d'une escale superflue en Afrique du Sud. Il n'avait pas souhaité voyager sur un vol privé, se méfiant légitimement des yeux et des oreilles du renseignement sud-africain. Cette affaire ne le regardait pas. Le MI6 maintenait une antenne très active au Botswana pour quatre raisons : l'observation au nord du pays des activités indépendantistes caprivistes en Namibie ; celle du sud angolais, anciennement une zone refuge de l'Unita ; la récolte d'informations sur le grand voisin à l'est, le Zimbabwe, avec le gouvernement duquel celui de Larkin entretenait des relations conflictuelles ; et, enfin, le soutien à l'actuel régime du Botswana. Il n'échappait pas à Larkin que, dans les quatre dossiers en question, Stones avait plus d'intérêts que Londres. Du diamant partout.

Lorsque le Range Rover du chef d'antenne parvint aux grilles du ranch d'Edmond Steiner, à quatre-vingts kilomètres au nord de la capitale, l'homme du MI6 chuchota pour lui-même : « Mariés pour le meilleur et pour le pire. » Le chef d'antenne, petit personnel, n'entra pas dans la longue demeure au toit de chaume. On guida Larkin jusqu'à la véranda qui surplombait un parc luxuriant. À cette heure-ci, midi, la nature africaine était muette. Pas un chant d'oiseau. Le gazon, encore chargé de l'eau grasse de l'arrosage automatique, exhalait le camphre.

Une tasse de café à la main, Edmond Steiner attendait l'homme du MI6. Il n'y eut pas plus de salutations courtoises que lors de leur première rencontre. C'était, depuis bien des jours, la première sortie du président de Stones. Il avait discrètement quitté Saint John Court Palace. Son jet s'était posé sur la piste privée de son ranch au Botswana, la plus longue piste du pays. Il était chez lui sur cette terre d'Afrique où les générations précédentes avaient bâti l'empire.

Un homme était assis à ses côtés, un jeune sexagénaire très sec, presque chauve, qui lui parut immense. Il était borgne et une cicatrice cruelle fendait son visage. Larkin savait qui il était avant que Steiner ne fît les présentations :

208

– Jean Retief, d'Executive Peace & Safety. Pour cette opération, il est Rex.

– Larkin, déclina sobrement l'Anglais.

La poignée de main fut brève. L'espion anglais devait chaque jour composer avec des sources et des agents comme Retief. Il savait au mieux les utiliser, mais, en son for intérieur, il les vomissait. Tout particulièrement les chiens de guerre.

Larkin, cette fois, fut invité à prendre place dans l'un des vastes fauteuils. Le silence, identique à celui de Saint John Court Palace, entourait Edmond Steiner. Ce n'était pas de la quiétude, mais quelque chose de plus profond, de plus lourd, peut-être même de plus intense. Larkin trouva l'adjectif : épais. Celui des peuples pillés et bâillonnés. L'opulence des Steiner se confondait avec une oppression pesante, confidentielle. Sir Edmond était invisible aux yeux du monde et, autour de lui, tout paraissait se couvrir d'un voile obscur.

Larkin éprouvait non pas une aversion pour le pouvoir, car il aspirait au plus haut, mais une répulsion pour cette confrontation entre la lumière, l'éclat des carats, et les ténèbres. Larkin jouait avec les mondes souterrains, Steiner s'en nourrissait. Le premier était un magicien, le second un vampire.

Ce silence épais servit de prologue à leur rencontre. Larkin n'était pas pressé de le rompre. Son vis-à-vis avala une gorgée de café – il n'avait rien proposé à l'agent du MI6 – et se racla la gorge sans raffinement. Il semblait remonté, comme si l'Afrique pour lui nourricière l'avait requinqué.

– Je crois, commença le diamantaire, que l'impatience perdra ceux que nous cherchons.

– Nous ne sommes sûrs de rien, sir, tempéra Larkin.

Steiner dédaigna l'irrévérence. Il avait déjà rangé son visiteur au rayon des impertinents par défaut, insolents et agressifs par timidité ou par manque de caractère. Un trait qu'il attribuait à nombre de fonctionnaires aigris. Il poursuivit :

– J'ai toujours privilégié cette piste, Larkin. J'ai eu raison. L'homme que mes équipes filent depuis des semaines déploie à présent une activité exceptionnelle. Il est vendeur, c'est certain.

Le regard de Steiner passait de l'horizon de la savane à l'extrémité de la cravate de Larkin, qu'il jugeait de fort mauvais goût. Sûrement un cadeau de l'une de ses filles, un achat idiot dans un parc d'attractions. Encore une provocation. Néanmoins, le président de Stones prit sur lui.

– Cette nuit, Caracal a encore bougé. Pour le Bénin, Cotonou. Sa seconde visite à Papa Wamba. Ils ont parlé la moitié de la nuit. Papa Wamba a affrété ce matin son Falcon pour ramener Caracal à Ouagadougou. Papa Wamba n'a pas l'âme charitable. S'il prend tant d'égards, c'est que Caracal en vaut la peine. Savez-vous avec qui ce dernier a rendez-vous ce soir à Ouagadougou ?

– Salim Abdallah, répondit Larkin.

– Son Excellence en personne, ambassadeur extraordinaire, ministre plénipotentiaire du Guide. Les cocardes libyennes sont à l'abri sous les hangars des forces aériennes burkinabés. La visite est couverte par les autorités et les services de Ouagadougou. On a beaucoup d'appétit là-bas.

– Cela confirme le nouvel intérêt de Kadhafi pour le diamant. Nous savions que ses investissements au Congo n'étaient qu'une première étape. Nouvelle marotte ? Non, il est trop malin. Il sait que le contrôle du diamant, c'est aussi celui du continent.

Steiner ne releva pas. Larkin se sentait plus à l'aise auprès du magnat dans le contexte de la brousse australe que dans la froideur de la sinistre résidence de Saint John

Court Palace. Ses longs doigts accolés contre ses lèvres, Rex était le témoin muet de ces échanges. Enhardi, l'agent britannique reprit :

– Bon, on a Caracal qui, depuis six jours, se promène beaucoup. Ça nous fait deux acheteurs potentiels. Caracal a péché Papa Wamba et Salim Abdallah pour le compte de son maître.

– Et un troisième, fit Steiner avec un sourire en coin.

– Là, vous avez de l'avance, concéda Larkin.

Steiner poussa vers Larkin le dossier étalé sur la table basse contenant le cliché d'un jet privé sur un parking. Immatriculation presque anonyme. Sur une seconde photographie, un Européen chauve entre deux âges en costume bleu sur la passerelle.

– Vous ne le connaissez pas, Larkin, mais c'est une personnalité du monde du diamant. Il a été surpris, ce matin, à Lusaka. La Zambie n'est pourtant pas une étape régulière pour Jacob Werther. Vous savez quoi ?

– Caracal a une réservation ?

– Oui. Demain. Voyage Ouaga-Kinshasa. Puis le jet de Jacob Werther viendra le chercher au Congo pour Lusaka. Vous ne me demandez pas qui est Werther ?

– Je vous en prie, sir.

– C'est le premier acheteur du sultan de B..., la preuve que nous attendions. La pierre est encore ici.

Cela signifiait pour les deux hommes : quelque part en Afrique. L'agent du MI6 opina.

– Caracal prédispose les acheteurs. Il prépare ses appâts. Comment procède-t-il ? Il possède des clichés de la pierre ?

– Non. Trop risqué, même sur le Net. Tout fonctionne à la confiance, tranche Steiner.

– Confiance en Caracal ? s'indigna presque le contrôleur.

– Les acheteurs savent que la pierre existe. Ils sont tous

puissants, ils ont tous les trois des indicateurs de premier ordre. Ils se sont fait confirmer la rumeur. Caracal est redoutable, mais il est régulier. Il n'a jamais manqué à sa parole. C'est pourquoi il a survécu. Pour le moment, les acheteurs n'ont rien perdu. Du temps peut-être, mais, dans le métier, on doit savoir perdre son temps. La patience est la règle. Et, pour ce coup, croyez-moi, je connais Caracal : ce sera très long, et très raffiné.

– Bon, il les fait accourir, il va de l'un à l'autre. Combien y en aura-t-il, sir ?

– Pas plus de trois. Engager le dialogue avec trop d'éventuels acquéreurs compromettrait la sécurité de la transaction. Mais, pour se faire courtiser au mieux, Caracal doit les informer de l'état de la concurrence. Nous avons là, hors la compagnie et les Russes, les trois acheteurs les plus puissants.

– Ils ont déjà évoqué le montant ?

– Non. Ils n'ont pas vu la pierre, impossible de s'engager sur un prix. Surtout pour ce genre de transaction.

– Comment Caracal présentera, et mettra finalement en vente le diamant ?

– Comme il a toujours procédé par le passé, rétorqua Steiner.

Cette passion pour le détail et le renseignement de la part de Steiner surprenait Larkin. Le patron de Stones ne laissait rien au hasard, il maîtrisait parfaitement son sujet.

– Il les mobilise, il leur parle, il les fait languir, reprit-il. Une attente insupportable. Il les met en stand-by, puis il les oublie, il nourrit des rumeurs, il fait monter la sauce. Il se fait haïr et surtout désirer. Il les humilie un peu, entame leur ego, prend, jour après jour, le pas sur eux. Quand la tension culminera et qu'il aura seul la maîtrise, alors... (Steiner vida bruyamment sa tasse de café. Rex était concentré, comme plongé dans l'action.)... il organisera un *tender* : une vente aux enchères très privée, exclusive, entre « amis ». Du jamais vu. Un événement sans précédent. Malheur aux perdants...

Richard Larkin et sir Edmond s'étaient compris. Le grand jeu commençait.

Son hôte avait installé Richard Larkin à une extrémité de la propriété, dans un camp de lodges privatifs en bordure d'un marais sauvage conquis par l'activité amoureuse frénétique d'oiseaux tisserins. Le lodge, en bois d'acacia verni, s'avançait vers le marais. Une piscine était creusée dans une terrasse de grès.

L'agent du MI6 avait abandonné l'étude de ses dossiers sur son ordinateur portable pour laisser vagabonder son regard sur le couchant. Allongé sur un transat un peu raide, il avait posé sur ses épaules une veste de brousse. Il avait besoin de longs moments de solitude pour bâtir ses stratégies. Détestant l'effort superflu, il était incapable de construire ses plans, comme ses collègues sportifs, en joggant.

Le bush, qui s'éveillait autour de lui avant les orgies de la nuit, lui apportait une énergie positive inédite. On lui avait conseillé, quand la lumière du jour serait tombée, de ne pas s'aventurer en bordure du marais. Il ne comptait plus bouger de sa demeure d'acacia et de chaume. On lui avait apporté un dîner pantagruélique auquel, sans honte, il avait fait honneur. Enfin, il achevait de liquider la bouteille de cabernet sud-africain. Il se reconnaissait grand amateur de ces vins trop parfumés au tanin entêtant. Tout en s'avouant vulgaire béotien, il les préférait à leurs originaux français.

Trop de pions sur l'échiquier, tel était son premier sentiment. Le nombre des acteurs était à la hauteur de l'enjeu, mais trop d'intervenants signifiait un risque permanent.

Sur une rive, les acheteurs. Papa Wamba, dit la Blanchisseuse. De nationalité sénégalaise, et d'âge incertain, gros brasseur d'affaires rarement licites, résidant entre Dakar, Abidjan et Cotonou. Pirate de la côte, vendeur d'armes, fournisseur de mercenaires et de filles. Cette dernière activité de haut vol lui valait auprès des présidents africains du golfe de Guinée une certaine popularité. Il était aussi gourou d'une secte très rémunératrice à Kinshasa. Sa fortune récente avait été édifiée sur la contrebande de pierres du Congo, où il blanchissait pour divers clients d'origines variées : narcotrafiquants, chefs d'État corrompus ou réseaux islamistes. Il était notoirement connu pour purifier les fonds du trafic de stupéfiants de la Bekaa au profit du Hamas. Sa commission était élevée – vingt pour cent –, mais ses partenaires disposaient en Papa Wamba du moins scrupuleux des affairistes du continent. Pour le compte de qui achetait-il le diamant de Savimbi ?

Salim Abdallah, pour sa part, était la « respectabilité ambulante » du Guide. Il était devenu, au fil des ans, le visage de la Libye à l'étranger, l'homme des pourparlers secrets, le *missi dominici* qui négociait les indemnités post-attentats, les contrats pétroliers et gaziers, facilitait la libération d'otages au Sahara ou aux Philippines, déstabilisait les régimes africains ou portait la voix du Guide dont l'ambition était, à présent, de conduire les destinées de l'Afrique. Quand une affaire d'importance concernait son maître, Salim Abdallah, affable, cultivé, polyglotte, patient, discret, était là. La Libye venait d'investir au Congo, dans une mine alluvionnaire diamantifère de la rivière Senga-Senga. La stratégie de Kadhafi était de contrôler une part du marché africain pour tenir un peu plus les dirigeants des pays producteurs. Larkin comprenait que ce petit jeu n'était pas du goût du *Syndicat*. Arracher cette pierre à la compagnie ne déplairait pas au Guide.

Jacob Werther, grand type élégant, le regard toujours protégé par des lunettes de soleil, était l'acheteur exclusif du sultan de B., le plus vorace acquéreur de diamants du monde, le premier à pouvoir convoiter la pierre, celui qui disposait des plus grandes ressources et qui, si le diamant lui plaisait – le sultan était très sélectif, il n'aimait pas certaines couleurs ni certaines tailles – était le plus à même d'emporter d'astronomiques surenchères.

Le diamant, qui avait été acheté illégalement à cet escroc de général angolais, ne pouvait être légitimement réclamé par Stones. Papa Wamba, Salim Abdallah, Jacob Werther convoitaient une pierre qui n'avait fait l'objet d'aucune transaction originelle ni d'aucune réclamation. En fait, le diamant aurait été vierge de toute irrégularité s'il avait eu un certificat d'origine officiel. Rien de rédhibitoire pour les trois acquéreurs potentiels.

Côté acheteurs, bel ensemble, conclut Larkin.

Sur l'autre rive, les voleurs. L'espion britannique supposait l'analyse du *Syndicat* crédible. De nombreux renseignements de la compagnie, recoupés par des sources des bases du Service à Luanda, Johannesburg et Moscou, ne laissaient plus aucun doute sur la complicité entre Levovitch et Raphaëlle de Marsac. Le Russe, que n'arrêtait aucun scrupule, aurait donné l'ordre de supprimer tous les témoins. C'était un coup double : sir Quentin, dans ses fonctions de chef exécutif de la sécurité du *Syndicat*, avait été, une année plus tôt, l'initiateur d'une investigation complète, aux résultats explosifs, sur les activités de Levovitch. Mlle de Marsac avait donc, sans la moindre hésitation, effacé Quentin Ward et son escorte.

L'apparition de Caracal brouillait les certitudes sur la suite logique de l'opération. Caracal n'existait pas dans le dispositif Levovitch. Si Caracal vendait, c'était certainement au profit de quelqu'un d'autre. Raphaëlle de Marsac, dans ses missions au profit de la DGSE, puis dans ses activités ultérieures de contrebande, avait été un contact privilégié de l'Unita. Dans le passé, elle avait acheté du diamant de guerre à Savimbi, elle avait donc collaboré avec Caracal, l'unique homme de confiance du chef de l'Unita pour ce type de trafics. Elle considérait vraisemblablement ce dernier comme le plus apte à réaliser une telle transaction dans pareil contexte. Enfin, les complicités de la Française avec l'ancienne guérilla lui permettaient de se terrer au fin fond de l'Angola, dans les sierras boisées du nord, comme dans le bush sauvage de l'est, ou encore sur les hauts plateaux du centre du pays. Il était urgent de secouer la base du Service à Luanda pour déterminer au plus vite les éventuels points d'appui de Raphaëlle en brousse. L'Unita avait déposé les armes depuis deux ans, il subsistait cependant des groupes incontrôlés dirigés par des seigneurs de guerre. Du reste, se reprit Larkin, il était loin d'être certain que Mlle de Marsac était la vendeuse. La recherche de la vérité serait sinueuse.

Steiner et le Service disposaient d'atouts majeurs. Le *Syndicat* appuyait son action de recherche sur son fantastique réseau de correspondants en Afrique, partout où l'on pouvait négocier et vendre une pierre : un maillage inégalé, doublé par celui du MI6. Avec, en appui pour d'éventuels coups bas, la force supplétive des mercenaires d'Executive Peace & Safety, que Larkin voulait dégager de l'échiquier le plus vite possible. Il redoutait l'utilisation de ces guerriers égarés, que Stones projetait en Afrique où il le jugeait nécessaire. À force de se vendre à n'importe qui, ces anciens membres des forces spéciales sud-africaines avaient définitivement perdu leur honneur et, pire, leur efficacité. Or, pour la seconde phase de l'opération, Larkin avait besoin de spécialistes rigoureux. Ces cochons de mercenaires bousilleraient le travail.

Pour l'exercice final, Larkin comptait donc utiliser son arme secrète : le Groupe 13, *The Increment,* renforcé pour l'occasion des nageurs de combat du Spécial Boat Service. Cette équipe n'était ni plus ni moins qu'une unité de tueurs au seul service de Sa Majesté, employés exceptionnellement par le MI6 pour l'élimination des ennemis du royaume. Des assassins haut de gamme.

Enfin – et cette dernière évocation gâcha la suavité du dernier verre de cabernet de l'agent britannique –, il y avait ce bâtard de Français, le colonel Montserrat. Il retrouvait ses anciens territoires, après s'être égaré dans de malheureux scandales, comme celui de la maîtresse d'un président français. Le Service l'avait ensuite repéré à Bangkok dans une clinique privée où il récupérait laborieusement d'un séjour prolongé dans une jungle birmane. La CIA le soupçonnait également d'être impliqué dans le sauvetage d'un agent de premier ordre d'Al-Qaeda au Liban. Montserrat, ombre sulfureuse, mais aussi ancien officier traitant de Mlle de Marsac. En aucun cas à Johannesburg par le fruit du hasard. Et, plus ennuyeux, perdu au Mozambique dans les eaux d'un autre remarquable requin : Anatoli Dimitri Gregov. S'il y avait alchimie entre ces deux-là, danger !

Larkin poussa un soupir qui se perdit dans la rumeur croissante du bush. La chasse nocturne était ouverte. Depuis la disparition du commander Ward et de cette pierre, il pratiquait un exercice pour lequel il ne se sentait guère à l'aise. Tous ses efforts et ceux de son département étaient naturellement tendus vers la recherche de la vérité concernant sir Quentin Ward. En fait, cette course aux carats l'affligeait, car il n'était pas persuadé qu'un diamant supplémentaire dans le trésor royal apporterait plus de prestige à la politique extérieure de la Grande-Bretagne. Tout Britannique qu'il fût, il croyait plus aux vertus d'un État moderne et agressif qu'aux symboles désuets d'une monarchie décadente. Le destin de son pays était lié à l'ambition des nouvelles générations, à celle de dirigeants, d'hommes comme lui. Dans le respect de la tradition, mais uniquement le respect. Enfin, il n'était en rien l'obligé de sir Edmond. Cette soumission lui était insupportable.

Encore un dernier verre. Ce vin était en fait trop lourd. Larkin avait le palais pâteux, et le crâne qui tapait. Il avait longtemps espéré ne pas être impliqué, mais, quelques jours avant sa convocation chez Steiner, il avait trouvé le regard de ses chefs fuyant, au Club on se bouchait le nez à son passage. Trop jeune, trop haut. On le trempait à présent dans la mélasse, histoire de le maintenir poisseux un certain temps. Astucieux.

Tant de bruits étranges autour de Larkin. Ça bougeait un peu partout. Et surtout, ce nuage d'insectes de toutes tailles. Il était temps de se réfugier derrière le double rempart de la moustiquaire. Plus que le concert des batraciens et le passage d'un éléphant solitaire, ce qui troubla le sommeil du contrôleur du MI6 était la silhouette de cet espion français. L'ennemi, le seul qui valait, c'était lui.

La nuit est sombre comme les flots. Au large des côtes de Namibie, sur 7X974, le dragage des fonds se poursuit vingt-quatre heures sur vingt-quatre. Le souffle des pompes ne cesse jamais. Cinquante tonnes de sable et de gravier sont extraites chaque heure des profondeurs. Et parfois, la splendeur.

Abraham Levovitch se cramponne au bastingage sur le pont avant où deux énormes tubes plongent horizon-

218

talement dans l'océan. Il entend remonter la moisson de sédiments. Un sifflement irrégulier, parfois des à-coups, comme des coups de fouet. Il est seul. Au mess, l'équipage dîne bruyamment. Au bout d'une coursive, seulement les yeux de son garde du corps.

7X974 « donne » quatre mille carats par mois, soit un total de 70 000 carats depuis le début de l'exploitation de la zone concédée par l'État namibien. Cela correspond à une valeur totale de neuf millions de dollars. Presque un détail, puisque la production totale du pays équivaut à cinq cents millions de dollars, mais un détail symbolique dans ce petit pays d'Afrique aux mains du *Syndicat.* C'est déjà neuf millions de dollars qui leur échappent. Et seul compte l'avenir. Sous les flots de Lüderitz et d'Alexander Bay dorment deux milliards de carats : le plus extravagant des trésors. Un enjeu que Stones n'abandonnera jamais à quiconque.

Abraham ne dormira pas cette nuit. Il veillera, telle une vigie, dans ce ciré orange qui pue le moisi. Tout près, un albatros déchiquette méthodiquement le corps évidé d'un jeune manchot. Son œil orange, parfois, scrute ceux de son compagnon nocturne.

Tour à tour chasseurs et proies, la même règle est imposée à tous.

À la même heure, plus au nord, à Kinshasa, République démocratique du Congo, au Banana Café, une boîte de nuit-bordel où les filles sont magiciennes et vénéneuses, la nuit est courtisane. Le prince des fêtes kinoises, Martial Tsikedi, massif et barbu, enlace une sensuelle et facile princesse. Dans le carré VIP, il lui caresse le bout des seins, un énorme cigare cubain dans le bec. La nuit est son domaine. Une main vient de lui glisser un billet, sur lequel est rédigé un message. Tsikedi repousse paresseusement la fille. On l'attend dehors.

Un gros 4 × 4 Mercedes aux vitres teintées est stationné de l'autre côté de la rue. La nuit est épaisse, humide, oppressante, équatoriale. À l'avant, un chauffeur black impassible. À l'arrière, un homme l'attend. Martial, comme le mentionnent les instructions du message, entre dans le véhicule. Tsikedi n'est pas surpris, il essaie seulement de retrouver ses esprits conquis par la cocaïne.

– Salut, colonel. Bonjour à toi et à ton cortège d'emmerdes.

– Bonsoir, Martial.

Son correspondant n'a pas trop changé, l'insouciance des pirates, sûrement.

– C'est pour Raphaëlle ? demande-t-il.

– Je viens retrouver son seul ami. Le jour est encore loin.

– Et nous avons un morceau de nuit, un quart de lune, pour parler d'elle.

– Elle seule compte, mon frère poète, une femme perdue en Afrique.

– Chassée.

– Traquée.

– Tu ne l'as jamais aimée, colonel ?

– Jamais.

– Pourquoi ?

– Je n'aime pas quand une femme est...

– Impitoyable ?

Plus encore que la nuit, le fleuve Congo domine les âmes. C'est un bruit sourd qui roule sans cesse, une mer intérieure qui s'engouffre entre Brazzaville et Kinshasa dans un corridor de capitales.

Le Mercedes 4 × 4, tous feux éteints, est garé au bord du fleuve. Le chauffeur veille sur le véhicule, grillant brune sur brune de l'autre côté du bitume. C'est long. Martial n'est pas prolixe.

– Pourquoi, colonel, déboules-tu ici sans crier gare ?

– Je ne crie jamais gare, Martial.

– Et tout le monde t'aide comme ça ?

Le Congolais fait claquer ses doigts.

– J'ai bonne mémoire, mon frère Martial.

– Je n'étais plus rien il y a sept ans, juste un immigré politique en Afrique du Sud. Tu as été ma bonne fée, mais pas pour rien, colonel... Tu le sais. À présent, tout a changé. Comme d'autres, je suis rentré au pays. On reconstruit partout ici.

– Reconstruire ?

Attention, Montserrat a épuisé sa patience. Néanmoins, il prend soin de ne pas élever le ton :

– Reconstruire ? répète-t-il. Tu participes à un pillage, tout simplement. Vous êtes des charognards. Voilà, entre autres, ce que tu es, Martial. Je t'ai connu moins arrogant, même plus généreux.

– Ne déconne pas, colonel ! Tu t'es servi de moi, de ma déchéance pendant des années. J'ai relevé la tête, point final. C'est douloureux pour un espion de soulever de vieilles pierres ?

Ce con a presque raison. Ce n'est pas douloureux, c'est au-delà.

– Je ne viens pas te demander un service, mon frère Martial. Je viens t'en rendre un.

– Raphaëlle ?

– Qui est déjà venu ?

– Tout le monde, mais personne ne sait.

Montserrat le reprend :

– Moi, je sais. Raphaëlle et toi, vous êtes liés à la vie, à la mort. Quand Kinshasa est tombée, tu n'étais pas loin d'ici, accolé au fleuve. L'ennemi approchait, tu entendais le bruit des bottes des envahisseurs. Elle a pris des risques insensés pour traverser et revenir te chercher. Vous avez quitté miraculeusement cette rive, à quelques minutes près...

– À peu de chose, si peu de chose, concède Martial.

– Si tu ne me dois rien, mon frère...

– OK, pour elle... pour elle seule..., mais elle te déteste.

– Tu vois, Martial, je sais que c'est moi la main du diable qui l'ai pervertie. Elle t'a raconté, non ? J'ai secouru une jeune femme française remarquable au nord du Tchad. Maintenant, je cours après un démon. Je suis seul responsable. J'ai engendré ça.

Le Congolais entrouvre la vitre. Les odeurs des rives les assaillent.

– Tes avions cargos, Martial, présentent depuis deux mois des plans de vol pour Kisangani ou Goma où ils n'atterrissent jamais. Où vont-ils ?

– Ta gueule, colonel.

Montserrat le tient.

– Souvent, tu fais le voyage. Parfois, tu pilotes toi-même ton King Air, mais tu t'égares en chemin. Et puis tu charges à bord des « packs » exotiques, recherchés par Interpol...

Comme Martial ne répond pas, l'agent exhibe son joker : un cliché espion sur le tarmac de la zone cargo de N'Jili, l'aéroport principal de Kinshasa. Une silhouette fine, svelte, aux cheveux très courts, un Africain tiré à quatre épingles, avec, au coin des lèvres, quelque chose de sardonique. Montserrat dépose avec soin la photographie sur les genoux de son ancien correspondant en commentant :

– Il n'a pas changé... Une photo exceptionnelle, peut-être unique, tellement l'animal se fait rare et discret : Caracal est de retour. Tous les pirates sont de retour, mon frère. Et tes avions ne se posent jamais où ils doivent. Tu t'en doutes, Martial, si je suis en possession de ces « rens », je ne suis pas le seul. Tu as des mécanos, des pilotes bavards. Avec la pression sur les épaules de Raphaëlle, tu peux compter sur tes dix doigts tes jours de tranquillité. Après...

– Tu veux quoi ?

– Lui rendre un immense service.

Martial s'étouffe dans sa barbe fournie.

– Elle te méprise, mon pauvre colonel. À ta place, je m'éloignerais d'elle, je changerais de continent. Si je prononce ton nom, ma parole, colonel, je suis en danger de mort.

– Je veux seulement approcher la « Palanka », entrer en contact avec son groupe sur le terrain.

Le Congolais regarde le Français avec des yeux hébétés, pas seulement par l'effet de la cocaïne. Le colonel a prononcé un nom interdit, mais il insiste :

– Transmets juste mon message au commandant Angela Cesara « Palanka ». Reviens avec une réponse. C'est tout ce que je demande.

– Tu es fou, colonel.

– Je sais ce que je dis, je sais ce que je fais. Le temps se dérobe, il ne joue pas en notre faveur. Imagine la toile d'araignée qui se tisse. Chaque nuit qui passe condamne un peu plus Raphaëlle.

– Ne va pas là-bas, Michel.

Le ton de Martial est ferme.

– Moi-même, j'ai la trouille. Ne retourne pas là-bas...

Le ciel estompe les étoiles. Le fleuve est violet. Martial ne contrôle plus son émotion.

– J'essaierai encore de sauver Raphaëlle, Michel, j'essaierai toujours. Tu vois, je lui dois tout. Elle m'a fait traverser le fleuve. Ce n'était pas du courage, seulement des tripes. Jamais je n'aurais pu croire tout devoir à une femme. C'était le chaos, la vie, ce jour-là, n'avait plus d'importance. Un grand calme sur Kinshasa, et parfois une détonation. J'avais le diable au cul, j'avais trop attendu pour quitter la ville. Je crois que, oui, tu as raison, j'ai même entendu le bruit de leurs pas, le bruit des bottes. C'était cuit, et puis... Raphaëlle.

– Une jeune femme française.

– Oui. Ce jour-là, elle était la France.

Martial ne quitte plus des yeux le Congo. Il y a là, pour toujours, cette silhouette sur un dinghy, une main tendue, la voix chaleureuse de Raphaëlle. Une armée silencieuse s'emparait de Kinshasa. Elle avait bravé les premiers tirs. Juste une main tendue, alors que le piège se refermait.

Martial descend du 4 × 4. Il a besoin de marcher, de communier avec la puissance du fleuve. Il s'éloigne, descend le talus vers les flots. C'est l'aurore, l'heure des pirogues. Montserrat demeure dans son dos. Le Congolais lui fait face brutalement.

– Ne retourne pas là-bas, Michel. Tu vois, moi-même j'ai peur. Toutes les deux... (le colonel tente un sourire apaisant, mais rien n'apaise cette terreur)... elles sont devenues dingues.

Le Congolais est pris de tremblements. Fatigue. Cocaïne. Adrénaline.

– Là-bas, crois-moi, c'est l'empire du mal.

19

L E mercredi 7 janvier 2004, Richard Larkin fit un cro-
chet par son domicile pour embrasser ses trois filles
et leur mère, Sandy. Comme le vol British Airways avait
atterri à Gatwick avec un peu plus d'une heure de retard,
les trois pies s'étaient déjà volatilisées pour l'école. Elles
se suivaient à une année et pouvaient encore fréquenter
le même établissement scolaire. Sandy était, quant à elle,
partie pour son bureau, à l'autre bout de la ville. Elle
était analyste financière pour une compagnie d'assuran-
ces de la City. Sur le réfrigérateur années 60, était
aimanté un post-it sur lequel était écrit en gros au feutre
rouge : « *Daddy chéri, il y a encore du Christmas cake dans le
frigo.* »

C'est le lot des espions qui ont construit aussi une
famille. Au cours du dernier mois, Larkin avait passé – il
compta sur les doigts de sa main – cinq soirées chez lui,
au cours desquelles il n'avait été ni très loquace ni très
aimant.

Sandy n'avait pas laissé de message. Il lui enverrait,
dans la journée, un e-mail sur sa boîte professionnelle,
mais n'était pas certain d'obtenir une réponse. Comme
il revenait halé du voyage, il serait suspect. Son épouse,
comme la plupart des conjoints d'agents du MI6 ou du

225

MI5, connaissait l'employeur de Larkin, mais pas les détails de la fonction. Elle n'ignorait pas qu'avec plus de quinze années de loyaux services et tout son talent, Richard avait gravi les échelons de la hiérarchie et s'était adapté à la mutation de son administration. Quand, dix ans plus tôt, le MI6 avait à la fois changé de siège et de directeur. Larkin symbolisait l'archétype des nouveaux profils. Pourtant, il avait été formé par un dinosaure.

Elle le suspecterait peut-être de s'être offert, sous la couverture du Service, de courtes vacances à bon compte avec l'une de ces jeunes stagiaires qui hantaient les couloirs de Vauxhall Cross. Trois jours étaient suffisants pour jouir d'un lointain ensoleillé avec une fille de moins de trente ans. Elle ignorait que le siège n'était pas l'endroit idéal pour draguer. Larkin n'en avait pas le temps et plus l'envie.

Il n'y avait plus de Christmas cake dans le réfrigérateur. Pour ça aussi, Larkin était rentré un jour trop tard. Il se contenta d'une tasse de thé dans un mug bleu sur lequel dansait un ours. Dans la chambre conjugale, le lit était fait. Il lutta pour ne pas s'allonger, ne serait-ce que quelques minutes, mais une opération spéciale sophistiquée s'articulait, et il en était le chef d'orchestre.

Larkin se changea. Malgré son trench-coat, il s'était gelé dans les couloirs de Gatwick dans son complet léger. Il accueillit la douceur de sa veste avec soulagement.

Il prit rapidement un bus pour la gare d'Acton Town, où il s'engouffra dans une rame du tube de la Victoria Line, puis avala le seul changement pour Vauxhall Station. Il avait convoqué une exceptionnelle réunion de coordination. Il était en retard.

Albert Embankment Street, siège du MI6. Verticalité contemporaine, verre et béton, œuvre très contestée de l'architecte Terry Farrel dorénavant tolérée avec fatalité. Une attraction, au même titre que le « London Eye » pour les navettes fluviales de touristes qui remontent la Tamise. Beaucoup de dinosaures du Service n'avaient pas survécu à la modernité.

Sous l'œil du système vidéo de surveillance, Larkin engagea sa carte d'accès dans le premier des trois sas automatiques, et composa son code à quatre chiffres : 7827. Celui de sir Quentin. Lumière verte. Encore un sas, encore une porte vitrée. Enfin ses pas résonnèrent sur le sol en marbre ivoire. À gauche des batteries d'ascenseurs, l'atrium « tropical » baignait dans une lumière filtrée. Végétation en plastique. Cela suffisait, selon le service du personnel, avec les salles de squash et de badminton, le gymnase et le bar qui, en été, ouvrait sur la terrasse, pour évacuer le stress. Larkin croyait plus aux vertus du bar qu'à celles des plantes vertes factices. Le whisky y était meilleur qu'au MI5, sur l'autre rive du fleuve.

Richard Larkin croisa dans l'ascenseur son homologue pour le Moyen-Orient. Le pauvre garçon avait l'air sonné. Certainement la visite du Premier ministre à Bassora. Ou, plus sûrement, dix-huit mois d'emmerdements ininterrompus. Il adressa un sourire forcé à Larkin, avant de dire d'une voix hésitante :

– Monte directement chez le patron. Ça vaut mieux, Rick.

Larkin comprit qu'il aurait mieux fait de s'assoupir dans le cottage d'Acton. La journée serait mauvaise.

Le bureau donne sur le fleuve. C'est l'antre du CSS, Chief of the Secret Service, Mr « C », ou « C » pour les intimes. L'état-major au complet : le « conseil » des quatre directeurs.

C fut d'abord brutal :

– Vous trouverez une demi-douzaine d'appels sur votre portable, Larkin.

Puis il s'approcha de son subordonné. L'épaisseur de la moquette rétrécissait sous les semelles de Larkin.

– Richard, nous avons reçu cette nuit un message affligeant de Luanda.

Larkin avait déjà en main un télégramme décodé par le Chiffre, en provenance de la capitale angolaise. Il avait été rédigé par H/LUA, le chef d'antenne. Pseudo : « Bernard ». Les détails étaient crus, morbides. Aucun mot ne vint en Larkin.

– Un médecin et un dentiste légistes sont en route pour l'Angola, compléta C. Dans six heures, une première analyse ADN sera effectuée.

Larkin eut une réaction incontrôlée. Il se tourna vers son chef et lui lança un ordre :

– Transmettez à Bernard. Transmettez à tous... (regards interloqués)... retrouvez cette chienne.

Il fit très froid à Londres ce jour-là. Un froid humide, pénétrant. En début d'après-midi, Richard Larkin, les mains dans les poches de son trench-coat, demeurait immobile sur un trottoir de Carlton Gardens, un square endormi dans son dos, devant un immeuble blanc bâti par John Nash. La circulation était dense sur le Mall. Des classes d'écoliers en uniforme bleu bravaient la froidure pour traverser Saint James's Park.

Il se tenait devant cette bâtisse où tout avait commencé pour lui dix-sept ans plus tôt : le sas de recrutement des services secrets. Un vestibule modeste, un petit hall où l'on attendait toujours et où déjà on se croyait épié. Il n'en était rien. Premier contact, première émotion. Signature du formulaire de confidentialité. En fait, acceptation des termes d'un extrait de la loi sur les secrets d'État, puis une note de présentation du MI6.

Ensuite, il y avait eu ces entretiens avec des fonctionnaires de Whitehall et une batterie de tests idiots. Il avait vingt-six ans, et il était bardé de diplômes, dont une licence de droit à Oxford et une maîtrise à la Sorbonne. Il avait aussi déjà un peu couru le monde. Un séjour chez un oncle dans une ferme du Matebeleland au Zimbabwe. La route des Indes, le sac sur le dos, pendant sept mois sabbatiques. Et puis le Yucatan pour parfaire son espagnol sous une latitude où les filles étaient brunes et cambrées comme jamais à Londres.

Sur ces premiers sentiers, il avait ressenti l'envie de prendre pour toujours le pouls du monde. Il se souvenait encore de son vieux professeur de droit d'Oxford et de sa dernière recommandation : « Vous êtes un meneur, Richard, vous êtes instinctif, imaginatif, ouvert aux autres. Si vous pensez un jour enrichir votre existence, revenez me voir. »

C'était une invitation à rejoindre le Club. Au printemps 1986, Larkin s'était présenté à l'adresse indiquée, Carlton Gardens. Puis ce fut la sélection. Il fut intégré à la promotion de septembre de l'*Intelligence Officer's New Entry Course* : six mois de cours intenses pour devenir un officier de renseignement. À Portsmouth, sur la pointe sud de la péninsule de Gosport, Fort Monckton, construit par Henri VIII, se trouve la base école d'entraînement du MI6. L'« Établissement militaire n° 1 » est bâti sur un site sinistre. On y pénètre par un pont-levis qui grince. Ce pourrait être une prison, c'est la pépinière des futurs agents secrets de Sa Majesté. Larkin vécut derrière les murailles du fort, au gré des marées sombres, les semaines les plus exaltantes de sa jeune existence.

Fort Monckton, mais aussi l'école spéciale de Southwark, Stirling Lines à Hereford, où bat le cœur du Special

Air Service, exercices personnalisés au cœur de Londres, Portsmouth, Liverpool, mais encore Belfast, Berlin, Prague, Vienne ou Nairobi. Neuf seulement par promotion, les recrues du Service sont choyées. Nulle part dans le monde on ne forme ainsi, en six mois, des agents aussi complets.

Mais ce n'était pas suffisant. Affecté à la division Afrique, avec sur le formulaire d'évaluation du personnel la note d'ensemble de 2 – excellent –, Larkin intégra au mois de mars son nouveau service. Le quartier général de Vauxhall Cross n'était pas encore érigé. La Grande-Bretagne espionnait alors le monde depuis la tour décrépite de Century House, dans le quartier de Lambeth, au sud de la Tamise. Pour tout dire, pas la plus chic des adresses.

Au quatorzième des vingt étages, le papier mural jaunâtre se détachait des parois. Le quatorzième étage était exposé à de fréquentes fuites, les canalisations de Century House étant pourries. Au siège, on disait en souriant que peu importait, puisque c'était le domaine d'un marin. Un fusilier-marin des Royal Marines, un héros des Falklands, le père du Special Boat Service. Avant son entrée dans le monde du renseignement, il avait créé les premiers ponts avec l'Intelligence Service en formant une unité de nageurs spécialisés dans la pose de balises indiscrètes sur des navires marchands. Puis il avait engagé une collaboration plus étroite en imposant le SBS dans le Groupe 13, *The Increment*. Enfin, sir Quentin, fils d'un officier supérieur, avait grandi en Ouganda. De son enfance, avec, dans les yeux, les flamants du lac Edward, il avait conservé l'amour de l'Afrique.

En 1985, sir Quentin Ward avait été nommé contrôleur pour l'Afrique au MI6. Un transfuge exceptionnel de la Royal Navy dans une maison encore très conservatrice, qui ne supportait guère que les promotions internes. Mais il était déjà un maître espion. En quinze ans, il avait fait de sa division, pourtant alors le secteur géographique le plus délaissé du Service, l'orgueil du MI6. Grâce au commander Ward, la Grande Bretagne avait retrouvé son rang en Afrique.

L'*Intelligence Officer's New Entry Course* n'était pas suffisante, aux yeux de sir Quentin, pour connaître l'Afrique. Il n'avait pas tort. Il avait envoyé Larkin moisir six mois au Cameroun, comme homme à tout faire chez un transitaire belge. Larkin avait perfectionné son français et, surtout, il avait découvert le continent. Le Zimbabwe avait été un leurre, un dernier paradis. L'Afrique qui s'abîmait était à cette époque ailleurs. À son retour, Quentin Ward avait affecté son nouvel agent, pour le rapprocher des Enfers, au Nigeria. Un premier poste pour Larkin, sous le nom de code de LAG-5. Mission prioritaire : la surveillance du nord du pays yoruba.

Quinze ans après avoir pris ses responsabilités dans la carcasse à la dérive de Century House, sir Quentin avait vendu ses compétences au plus offrant. De Dakar à Windhoeck, sa plus-value était inégalée. Aucun homme du Royaume ne possédait son expertise. Stones avait emporté les enchères, mais Edmond Steiner avait payé très cher le transfert.

Larkin trouva une boîte aux lettres sur Regent Street. L'adresse du destinataire était une maison côtière du Dorset où plus personne ne vivrait désormais. Il avait rédigé quelques lignes à la hâte. Aucun nom d'expéditeur n'était spécifié sur le dos de l'enveloppe pour un courrier sans retour. Larkin hésita, la main suspendue. Il tremblait. L'enveloppe disparut, aux bons soins de la poste royale.

Londres, le 7 janvier 2004.

Commander, dear Sir,

Ce matin, je suis revenu de mission. Vous le savez, depuis le pays yoruba, je n'ai plus jamais quitté les terres d'Afrique. Ce matin, on m'a appris qu'on avait déposé un paquet devant le poste de notre ambassade à Luanda. Dans ce paquet, il y avait, paraît-il, votre tête. Elle avait été fermement tranchée six mois plus tôt, et embaumée dans toutes les règles d'un art mortuaire du centre de l'Angola. Dans ces zones rebelles que vous avez parcourues lors de missions anciennes, vous savez que la coutume est de couper la tête aux rois décédés. On conserve les crânes pour permettre à l'âme des disparus de demeurer proche de celle des vivants. On vous a réservé un traitement royal. On a soigneusement embaumé votre tête, comme un trophée, pour nous envoyer aussi un message.

La coupable a signé son forfait. Cela ne vous étonnera guère : elle a longtemps opéré dans cette région pour le compte du service secret français. Elle a appris dans ces contrées des coutumes sataniques. Certains de ses contacts au Congo le murmurent : elle maîtrise la magie. Elle se terre dans des territoires hostiles, d'anciens sanctuaires.

C'est une sorcière blanche qui vous a abattu.

Peu importe à présent ce qui a été volé. Peu m'importe l'amertume d'Edmond Steiner. Je sais que vous ne l'aimiez pas. Je sais que vous n'aimiez pas vos nouvelles fonctions. Vous souhaitiez seulement, un jour, avoir les moyens de vous acheter une ferme en Afrique, comme celle qui vous a vu grandir. C'était le juste rêve d'un serviteur fidèle.

Ma colère excède la valeur de cette pierre.

J'ai à ma disposition un groupe aguerri que vous avez formé, des hommes qui vous vénèrent. Croyez-moi, j'en ferai le plus juste usage.

Jusqu'au dernier jour, je resterai votre respectueux obligé.

Adieu, mon commander.

20

L E caracal est un petit félin nocturne qui possède une souplesse étonnante. Ses proies ne l'entendent que rarement survenir. Il est le plus discret des prédateurs, un fauve opportuniste.

Adelio Machala est Caracal. Il a été, de longues années, l'homme des affaires réservées de Jonas Savimbi : contacts secrets, financements occultes, déplacements confidentiels. Vers la fin du règne, il fut l'homme des ventes secrètes des diamants de l'Unita. Sa base arrière était éloignée de l'Angola : Ouagadougou au Burkina-Faso, où s'organisaient à distance les *tenders*.

Les années n'ont aucune prise sur Adelio Machala Caracal. Il demeure pour toujours juvénile. C'est le plus calme et le plus serein des hommes. Il ne ressent jamais la pression. Le sourire, qui éclaire sa barbiche, est permanent : c'est sa force. Il s'habille de complets légers, souvent clairs, qui renforcent cette impression générale de souplesse.

Parce qu'il est suspecté de contrebande de diamants de guerre, Caracal est recherché par bien des polices et des services, et surtout par Interpol. Il est aussi, officiellement, la bête noire de Stones. Pourtant, il parcourt le continent sans être jamais inquiété. Confident de multiples chefs d'État, il a les moyens d'acheter sa liberté de mouvement. Il est par ailleurs vraisemblable que les dividendes de la dernière vente de diamants au profit de Savimbi, quelques semaines avant l'assassinat de ce dernier, ne soient jamais parvenus au mouvement. De quoi laisser à Adelio Machala une jolie cagnotte pour opérer en toute impunité depuis son sanctuaire de Ouagadougou.

Le 8 janvier 2004, Caracal déambule dans la douceur hivernale de la capitale du Burkina-Faso. Il traverse le marché de Rood Wooko avec désinvolture, goûtant ici une banane plantain, là une papaye. Il connaît les maraîchers, les interpelle, se retourne volontiers dans le sillage d'une élégante et fine *paga*. Il distribue avec générosité son sourire aux jeunes femmes anonymes.

C'est la fin de la matinée au centre du plateau de l'empire mossi. La pression devrait être maximale sur Adelio Machala, pourtant, il vaque sans souci à des occupations futiles. Comme tous les jours à peu près à cette heure, il a quitté son domicile, une petite villa modeste du quartier Koulouba à peine gardiennée, située à mi-chemin entre le palais présidentiel et l'aéroport – on ne sait jamais –, pour effectuer un détour par le marché. Cette traversée de Rood Wooko lui est essentielle. Chaque marché africain le ramène à celui de son village, sur les hauts plateaux angolais. Ils ont les mêmes senteurs, les couleurs chamarrées du monde, la voix et le sourire des mamas, le contentement de vivre libre. Dans le labyrinthe heureux du marché central de Ouagadougou, Caracal est pour toujours un enfant d'Afrique.

Longue promenade pour rejoindre son lieu de déjeuner, le Maquis Aboussouan, où il dévore avec les doigts un poulet bicyclette braisé, accompagné de coca light. Caracal entretient une ligne svelte, presque adolescente. Il déguste lentement, ses yeux pétillent, tandis qu'un enfant des rues astique méthodiquement ses mocassins rutilants. Adelio Machala est d'une grande générosité envers ses boys, son cuisinier, son chauffeur, ses restaurateurs, son chausseur, son tailleur, son banquier, ses soutiens politiques et policiers ; pour sa jeune maîtresse d'origine bisa qu'il visite chaque après-midi, Caracal a vraiment la classe. En fait, il est la classe. Il paye en dollars ou en euros. Avec toujours en poche de grosses liasses de petites coupures qu'il disperse dans la ville alanguie.

Durant cette heure et demie, depuis qu'il a refermé le portail de sa villa ombragée par un imposant manguier et jusqu'à ce qu'il caresse le ventre maintenant rond de Fatou, deux cents clichés de lui ont été pris à son insu. Il est, depuis dix jours, l'homme le plus surveillé d'Afrique.

Pourtant, nul espion ne remarquera l'essentiel : le ballet des messagers de Caracal dans l'exubérance du grand marché de Rood Wooko. Aucun de ses gestes n'était le fruit du hasard. Dans le billet de un dollar américain laissé au petit cireur, ce « biga » des faubourgs, était glissé, microfilmé, un ordre de marche, que son réseau acheminera aux trois acheteurs potentiels.

À ce jeu de dupes, celui des évidences masquées, Caracal prend un immense plaisir.

Le fleuve Congo est sombre depuis la veille. Il charrie de grands troncs abattus en amont par le début de la saison des tempêtes. Parfois, un arbre complet, qui paraît encore en vie, file vers le défilé du non-retour. Kinshasa, en janvier, saison des pluies noires.

Michel Montserrat est cantonné dans l'enceinte silencieuse de la résidence de l'ambassadeur de France, adossée au Congo qui gronde. On ne lui pose aucune question. C'est à peine si on connaît sa fausse identité, celle de Marc Leclerc. L'ambassadeur le cache au reste de la communauté sur instructions particulières codées par le Chiffre du Quai d'Orsay. Mission couverte au plus haut niveau, sous la protection personnelle du ministre. Nul ne sait. Ni le chef de poste local de la DGSE, ni le fonctionnaire de police du SCTIP, ni les gendarmes qui protègent la résidence, ni la secrétaire particulière, et surtout pas l'épouse de Son Excellence.

Il n'a, d'ailleurs, aucune activité. Il attend, c'est tout. On vient le nourrir discrètement dans cette chambre pour hôtes de passage. Il est arrivé par le fleuve dans un Zodiac qui demeure à sa disposition. Il repartira par là. Il a, par courtoisie, rencontré l'ambassadeur dix minutes la nuit de son apparition, simple geste de bienvenue. Son Excellence ne veut rien savoir, il n'a rien à savoir.

Il attend depuis une semaine. En dehors d'un dîner, la veille, solitaire et discret, au Pic-Nic, où il s'est gavé de capitaine grillé saka-saka arrosé d'alcool de palme, son seul loisir est une balade au bord du Congo, surtout à la tombée du soir, avant et après la pluie. Il s'assoit sur la berge, salue une pirogue de pêcheurs. Il fait le point : Raphaëlle est vivante, elle s'est rapprochée encore d'Angela Cesara « Palanka ». Raphaëlle a-t-elle déjà vraiment aimé un homme ? Il sait aussi que le seul dévouement, la seule fidélité durable de Raphaëlle, a été le soutien sans faille au groupe dissident de la « Palanka ». Son ancien agent s'est choisi une partenaire digne d'elle. Le feu et le feu. Et quoi d'autre ?

C'est tout.

Possède-t-elle encore la pierre ? Les allers-retours de Caracal ne prouvent rien, ils ne constituent qu'un indice. Où se trouve-t-elle ? Quelque part sur les hauts plateaux du centre de l'Angola, au cœur du pays ovimbundu, terre de résistance ? Ou ailleurs en brousse ? Ou peut-être tout près, dans cette capitale mosaïque ?

Quentin Ward, maître espion, figure des Royal Marines, responsable de la sécurité et des opérations spéciales de Stones, est-il toujours en vie ? Il l'espère. Il n'a jamais porté dans son cœur les méthodes du MI6, aux règles du jeu brutales et ambiguës. Mais Sir Quentin représentait pour sa communauté le meilleur des agents. Et puis, il a aimé l'Afrique. Sous son impulsion, son pays a retrouvé la route du sud et de l'ivoire.

Montserrat sait que si elle en a eu l'occasion, Raphaëlle l'a froidement assassiné. Il l'avait envoyée à Kigali aux premières heures des massacres, il y avait près de dix ans. Il s'est rendu sur place quelques jours plus tard. Au péril de sa vie, Raphaëlle, pour sa part, a vu. Elle n'a pas été écœurée par la bestialité. Elle en est revenue presque indemne. Un « presque » qui bouleverse tout. Peut-on se nourrir de l'inhumanité ? Peut-on décider, un jour, que le monde est ainsi et que, pour sa propre survie, il faut être pire que le pire ? Qui était-elle déjà, quand il l'a ramassée sur cette route du Tchad ?

Est-ce donc lui qui l'a conduite vers tant de charniers ?

Il ne veut plus culpabiliser. L'Afrique propose aux hommes le plus haut et l'innommable, mais laisse la liberté. Raphaëlle a choisi. À présent, c'est un fauve blessé, tapi, aux abois, une bête.

Les filets dérivent sur le fleuve. Assis en tailleur, il a retroussé les manches de sa chemise en lin. Il attend. L'Afrique impose son rythme à cette histoire.

Au début, tout s'est précipité. Une nuit à Samarcande, le baiser de la mort, une route en Ouzbékistan, la proposition d'Abraham, l'ivresse et le renoncement à Kuala Lumpur, la pierre de Kalimantan, la lumière du Nord : Anvers, et le retour sur le continent qu'il aime. Tout ralentit. Les dunes si douces de l'archipel, la grâce d'une raie manta, le chant des Africaines à l'annonce du jour et de la nuit. Elles sont le dernier espoir de ces terres scarifiées. Montserrat aime ces pays où la nature et les hommes sont à égalité. Peu lui importe d'attendre. Les heures s'égarent, s'évanouissent.

Martial, le contrebandier, a porté son message depuis six jours. Il est revenu, il est reparti là où rôdent deux femmes cruelles, il est revenu. Peut-être une réponse ce soir. Mais il est encore trop tôt. Peu lui importe. À l'échelle du continent, c'est si peu de journées. Montserrat se laisse emporter par la parenthèse. Il y a cette magie et, sur l'autre rive, les lumières de Brazzaville, cité meurtrie.

Il se lève et se dirige vers l'embarcadère. Le Zodiac est là. Ce soir, avant la nuit, il s'échappera.

Depuis l'embrasure de la fenêtre d'une résidence décrépie de Brazzaville, Volodia Makine surveille, sur la berge opposée, un homme qui dénoue le câble d'amarrage de son Zodiac. Il porte une barbe de quinze jours. C'est bientôt le crépuscule sur le fleuve, mais les jumelles numériques stabilisées à tubes d'intensification de lumière offrent l'image précise d'un homme aux gestes mesurés. Il reste debout sur l'arrière de l'embarcation dont le sillage se perd progressivement vers l'est. Il remonte le fleuve.

Volodia repose les jumelles sur le rebord boisé de la fenêtre. Elle se recule et reprend le journal de Raphaëlle qui ne la quitte plus.

17 mai 1997, Brazzaville

... Kinshasa est définitivement tombée ce soir. Un bien ? un mal ? Beaucoup de gens sont en galère. Les nouveaux arrivants sèment la terreur. Ils ne feront pas pire que les autres. Où est Michel ? où est le chevalier ? Les derniers moments ont été cruciaux, mais aucune nouvelle de lui. Tout

se fait sans moi. Il était en ville, bien sûr, mais travaille avec d'autres. Une femme aussi ? Il n'a pas fait appel à moi, il ne fait plus appel à moi depuis des semaines. Je me suis donc seulement préoccupée, pendant cette journée particulière, de sauvegarder mes intérêts, et j'ai aussi fait traverser le fleuve à mon copain Martial. C'est mon pote. Il m'a transportée là où personne ne voulait voler. C'est mon frère africain. La fuite des autres, je m'en fous. Mais Martial, non, je ne pouvais pas le laisser. Je ne l'avais jamais vu avec une telle trouille dans le regard. Ça fait combien de temps que je n'ai pas fait un truc comme ça ? Je suis fière de mes actes. Oui, fière. Je sais que le chevalier ne l'est plus de moi. Où es-tu, Michel ?

Tu m'abandonnes.

C'est la dernière page. Le Zodiac a disparu. Volodia referme le journal. Ses lèvres, à distance, en français, préviennent l'homme de Samarcande :

– Chevalier, n'aie peur de rien ce soir. Pour toi, nous nettoyons le terrain.

Au même instant, Rex débarque à peine à Kinshasa. Le Pilatus d'Executive Peace & Safety – EPS – s'est posé à l'aéroport de N'Jili vingt minutes plus tôt, en provenance d'une reconnaissance aérienne ciblée quelque part au-dessus de l'Angola. Son chef d'antenne dans la capitale congolaise l'a chargé directement à la sortie de l'appareil. Nulle part en Afrique le patron d'EPS n'a besoin de sauf-conduits pour franchir contrôles d'immigration et douanes. Du reste, la surveillance des aéroports est souvent confiée aux bons soins d'EPS.

Créé en 1989, EPS a été fondé par des anciens camarades de combat de Jean Retief, tous officiers de la Special Forces Brigade et du 32e bataillon « Buffalo ». C'est une entreprise rentable qui protège installations pétrolières et minières, forme la garde prétorienne des chefs d'État et les fait chuter à l'occasion. Les services d'EPS se facturent en millions de dollars. Ce n'est pas seulement une multinationale du mercenariat, c'est aussi une holding de cinquante compagnies dont les activités sont principalement centrées dans les secteurs des mines et de l'énergie en Ouganda, Éthiopie, Sierra Leone, Angola. 2003 a été une année faste pour EPS : de faramineux contrats de protection en Irak, mais surtout un accord spécial avec le client privilégié, Stones.

Rex commande la plus puissante armée privée du monde. Il a à sa disposition, outre un réseau de renseignement incomparable, une force blindée : automitrailleuses munies de canons de 30 mm et véhicules amphibies BTR 50, Land Rover spécialement équipés de plate-formes pour missiles anti-aériens et anti-chars, le meilleur système de télécommunication crypté en Afrique supporté par un ordinateur JANUS & BBS, et enfin une force aérienne – hélicoptères de transport MI-8 et MI-17, de combat et d'appui feu MI-24, appareils de transport Andover, de combat et de reconnaissance Pilatus, et un Boeing 727 modulable, utilisé pour les assauts aéroportés.

Jean Retief est devenu un homme puissant, mais il se déplace toujours le plus confidentiellement possible. En ce qui concerne les opérations sensibles, il préfère s'acquitter lui-même du travail. Ses affidés à Kinshasa sont sur la piste de Martial Tsikedi. Le contrebandier, un ami proche de Raphaëlle, ravitaillerait le groupe « Palanka » au centre de l'Angola, mais aussi, troublante coïncidence, il transporte parfois Caracal. Donc, depuis quelques heures, le Congolais est l'objet d'une surveillance spéciale d'EPS.

La radio PRC-126 émet clair et net dans le pick-up du chef d'antenne. C'est une voix désolée qui alerte :

– On l'a perdu au Beach Club. Le Zoulou a sauté sur un hors-bord et a filé sur le fleuve.

– De Rex à tous : Reçu. Repli.

Le pick-up Toyota quitte à cet instant la route animée de l'aéroport pour une perpendiculaire du quartier de Limete, une artère bordée d'entrepôts. C'est l'heure de la grande transhumance à pied des Kinois vers les dépôts d'autocars ou les taxis-brousse, pour la plupart des combis Volkswagen bondés. Beaucoup pressent le pas, ils savent la pluie imminente. À cette époque, elle survient violemment et paralyse le trafic. Le pick-up stoppe devant un portail métallique gardé par deux Congolais armés d'AK-47. Comme à leur habitude, sans se hâter, ils font coulisser le portail sur ses rails. La Toyota blanche s'engage dans une cour en terre battue qui donne sur un long bâtiment clair d'un étage prolongé par un profond hangar : les discrets locaux d'EPS à Kinshasa. Le chef d'antenne est saisi d'un doute, il n'a pas reconnu les deux gardiens, mais souvent ces derniers sont remplacés. Ce n'est donc qu'un détail. Son ordinateur portable et sa valise satellite en main, Rex est déjà hors du véhicule. En cherchant les clés du verrou électronique de la porte principale des bureaux, le chef d'antenne s'étonne à nouveau : le silence.

Ce silence est inhabituel. Si l'activité d'ordinaire n'est pas frénétique, on entend toujours résonner des voix dans l'entrepôt du matériel et de l'armurerie. Ce soir, rien. Rex s'impatiente : le chef d'antenne peine à trouver les clés. Après ce premier sas, il y a une seconde porte vitrée encodée. Le représentant d'EPS à Kinshasa parvient enfin à ouvrir. Rex se présente devant la boîte à codes, il s'apprête à composer les six chiffres, un code commun à tous les locaux de la compagnie, mais qui est changé tous les cinq jours.

Dans son dos, le chef d'antenne s'est lentement effondré.

Rex perçoit un bruit mat au sol. Sans précipitation, il laisse choir à droite et à gauche la valise satellite et l'ordinateur portable. Il se retourne, en collant son profil contre la paroi. Un choc compresse le mur à moins de dix centimètres de son épaule droite. À ses pieds gît son collaborateur, un trait d'arbalète fiché dans la nuque.

Face à l'entrée, un parc industriel en friche est conquis par la végétation équatoriale. Jean Retief tourne très lentement son œil valide vers la porte vitrée blindée qui le sépare de l'intérieur des bureaux. Il ne l'a pas aperçu auparavant, mais un corps repose à deux mètres dans le vestibule. Même punition.

À présent, Rex n'avise plus le rideau végétal que dans la mire de son automatique Glock 17C. Repérer le moindre mouvement, *acquérir* la cible. Son œil gauche n'a jamais autant travaillé : sa survie immédiate est un jeu.

Le tireur est caméléon. Il a épousé la couleur ocre et émeraude. Un filet de camouflage couvre son visage. Sa proie n'est qu'à trente mètres. Elle se présente de profil, au bout d'un bras tendu en perpétuel mouvement : le canon d'une arme de poing. D'abord frapper le poignet, éliminer le danger de l'arme. Ensuite, tuer.

Trente mètres. L'arbalète de combat à poulies, une merveille de technologie, expédie son projectile à 391 pieds par seconde. Tout en maintenant dans le creux de son épaule la crosse à joue ambidextre réglable, sans ciller, l'arbalétrier amène lentement, centimètre par centimètre, l'index et le pouce gauches sur le haut du carquois latéral camouflé qui lui barre le torse. Les projectiles traités au curare qu'il utilise pèsent chacun 15 grammes. Fabriquées pour lui seul au Pérou, les empennes de ses traits sont tressées avec des plumes de colibri. La mort qu'il donne est légère, instantanée.

Avec 3,2 kilos, son arme combine le meilleur rapport poids-puissance qui existe. Il l'a parfaitement en main. Il s'est entraîné deux ans pour ce type d'affrontement. Vitesse, précision, douceur, silence, pour le SMERSH il est le spécialiste des exécutions à l'arc ou à l'arbalète. Onze minutes plus tôt, il a éliminé huit hommes en moins de 191 secondes. Il n'avait jamais fait mieux en combat simulé.

Entre son index et son pouce, la tendresse de la plume de colibri. Son coude gauche se détend comme un levier mécanique, remonte progressivement la main vers le fût de l'arbalète. Le ressort se bande automatiquement quand la pointe du pouce engage le trait dans le fût. Le sniper s'autorise une seconde de contentement. Juste avant.

Éclair. Coup de vent soudain. La pluie s'abat en trombes. Le rideau végétal est balayé par une rafale.

Un homme à découvert.

Rex tire trois fois. Sa cible pivote et s'efface. Le mercenaire bondit à sa poursuite. Lorsque, en vingt foulées, il parvient à la lisière de la friche, un trait se fiche dans un tronc d'arbre fromager à moins de quatre centimètres de son nez : tireur en couverture. Rex s'agenouille et réplique à l'aveugle. Les projectiles sifflent et ricochent dans l'inextricable labyrinthe. Du sang frais sur l'humus : il a touché le tueur, mais il est vain et incertain de chercher à le pourchasser.

Le cœur de Jean Retief se met enfin à cogner. Désormais, l'adversaire est présent, efficace, et surtout extrêmement dangereux.

Le fleuve, à la saison des pluies, à l'endroit qui forme une mer intérieure en amont de Kinshasa, est envahi de larges anémones parasitaires qui cernent les îles de bancs de sable. Au crépuscule comme à l'aube, ces îles ne sont fréquentées que par des familles de pêcheurs. Pour parvenir jusqu'ici, il faut croiser le long de l'épave du Kimpoko squatée par la pire des misères, longer les berges de N'Jili et se laisser prendre par Sa Majesté le Congo.

Martial accoste son hors-bord contre le Zodiac échoué sur le sable doré. La lumière est de plus en plus contrastée. Le Congolais hésite, mais n'amarre pas son embarcation que le contre-courant maintient contre le Zodiac. Il conserve les mains sur les commandes de son embarcation.

– Tu as gagné, colonel.

Montserrat ressent le besoin de s'approcher de lui. Il retrousse le bas de son pantalon de toile et vient dans l'eau troublée pour quérir un murmure. Martial grelotte, sa voix tremble :

– Demande qu'on t'amène au point Bravo Victor. Le 11, à 2 heures GMT. Pas de lumière au sol. Posé à l'aveugle. Fais-toi larguer en bout de piste. Personne ne t'attendra sur le point Bravo. Le rendez-vous est à 6 heures GMT. Tu connais déjà le sentier qui te mènera sur les rails. Évolue tranquille pendant la nuit. Tu ne risques rien jusque-là. Ensuite... c'est toi qui vois.

Montserrat ne remercie pas Martial.

– Tu as compris, colonel ?

– Le 11, 2 heures GMT, point Bravo Victor, posé sans phares ni landlights. Ensuite, contact à 6 heures GMT à la gare du CFB.

– Pour le reste... tu as compris ?

– C'est tout vu, Martial.

– Parce que, colonel, en ce qui me concerne, je ne retourne plus là-bas. Jamais.

Il engage la marche arrière du hors-bord.

– Michel, c'est inutile.

Il s'éloigne lentement. Dernier geste fataliste.

– Raphaëlle est sur l'autre rive. Définitivement. Tu veux connaître l'autre rive ?

– Au revoir, mon frère.

– À dans un autre monde, colonel.

21

Il n'est pas encore minuit sur l'aéroport de N'Jili, au nord de Kinshasa. L'habitacle empeste le Cohibo. Papa Charlie est seul aux commandes de son dernier jouet, un DC3 « Dakota » rutilant aux moteurs neufs qui gronde en bout de piste. Une perspective illuminée de rouge s'ouvre devant eux. Clearance. Le cœur de Montserrat bat la chamade. En route.

Guy Vanhootegem a revêtu sa chemise blanche de commandant de bord. L'agent français fait office de copilote, pour la première partie du voyage seulement. Montserrat a changé de couverture, nouveau passeport, nouvelle nationalité. C'est un prêtre routard français, une couverture gentiment corroborée par une barbe folle grisonnante et le halage mozambicain. Seule la croix argentée au revers de sa veste de brousse désigne un ecclésiastique. Ce n'est pas la première fois que Montserrat endosse la soutane. À l'époque, on lui avait appris à donner les derniers sacrements. Catholique pratiquant, le colonel Montserrat savait la liturgie et pouvait réciter par cœur une vingtaine de prières. En outre, cela ne le choquait pas d'adopter ce rôle. C'était dans certains pays une couverture à double tranchant, pas là où il allait. L'avantage surprenant en bonus était le regard plus provocateur des filles. Dans son sac à dos, juste l'essentiel pour tenir six à huit jours, le kit de survie classique. Sur le continent noir, on trouve toujours un homme, une femme pour vous donner la main.

Dans les effluves du tabac et du kérosène, Papa Charlie arrache le DC3 du sol congolais quasiment avec amour. Partout au sol, les flammèches des feux des bivouacs le long de la route de l'aéroport. Dans le vacarme du décollage, Papa Charlie s'essuie les yeux. Cela fait longtemps. Tout ça, pourtant, c'est sa vie.

Cap au sud.

Ils ne se sont pas adressé trois mots pendant le vol. Le souvenir est aussi ce silence. Mille fois, peut-être plus, Guy a fait cette route. Carburant, huile, poisson séché, conserves, médicaments de première nécessité, vaccins, munitions, armes de guerre, médecins sans frontières, filles de joie, politiciens, espions, il a tout amené là-bas, chez Savimbi, aux quatre coins cardinaux de l'Angola.

Ils aiment trop ce voyage vers l'Afrique rebelle, sous les étoiles du sud. Ils aiment quand, quelques minutes après le décollage, il fait enfin si frais. Le Dakota laisse au loin l'étuve de Kinshasa. À l'horizon, un feu d'artifice : orages tropicaux, une grande ligne de feu sur le chemin. Guy n'a pas besoin de radar, il sait comment se faufiler au travers des remparts de foudre. Les attend une muraille de cumulonimbus illuminée d'éclairs, mais, entre les mains de Papa Charlie, Montserrat ne risque rien. On entend les instructions de la tour de N'Jili pour quelques instants encore. Papa Charlie se tord toujours le cou dans le cockpit. C'est à vue qu'il pilote, même la nuit. Les yeux plus que le radar. Le premier vol est déconcertant, ensuite c'est une assurance.

Intensité de la tempête. Ils sont dans l'œil du diable.

– La vie, mon père !

Le commandant hurle un cri de contentement. Montserrat rit volontiers, parce qu'il partage, comme lui, l'insouciance de ceux qui défient l'imprudence, les altitudes de croisières fluctuantes.

La colère est maintenant dans leur dos. Calme plat, comme s'ils planaient. Ils n'entendent plus les moteurs. Normal. Papa Charlie les a coupés. Il veut entendre, profiter de ce courant d'air chaud projeté par les orages, qui les porte droit au sud. Au sol, pas une lumière sur les grands espaces. La guerre a vidé les campagnes. Ils survolent l'Angola.

Ils reviennent sur leurs sentiers, comme toujours, clandestins.

Montserrat se souvient de la première fois, dans les années 80. Un vol fantôme à deux cents pieds du sol vers Jamba, capitale de la guérilla. Pleine lune sur le bush. La foudre à l'horizon n'est pas la foudre, mais la guerre des hommes. Les pilotes sont des Afrikaners à l'accent barbare, ils appartiennent aux forces spéciales du régime de l'apartheid. Atterrissage à l'aube, longues tuniques des guérilleros, hiver austral, au contact de l'Unita insoumise. Une mission haut de gamme pour un jeune espion.

À l'amorce des hauts plateaux angolais, Guy relance les moteurs. Le Dakota plonge. Ils ne volaient pas haut, une vieille habitude sous ces cieux. Papa Charlie désigne l'altimètre qui dégringole. Montserrat lui serre l'épaule droite. C'est son heure. Il se désangle, alors que le DC3 pique brutalement dans un long sifflement. Il ajuste une dernière fois son sac à dos et rejoint la porte de l'appareil. Il s'accroche aux ridelles latérales et se tourne vers Guy qui a un œil sur une lune qui hésite à se montrer, un autre sur le GPS. Le pilote sait que le sol ne se dévoilera qu'au dernier moment cette nuit.

Le Dakota se redresse. Le moment de vérité. Vingt

pieds du sol, au ras des forêts d'eucalyptus. Vanhootegem ne s'autorisera qu'un survol de contrôle. Un principe, l'instinct. Montserrat a confiance. Vanhootegem scrute intensément, il imagine le relief. L'avion vire une dernière fois pour retrouver son axe d'atterrissage. Papa Charlie continue de fixer d'un œil la pénombre, de l'autre le GPS. Quinze. Dix pieds. Rien. Montserrat tend le dos. Rien. Seulement la nuit.

Un second choc. La piste.

Improbable, courte, onze cents mètres. Mal entretenue. Ça secoue, ça vibre, ça vrombit. Onze cents mètres. Les *matitis* sont vite là. Papa Charlie s'arc-boute. La piste est sèche. Parfait. Bout de piste. Ils y sont. Il gueule :

– Merde, mon père !

Le curé déverrouille la porte. Il saute. Roulé-boulé laborieux avec le sac à dos. Il a oublié : le sac d'abord, l'homme après. Dommage, la mémoire des procédures est une survie.

Le Dakota argenté effectue un demi-tour acrobatique cent mètres plus loin. Il demeure une minute face à sa piste d'envol. Les hélices font tout gicler autour. Montserrat bouffe de la latérite. Il est déjà à l'abri, à genoux dans les hautes herbes du bush. Dans une poussière de brousse, le DC3 disparaît.

Bientôt, Montserrat n'entend plus le Dakota. Juste une sourde rumeur au loin, puis un bruissement qui s'amplifie. La vie qui monte. Montserrat redevient un solitaire.

Lüderitz Bay, sur le vaisseau extracteur de pierres, la même nuit, la même heure, l'océan couve ses diamants.

Abraham Levovitch sort sur le pont. Montserrat est là-bas. Il est le plus proche de tous les chasseurs. Le Russe rabat les pans de son caban. Il faut attendre, parier sur la chance, sur le choix de Montserrat. Il avait été juste de le soustraire au SMERSH. Ensuite...

Levovitch observe l'océan maltraiter le navire. Il ne trouvera pas le sommeil cette nuit non plus. Comme une vigie, il veille, mais ne voit rien. L'albatros, ce grand tueur de surface, est encore là.

Abraham ne voit pas. Il ne se doute pas du pire. Pourtant, ils sont là, si proches, sous ses yeux.

Ce sont les meilleurs professionnels. Ils ondulent à sept mètres de fond, impossibles à détecter. Deux plongeurs rôdent sous la coque et autour, équipés du système de respiration Oxyger. Pas de bulles. Privilège des nageurs de combat. Plongée à l'oxygène pur. Aucun signe de leur présence. Reconnaissance ennemie. Recherche et renseignement.

Phase préliminaire avant action.

22

L A nuit a été interminable. Après avoir sauté du Dakota, il a progressé jusqu'à la voie de chemin de fer, sur la piste sommaire d'une villégiature des hauts plateaux angolais dénommée Bela Vista, un site qu'il connaît. Il s'agit d'une localité fantomatique située sur la route entre les cités de Huambo et Kuito, villes martyres de la guerre civile. Bela Vista a été, comme les villages voisins, une base active de l'Unita, sur un axe stratégique parcouru par une voie de chemin de fer mythique désertée depuis trente ans. Le chemin de fer de Benguela traverse l'Angola d'est en ouest, construit pour évacuer le cuivre du Shaba et de la Zambie vers l'océan Atlantique. Mais, depuis que l'Unita règne sur la brousse, depuis trente années, pas un train n'a atteint la côte à Benguela.

La nuit s'éclaircit. Il pose la semelle de sa bottine droite sur le rail mangé par la poussière et la rouille. Il lui a fallu un peu moins d'une heure pour pénétrer la forêt d'eucalyptus, couper à travers la bananeraie et le village indigène, puis, enfin, par l'ouest, contourner la localité de Bela Vista en empruntant un sentier circulaire en latérite. Entre deux et trois heures du matin, il n'a croisé personne. Il n'a pas hésité quant à l'itinéraire à

251

suivre : il a résidé dix-neuf jours à Bela Vista onze ans plus tôt, avec l'escorte de Jonas Savimbi.

Il a seulement allégé ses foulées, marché tranquillement. La nuit n'était pas claire, mais l'obscurité profitait à la confidentialité. Avant trois heures du matin, il a atteint la voie de chemin de fer. Il lui reste la moitié de la nuit à patienter. Dans la sérénité des hauts plateaux angolais, dans la fraîcheur à plus de mille mètres d'altitude, il s'allonge dans les hautes herbes du bush, un repaire sûr et confortable.

Comme il ne peut pas fermer l'œil, il vide son sac à dos pour un inventaire précis : un poncho pour la pluie, qui lui servira aussi de sac de couchage improvisé et de couverture de survie ; un pull-over en laine pour les nuits humides ; un tee-shirt ; une chemise en jean ; un chapeau de brousse ; une paire de guêtres pour la marche hasardeuse dans les hautes herbes ; une lampe torche ; six piles ; un couteau suisse ; deux briquets et deux boîtes d'allumettes ; une gourde ; des rations de survie pour trois jours de galère ; une paire de lunettes de soleil de haute montagne ; pas de nécessaire de toilette, juste une brosse à dents ; pas de nécessaire de rasage ; un faux passeport, avec un faux visa angolais, au nom d'un prêtre aventureux. Les pages de la pièce d'identité sont bombardées de cachets exotiques : Pakistan, Népal, Tanzanie, Bolivie... Enfin, un rabat d'étoffe verte, un calice de bronze poli et un chapelet de nacre dans la poche droite de son pantalon de toile représentent les accessoires inhérents à sa couverture.

Vers l'est, la voie de chemin de fer dessine un coude avant une ligne droite, dans l'axe du clocher de l'église préservée de Bela Vista. À l'aurore, il commence à progresser précautionneusement le long des rails. Le mines antipersonnel vérolent cette zone. En théorie, la localité a été sécurisée, mais, en Afrique, Montserrat ignore la théorie. Les faits priment.

À peine sept cents mètres à parcourir avant de parvenir à la gare. Dans la perspective des rails, un château d'eau survivant éclairé par le premier soleil, un wagon de voyageurs en bois désossé, puis les quais et la bâtisse délabrée de la gare. Pas une vitre, pas une fenêtre. Plus de toit.

Il est six heures du matin, Bela Vista, centre de l'Angola, gare du chemin de fer de Benguela.

Ils sont là.

Il en distingue au moins trois. Le premier est assis, nonchalant, sa kalachnikov entre les genoux, sur les marches à l'arrière du wagon. Le second est à l'autre extrémité des voies, un lance-roquettes RPG-7 pend dans sa main gauche. Le troisième, sous son chapeau de brousse, attend sur le quai. Longs ponchos poussiéreux, bottes boueuses, visages creusés. Ils ont longtemps marché pour parvenir jusqu'ici. Les trois regards sont sur l'étranger, qui s'approche lentement. L'homme du quai, le chef du groupe, fait un petit signe complice.

Des mouches dans l'œil gauche du trop jeune guérillero du wagon. Il ne cille pas lorsque le Blanc passe en silence devant lui. Trente mètres encore jusqu'au quai. La fraîcheur du saut de l'aube.

Coup de vent. Un pan de poncho claque dans le château d'eau. Tireur embusqué en couverture de zone. Un quatrième homme.

Pas de gestes inconsidérés. Ne rien montrer de sa trouille. D'abord, maîtriser son souffle. Rythmer sa respiration. Tout vient du ventre.

Montserrat monte la marche du quai le plus souplement possible. L'homme pivote d'un quart de tour pour lui faire face. L'agent le connaît. Ils se tendent la main et tombent dans les bras l'un de l'autre.

– João.
– Mon colonel.
Juste un regard pour se dire l'un à l'autre qu'après tant d'années ils sont vivants tous les deux. Surtout le guérillero. C'est, ce matin, suffisant.
– Vous êtes encore en forme, mon colonel ?
Le français de cet ancien officier de liaison de Savimbi est parfait. C'est un grand type aux joues très creuses. Les traits d'un homme qui dort peu.
– Je ne sais pas, João.
Le rebelle fait un geste vers le nord.
– Nous le saurons vite, mon colonel. Ne traînons pas, nous partons immédiatement.
Le chef de groupe émet un court sifflement. Rassemblement.
– La route est longue, mon colonel.

La neige sur les monts Cowall, au sud des Highlands. Les lochs sont sombres ce 11 janvier en Écosse, à trente kilomètres au nord-ouest de Glasgow, à l'embouchure de la rivière Clyde. Les pales du Lynx de la Royal Navy tournoient encore sur l'hélisurface. Larkin, engoncé dans un anorak rouge dont il s'affuble pour les sports d'hiver en famille en Autriche, rejoint, courbé, les deux officiers supérieurs qui le réceptionnent dans leurs longs manteaux croisés. Larkin reconnaît le premier, le major général Anthony Wilkinson, chef des Royal Marines et du Special Boat Service. Le second est l'amiral Philip Harris, commandant la base navale de Clyde, repaire des sous-marins stratégiques d'attaque de Sa Majesté. Larkin serre ses doigts dans ses gants.
– Il fait un froid de gueux chez vous, amiral. C'est le pôle Nord !
– C'est l'Écosse, c'est tout, contrôleur.

– Je vous laisse ce plaisir, amiral.

La Range Rover de fonction de l'amiral les conduit au grand dock, un bâtiment blanc, long de cent quarante-six mètres, qui s'avance vers le loch. Accès très sécurisé. Saluts respectueux au passage de l'amiral et de ses deux invités, qui empruntent un ascenseur sommaire jusqu'au bassin de lancement des submersibles. Des fusiliers marins protègent le chargement du SSN HMS S-104 *Sceptre* des regards indiscrets. C'est un sous-marin d'attaque de classe Swiftsure. Larkin s'entraîne à se remémorer les détails sans importance qu'on lui a assenés à l'occasion du briefing à l'Amirauté. HMS *Sceptre*. 4 900 tonnes, 83 mètres de long, cinq tubes lance-engins, entre autres armements : missiles Harpoon et Tomahawk. Cela permettra peut-être à Larkin de briller face à cet amiral goguenard qui, sous la visière de sa casquette immaculée, snobe la barbouze emmitouflée.

Le sous-marin prendra la mer cette nuit pour huit jours de route.

La soute aux munitions est ouverte. Au-dessus, suspendue au câble d'une grue, dans un berceau de mousse, une arme d'un autre âge. Dans le bassin fermé, les voix résonnent :

– Torpedo Mine-C, commente sobrement le chef des Royal Marines.

– Mines marines magnétiques. Une saloperie larguée par les U-boots de la Kriegsmarine lors de la dernière guerre, précise l'amiral.

– Laquelle ? fait Larkin sur le ton de la provocation.

– La dernière digne de ce nom, réplique l'amiral. Cette mine, et sa jumelle déjà embarquée sur le *Sceptre*, ont été saisies en mai 1945 sur la base de la Kriegsmarine à Kiel. Nous en avons conservé une douzaine dans nos arsenaux. Elles sont toutes deux en parfait état. Jamais, nous n'aurions pensé que ces engins pourraient resservir.

L'amiral esquisse une grimace de dépit, puis continue :

– Les mines magnétiques Torpédo ont coûté la vie à des milliers de marins britanniques. Le modèle C, avec sa charge explosive de 900 kilos, a été conçu pour couler des navires de guerre puissants comme des destroyers ou des croiseurs. Il s'est rapidement substitué aux modèles A et B, jugés insuffisants par les Allemands en fin de conflit.

– C'est efficace ? se permet Larkin.

L'amiral ne répond pas tout de suite.

– Vous ne devez pas ignorer, contrôleur, qu'en tant que sous-marinier, et comme tous mes camarades, nous répugnons à nous servir de ça... Ce n'est pas une arme de chevaliers des mers, c'est une arme de lâches.

L'amiral n'a pas ajouté : « surtout pour attaquer une cible civile », mais Larkin reçoit le compliment sans broncher. Il a l'habitude d'endosser le rôle du salaud.

– Ce ne sera pas une opération de la Navy, amiral, mais une action du Groupe 13, croit bon de préciser l'homme du MI-6.

– Ces « choses » seront larguées par un tube lance-torpilles de l'un de mes sous-marins, ça suffit à mon bonheur, monsieur Larkin.

– Ensuite, elles seront prises en charge par mes otaries, coupe le chef du SBS. Les deux mines seront agrégées dans un filet dérivant. Mes nageurs approcheront le filet de la cible.

– Qui dispose d'un sonar perfectionné, s'inquiète Larkin.

– Vous avez affaire à des spécialistes, rétorque le major général Wilkinson. C'est le job de mes otaries. Elles sont entraînées à ça.

– Comment les protégerez-vous de la mise à feu des mines magnétiques ? demande l'espion.

– Des détonateurs seront déclenchés à distance par mes nageurs.

– Priez pour les marins à bord, laisse tomber l'amiral.

Larkin lève les sourcils.

– C'est-à-dire, amiral ?

– Vous imaginez bien que des charges conçues pour mettre au fond un destroyer ou un croiseur vont, à l'impact, fracasser la simple coque de ce bâtiment. Les voies d'eau seront immédiates et générales. L'océan va s'engouffrer...

– Cela signifie ?

– Vous me comprenez très bien, monsieur Larkin. Le Groupe 13 est une équipe de tueurs. Alors, quelle importance ?

– C'est-à-dire ? insiste le contrôleur du MI6.

– Personne à bord n'aura le temps de rejoindre le moindre canot de sauvetage. Il n'y aura pas de survivants.

– C'est une affaire de vengeance, lâche le major général.

L'argument est vain. L'amiral reste ferme :

– Non, Wilkinson, c'est une affaire d'assassins.

En Angola, le soleil plombe la pleine journée. Bientôt surviendra la pluie.

Ils marchent silencieusement. Ils sont sept. Les quatre hommes de la gare ont été rejoints par deux camarades à l'affût dans le village. Avec le Français, ils forment une petite colonne discontinue. En éclaireurs, à moins d'un kilomètre, deux hommes. Puis le groupe principal : quatre hommes, dont l'« invité ». Enfin, en queue de colonne, un homme en protection. Il rejoint le groupe à chaque pause.

La marche est fréquemment entrecoupée d'arrêts. Des indices – chiffons blancs, arbustes retournés, cadavres de petits animaux – disposés par des indicateurs invisibles guident le périple. Il faut contourner les villages, éviter de couper les pistes à certains carrefours. Les pauses sont les bienvenues. Parfois, ils progressent sous de grands acacias ou dans des allées d'eucalyptus, mais souvent, sous le zénith, ils traversent une brousse herbeuse où la réverbération éblouit. Au total, ils parcourent peu de kilomètres en une heure.

Avec l'altitude, se profilent les premières crêtes des monts Lumbaganda. À l'approche des montagnes, l'habitat se raréfie, le danger aussi. Les vallées grouillent d'éléments des forces spéciales angolaises qui traquent les derniers renégats, une bande de bandits pouilleux, selon la capitale.

C'est plus pentu, maintenant. Montserrat se concentre pour marcher dans les pas de l'ange gardien qui, devant lui, perdra un pied ou une jambe à sa place sur une mine antipersonnel oubliée. Souvenirs d'autres randonnées, afghanes ou birmanes, avec toujours, devant soi, une femme ou un homme sacrifié. Il fait très chaud à présent. La colonne remonte dans un chaos de blocs granitiques, le lit ancien d'un torrent, où siffle l'écho des cris de grandes corneilles bicolores. Le ciel se charge peu à peu. Malgré un rythme de marche modeste, cette progression à travers ce premier massif assomme les hommes. Montserrat résiste, mais son endurance s'émousse : il lève la main. Stop. Il n'a plus l'âge, ni la constitution, il est éreinté. Les mois dans la forêt amazonienne et l'entraînement sur l'île Bazaruto ne suffisent pas. L'agent trouve de l'ombre sous un rocher de granit incliné. Il réclame quelques minutes pour tenter de calmer la migraine qui martèle à chacun de ses pas. Tout autour de lui, vigilante, l'escorte scrute des pentes orientées à l'ouest, gagnées par une végétation épaisse. João décide qu'on s'arrête. La marche reprendra cette nuit. Montserrat s'adosse à son sac à dos, c'est l'heure du grand sommeil. *Adeus compaheiros.*

La fraîcheur avant la pluie soudaine éveille l'agent français. Il est de retour dans cette brousse où il a perdu ses illusions de jeune capitaine. Rien n'a changé, c'est toujours l'oubli du monde. Comme chaque soir de janvier, la pluie fait son apparition. Rien n'a changé, sauf que les guerriers sont plus jeunes qu'hier, c'est tout juste s'ils s'abritent sous le déluge. Dans leurs mains décharnées sévissent les mêmes kalachnikovs. Quand Montserrat n'était qu'un jeune officier, ces randonnées lui procuraient une enivrante insouciance. Tout a changé. Désormais, il tremble là où il était inébranlable. Il offre son visage à la pluie et se gorge de la colère du ciel.

Ces jours seront le regret, la douleur, et la peur.

Sur la rive sud de la Tamise, dans le quartier de Vauxhall, depuis son bureau, le regard inquiet de Richard Larkin se perd dans les derniers feux du siège du MI6 qui se reflètent sur le fleuve. On vient de lui faire parvenir un message du Chiffre, un message de Ouagadougou : Caracal s'est volatilisé, alors qu'il était le dernier lien supposé avec Raphaëlle de Marsac, puisque Montserrat a disparu des écrans radars depuis trop de jours déjà. Le MI6 est maintenant sourd et aveugle.

Trois rapports de situation lui parviennent rapidement : Abidjan. Tripoli. Dubaï. Papa Wamba, Salim Abdallah, Jacob Werther ne bougent plus. Plus de transactions, tout est gelé. Il faut attendre. Larkin prévient son épouse. Il dormira au Club ce soir. Veille de guerre.

Signe de pouvoir, son bureau, au troisième étage, donne sur le fleuve. Larkin ne déteste pas ce bâtiment qui symbolise le renouveau du Service de Sa Majesté. On peut surnommer cet empilement pompier « Legoland » ou « Babylone sur Tamise », pour Larkin, c'est un instrument de domination.

Cette nuit, le SSN HMS S-104 *Sceptre* pénétrera dans l'eau noire d'un loch puis gagnera la mer d'Irlande, trouvera trente nœuds de vitesse de croisière, cap plein sud sur sa cible. Cette nuit, très loin au cœur de l'Afrique, des hommes sont en mouvement. D'ici, Larkin dispose de tous les moyens pour commander et frapper, depuis ce bureau qui était celui de sir Quentin, où un simple cadre photo rappelle la présence de son prédécesseur.

Au nord, l'île d'Arran. Encore un dernier halo du phare d'Ailsa Craig, ce rocher massif qui annonce la pleine mer. Le périscope du HMS *Sceptre* est happé par un dernier rouleau. La justice est immanente.

Le portable de Larkin vibre dans la poche de sa chemise. Numéro masqué. L'appel, le miracle qu'il attendait et redoutait un peu.

Quelques heures plus tôt, à l'aube de cette journée, un Dakota avait touché la piste de l'aéroport de Victoria Falls, au Zimbabwe, pour ravitailler. Guy Vanhootegem, comme à son habitude, à l'approche de cette piste, n'avait pas respecté les consignes de vol de la zone, mais il était si tôt, il n'y aurait pas grand monde pour témoigner de ses égarements. Par ailleurs, Papa Charlie copinait avec les gars de la tour de contrôle. Le Dakota avait plongé en amont sur le Zambèze, dispersant des hordes d'hippopotames et effrayant une dizaine de pêcheurs. Sous la carlingue au fuselage argent, les flots encore calmes de ce qui n'était encore qu'une grosse rivière. Puis l'eau s'anima, le cours s'élargit. Entrecoupée d'îlots, la rivière tourbillonnait. Annonce de rapides, puis, à nouveau, le grand calme. Papa Charlie leva les yeux des instruments de bord. C'était le moment.

Devant lui, une muraille d'écume.

Un rugissement qui s'amplifiait, couvrant à présent le vacarme des moteurs du DC3. L'appareil perdit quelques pieds d'altitude pour presque surfer sur la surface du fleuve. Papa Charlie choisit un axe précis au centre du grand nuage horizontal et inspira longuement. Une vraie gourmandise, une folie, un pied absolu. Il coupa un moteur. Plus rien, aucune visibilité, dans un brouillard de pluie, le hurlement de la grande cataracte. Enfin, la lumière revint.

Le Dakota planait au-dessus des gorges, en aval des chutes Victoria. Ses ailes, entre Danger Point et Knife Edge, bravaient les falaises sombres de basalte. Les turbulences de la rivière en furie provoquaient une aérologie tourmentée. Tout de suite, le coude du canyon. Le Dakota vira à 180 degrés et plongea un peu plus vers les rapides. Tout vibrait. Le soleil naissant dans le dos de l'appareil éclairait à présent l'arche métallique du pont qui relie le Zimbabwe à la Zambie. Guy tira sur le manche, le Dakota se cabra et remonta à la verticale sous le ventre du pont.

Papa Charlie gueula comme un sale gosse. Puis il reprit ses esprits et retrouva, vers le sud-ouest, la sagesse de l'axe d'approche de la piste de l'aéroport. Il regretta l'absence de Michel pour cette ultime connerie. Toujours le privilège des hommes libres.

Quand son appareil s'engagea sur le tarmac, un 4 × 4 vint à sa rencontre. Papa Charlie se dit que, cette fois, il y avait été un peu fort, ou que les gars de la tour avaient besoin d'un pourboire. Sa voltige avait peut-être réveillé les touristes du Victoria Falls Hôtel ? Cela lui coûterait une demi-heure de palabres et cinquante dollars.

Les types du véhicule attendirent qu'il descende de

l'appareil pour se montrer. Pas très bon signe. Ce n'étaient ni des gars du contrôle aérien ni des flics d'ici, mais trois Blancs charpentés au visage fermé. L'un d'eux avait la poche droite de son pantalon enflée. Dans l'ombre d'un chapeau de brousse, le plus âgé des trois hommes masquait une infirmité sur la partie droite du visage. Un seul de ses yeux était vivant.

Vanhootegem comprit. Il savait à qui il avait affaire. Sur un ton impératif, le chef mercenaire lui intima :

– On monte avec toi dans ton taxi et on se tire d'ici.

– J'ai plus de pétrole, mon gars. On va nulle part. T'as envie de faire du raft dans les gorges ?

– On va pas loin, Papa Charlie.

Ils connaissaient son pseudo. Il ne s'agissait donc pas d'une coïncidence, encore moins d'un hasard. L'homme à la poche enflée dévoila l'argument qu'il cachait dans son pantalon. Vanhootegem prévint :

– Moins d'une heure et demie de vol, mon gars... À moins que vous ne sachiez pédaler...

– Moins d'une heure et demie, Papa Charlie. T'inquiète, on sait combien tu as chargé de kérosène à Kinshasa, puis à N'Dola. Tu as fait bien des détours cette nuit. Tu connais pas la ligne droite, Papa Charlie ? Tu fais du tourisme ?

– Je connais mal la région, mon gars.

– Monte dans ton zinc, l'artiste. On s'arrache.

Le vol dura effectivement moins d'une heure et demie. L'un des mercenaires était pilote. Il s'installa aux commandes auprès de Papa Charlie, qui mena son appareil en direction du sud où ses trois ravisseurs lui avaient indiqué un point paumé sur une carte, au Botswana, dans une zone quasi déserte. Si on devait lui faire la peau dans ce coin, il y aurait peu de témoins.

Il posa le Dakota sur une longue piste parfaitement asphaltée, un endroit où il n'avait jamais atterri jusqu'alors, mais dont il avait entendu parler : le ranch du grand patron de la compagnie. Papa Charlie était aux mains de Stones et de ses exécutants, les mercenaires d'Executive Peace & Safety. Ils étaient nombreux et en tenue de combat, en protection autour de la piste. Ils portaient des treillis neufs et des équipements nouvelle génération. Les armes automatiques étaient rutilantes : fusils d'assaut MI6 Bushmaster avec lanceurs de grenades, Heckler & Koch M5690 7,62 mm surmontés de lunettes de visée, mitrailleuses HK 23 E, mortiers de 81 mm. Quelqu'un mettait beaucoup de fric dans cette opération.

Il régnait une activité intense, signe d'un événement en préparation. Les chiens de guerre étaient vigilants. Un binôme de combattants aux uniformes différents, aux visages maculés de camouflage brun, s'activaient autour d'une valise de téléphone satellite. Vanhootegem en conclut qu'il n'était pas le seul à être attendu sur la piste.

Une petite route merveilleusement entretenue les conduisit jusqu'à la résidence principale de la propriété, une longue demeure au toit de chaume. Vanhootegem avait conservé une certaine placidité, mais, à l'approche de l'haleine du diable, il ne faisait plus le malin.

Avant qu'on ne l'introduise dans l'antre du boss du *Syndicat,* il tendit l'oreille. Le vent était favorable. Papa Charlie perçut, au nord, le bruit lointain de moteurs de gros porteurs. Deux avions cargos en approche. On le poussa sans ménagement à l'ombre de la demeure. Dans la fraîcheur d'une véranda, il était attendu par l'homme le plus puissant du continent, rien de moins, qui, pour tout accueil, lui dit seulement :

– Où est cet enculé de Français ?

Montserrat est loin.

Il ne reconnaît plus les empreintes anciennes. Le charme est passé. Les odeurs de la brousse sont pourtant les mêmes, le chant des oiseaux identique, le quartz s'oppose au soleil. Cette éternité n'est qu'une illusion. Cette fin de siècle est cruelle pour l'Afrique. Et l'impensable se perpétue. Hier le Rwanda, aujourd'hui le Darfour, où des intouchables égorgent en toute impunité un peuple innocent dans le silence de la France et des autres régnants. Le silence de son pays, la lâcheté de ses serviteurs. Ils ont pactisé avec le pire. La plaie suppure toujours. Le colonel Montserrat a mal au ventre, il ressent le besoin soudain de vomir.

Une douzaine d'heures après l'enlèvement de Papa Charlie, la voix de Steiner, plus arrogante encore qu'à l'habitude, retentit sur la ligne doublement sécurisée de Richard Larkin :

– Vous vous êtes un peu perdu sur « votre terrain de jeux », contrôleur ? Vous avez égaré le Français, puis Caracal. Deux fois déjà que l'Afrique avale vos proies. C'est pourtant votre job, non ?

– Je suis confiant, j'ai un partenaire, sir.

– Non, vous avez de la chance. Mes réseaux fonctionnent.

– Avec vos méthodes, Sir, avec vos méthodes.

– J'ai retrouvé le Français, abrège Steiner. Ne perdons plus de temps.

Larkin est irrité. Il n'accepte pas qu'on lui force la main.

– C'est une question d'heures. Je ne suis pas seul décideur. Il y a un commandement, je ne suis qu'un maillon, Sir. Le Français... ?

– Sur le terrain, Larkin. Confirmation.

L'homme du MI6 passe nerveusement la main dans sa mèche trop longue. Pas vraiment le loisir de passer chez le coiffeur ces derniers temps, même chez celui du Service.

– Il n'aura pas le temps, Sir. Mon groupe est chez vous.

– Ils ont tout juste atterri. Maintenant, vous avez la main, Larkin. Priez pour être le premier.

– Je ne crois en rien, Sir.

Steiner raccroche. Il tend le bras. Un boy empressé remplit la tasse en porcelaine d'un café très noir, du robusta médiocre, mais c'est celui de son enfance. Il en consomme plusieurs thermos chaque jour.

Dans le fauteuil du visiteur, un géant triture machinalement les branches souples de ses Ray-Ban. Un pilote belge. Le pilote du Français. Il n'a pas été nécessaire de le brutaliser. 20 000 dollars ont suffi. Le prix de la trahison. Vanhootegem n'est pas un héros : c'était ça ou le traitement local des bouchers d'Executive Peace & Safety. Avec, au bout, le même résultat pour Montserrat. Dans cette région de l'Afrique, mieux vaut ne pas être du mauvais côté. Le *Syndicat* offre aussi des perspectives de développement conséquentes. En revanche, si l'on se trompe d'adversaire, alors...

– Merci, monsieur Vanhootegem. Nous sommes en affaire maintenant. Stones a besoin de votre compétence. Nous utiliserons vos services. Votre petite compagnie aérienne sort du rouge. Vous voilà prospère. Une dernière chose, vous résiderez ici jusqu'à la conclusion de cette histoire.

Cela ne rassure en aucun cas Papa Charlie. La rumeur d'une intense agitation monte depuis la piste. Le Belge est coincé. Il n'ose pas poser les yeux sur Steiner, cette personnalité qui appartient à un autre monde. Il est encore éberlué de se trouver face au boss du *Syndicat*. Surtout, il est estomaqué d'être encore en vie. Il sera désormais le plus muet des hommes.

– La propriété est vaste, j'ai du personnel qualifié pour vous distraire. Profitez pleinement de mon hospitalité. Elle n'est pas coutumière. Et puis, ne vous en faites pas pour votre camarade. Ce n'est pas à lui que nous en voulons. Donc... rien de définitif.

Michel Montserrat était malade comme un chien, vomissant par à-coups. Gastro-entérite. Une saloperie avalée la veille à Kinshasa. La nausée était venue avec l'ascension d'un chemin de crête dans la pénombre.

Au-delà de cette crête, se déployait une vaste vallée couverte d'étoiles. João lui tendit une gourde de *marufu*, de l'alcool de palme, pour se rincer la bouche et se nettoyer les intestins. Prudent, il se contenta de se rafraîchir. Avec l'estomac en l'air, il ne connaissait qu'un seul remède miracle en brousse. João dépêcha un homme au village le plus proche sur le chemin de la colonne.

Il dut reprendre la marche les jambes tremblantes, un pas hésitant sous l'empire de la fièvre et de la migraine. Il abandonna son sac à dos à l'un des hommes de l'escorte. Puis, avec un geste qu'il voulut rassurant, il indiqua aux autres : je suis prêt à repartir.

Deux heures de galère. Enfin, ils parvinrent dans un petit village de montagnards bailundos, avec ces cases regroupées sur un coteau perché. Une troupe de gamins éveillés et excités les attendait avec le plus beau des présents : un ananas frais. Le remède miracle de Montserrat pour éliminer les bactéries. C'était l'heure des grands sourires, un peu de joie et d'hospitalité. Du retard pour eux, mais c'était l'Afrique. Le groupe s'installa pour terminer là la nuit, au village.

L'illusion était presque parfaite.

Furtivement, Montserrat surprit dans le regard noir d'une mère de la réprobation pour ces hommes en armes et puis, l'instant d'après, de la peur. Les guerriers n'étaient plus les bienvenus. Ils étaient aujourd'hui porteurs de malheur. Les campagnes angolaises avaient protégé les maquis pendant trente ans, mais, à présent, ces paysans ne supportaient plus la violence. Hier, les guérilleros représentaient la fierté de tout un peuple. Maintenant, au mieux, ils pillaient et rançonnaient. En Angola, la guerre s'était attardée trop longtemps.

Montserrat s'endormit dans son poncho. Dans le regard de cette femme, se trouvait la vérité. Jamais les Africaines ne l'avaient trompé. Il lisait dans leurs yeux. Au-delà des superstitions, Montserrat en était certain, ils se rapprochaient du cauchemar.

La nuit dans la nuit.

23

U<small>N</small> bruit sourd s'amplifie. Le vol bas d'un hélicoptère de combat, un MI-24 « Hind », qui ne porte pas les cocardes angolaises. Un équipage mercenaire pour une mission de reconnaissance d'Executive Peace & Safety.

Tourbillon de poussière. L'appareil est stationnaire au-dessus du ruban d'asphalte gris qui fend le bush reverdi par la saison humide. Sous la protection de buissons d'épineux, Montserrat est à plat ventre. Sur son dos s'est couché son ange gardien qui fait rempart de son corps. Le MI-24 est en stationnaire. Des épines longues comme des doigts giclent au sol, fouettent les visages des hommes tapis. Le vacarme est assourdissant, mais, contre sa nuque, Montserrat distingue un bruit caractéristique : un ressort qui se tend, puis craque. La sécurité du lance-roquettes RPG7 du guérillero est déverrouillée. Ce n'est qu'une arme anti-char, mais, à cette distance, avec son ventre et son réservoir offerts, l'hélicoptère est trop vulnérable.

Tout à coup, plus rien. Le bruit et le souffle cessent.

Le groupe peut s'extraire des berges inhospitalières de la rivière, où les crocodiles, peu nombreux, emportent une à deux fois l'an des gamins malchanceux.

Petit matin dans la vallée de Bailundo, ville symbole

de l'Unita, au cœur du royaume bailundo, ethnie aristocratique du peuple ovimbundu. Au centre de la dépression, adossée à la montagne sacrée, la ville a servi de refuge quatre ans durant au quartier général de la guérilla. Savimbi s'était installé là ou il se sentait le plus fort, protégé par les chaînes de montagnes, par le soutien des chefs traditionnels, du roi, et surtout de tout un peuple.

L'escorte parvient au sud de la mission catholique, puis évite les faubourgs de Bailundo, ces villages étendus dans de grandes bananeraies, principalement peuplés de réfugiés. L'armée angolaise est encore présente dans l'ancien fief de l'Unita sur les hauts plateaux, particulièrement les forces spéciales. C'est une zone habitée, quadrillée par des affidés des services de sécurité de la capitale. Le groupe longe par le sud la petite périphérie de la cité. Il est déjà dix heures du matin, au troisième jour de marche, ce 13 janvier 2004. Il est l'heure de stopper.

Déjà la torpeur avant le zénith. Les machettes sifflent dans les hautes herbes, dont le nom ovimbundu, *ossoke*, signifie « quelque chose de haut et coupant ». Les guérilleros fauchent un espace propice au repos du groupe pendant la période de grande chaleur. Patienter cinq heures, somnoler. Le soleil écrase tout. Hier, la marche a été chaotique. Gavé d'ananas frais, Montserrat est rétabli, la fièvre n'est plus qu'un souvenir, mais la colonne tergiverse sans cesse sur le choix des itinéraires labyrinthiques au cœur d'une brousse monotone, caillouteuse, ingrate. Malgré les guêtres, les mollets du Français sont bouffés par les tiques, ses cuisses tétanisées menacées par les crampes. Il n'a pas assez souffert, quelques semaines plus tôt, sur les plages dorées de l'archipel. Ils ont profité d'une nuit plus opaque que jamais, traversée d'orages tournants, pour tracer enfin une ligne droite vers la route qui relie Vila Nova à Bailundo. Une envolée brutale de perdrix débusquées a été leur seule émotion.

Ils sont à mi-chemin. Les guérilleros se gavent de poissons-chats *ohoungas* péchés dans la rivière et accompagnent leur festin du *fungi*, le pain de farine de maïs des plateaux. Cette nuit, ils rejoindront la *fazenda* Bonga, une première antichambre. Montserrat est anxieux, impatient, mais le soleil est trop haut pour qu'ils repartent.

Fébrile, il se rapproche de Raphaëlle. Seize ans plus tôt, dans le désert du Borkou, l'intensité solaire était similaire.

Son métier, sa vie ont été conduits par des femmes pour lesquelles il a trop rapidement baissé la garde. Pour leurs voix, leurs yeux, leur parfum. Un espion qui aime trop les femmes. Elles ne l'ont pas trompé, elles ont caressé ses négligences, son inconséquence. Elles lui ont tout pris. Sans elles, il serait encore debout. Il est seul à présent et, le long d'une piste écarlate, il court derrière la pire de toutes : un assassin.

Sans elles, il ne serait rien.

13 janvier, fin de matinée. 10, Downing Street. Résidence et bureau du Premier ministre britannique. C'est le plus modeste des palais de chefs de gouvernement occidentaux, une grande maison confortable, encombrée de conseillers. Il pleut. Les canards de Saint James's Park, débonnaires, s'aventurent dans le petit jardin, sous les fenêtres du gouvernant.

Les jours allongent. Pour le Premier ministre, l'automne a été pourri. Saddam Hussein capturé, Kadhafi dompté, une croissance en légère hausse, les sondages annoncent le retour du printemps. Le chef du gouvernement britannique, un mug de café noir à la main, suit la marche cahin-caha de la troupe de canards avec un sourire soulagé. Il quitte le *den*, son petit bureau cosy, à regret, pour pénétrer dans la salle du cabinet. Ses visiteurs sont déjà là : le Premier Lord de l'Amirauté, le président du comité conjoint des services de renseignement, le chef du MI6, C. Plus le contrôleur de ce même service pour l'Afrique. Le ministre de la Défense n'a pas été convié.

Le Premier ministre arbore un rictus qui en dit long sur son plaisir à mener cette réunion. Le contact des militaires et des espions, déjà contre nature pour un ancien pacifiste, le ramène au bourbier irakien. Visiblement, cela ne l'enchante guère.

Il laisse le chef du MI6 et le Premier Lord établir la synthèse. Ils font vite. « Le Premier » est pressé. Il est attendu à la Chambre des communes. La Daimler verte et son escorte patientent déjà.

Il s'agit pourtant de suprématie sur le continent africain et d'intérêts supérieurs de la Couronne. Le Premier ministre vole une pomme dans un compotier et croque dedans. C'est signe que la synthèse n'est pas suffisamment synthétique. Il coupe la parole au Premier Lord :

– J'ai percuté, messieurs. L'affaire prend une tournure imprévue. Combien d'hommes à bord de ce bateau ?

– Cinquante, monsieur. À peu près, l'informe Richard Larkin.

Le Premier ministre détaille l'espion. Il ne l'a jamais vu, mais le cerveau de toute cette combine, c'est lui, il en est certain.

– À peu près ? sourcille le Premier ministre.

– Cela dépend des rotations héliportées avec le sol, des travailleurs qui prennent leur congé, des malades potentiels, d'éventuels visiteurs.

– Cinquante, donc. Avec le commanditaire à bord, cet oligarque russe, Abraham...

Le Premier cherche le nom. Le chef du MI6 vient à sa rescousse :

– Levovitch, monsieur...

– Merci. Cinquante hommes sur ce bâtiment, donc.

– Pour le moment, monsieur, soupire C.

– Techniquement ?

Le gouvernant se tourne vers le marin : le Premier Lord, un immense gaillard, se cabre dans son uniforme d'apparat. Par ce seul geste, il entend conforter tout le monde. Pas la peine d'en faire plus.

– On verra, se contente de dire le Premier ministre.

Pour Richard Larkin, les deux derniers mots ont sifflé comme un signal de défiance. L'espion se défend :

– Nous pensions que votre décision était ferme, monsieur. C'est une opération très lourde.

– En pertes humaines, aussi. En risques politiques, également. Nous remontons gentiment la pente, messieurs, ajoute le Premier ministre en levant la main.

Consternation chez les visiteurs. Malgré les yeux menaçants de ses patrons, Larkin n'abdique pas :

– Cette mafia a assassiné sir Quentin, monsieur. Le Russe l'a sacrifié aux mains de Raphaëlle de Marsac. On l'a décapité. Il était notre meilleur serviteur.

– Pour la Française, il n'y a pas débat, je m'en remets à vous, messieurs. Mais pour le reste...

Le regard du Premier ministre est sceptique.

– On verra, élude-t-il.

La séance est levée. Le Premier ministre est déjà dans le couloir rouge, au passage il ne voit plus depuis longtemps la statue d'Henry Moore. Le couloir est jaune à présent. Des hommes montent prestement l'escalier depuis la salle des gardes du sous-sol. Le vestibule : un officier de sécurité a ouvert un parapluie. Encore quelques pas et une portière se referme avec douceur. Le cortège démarre brutalement. Pas un seul instant d'inertie. L'obsession dans le monde tient en un mot : terrorisme. Dans deux minutes, les cinq véhicules franchiront le portail des Communes.

Les gyrophares bleus et la pluie forment une escorte apaisante. Un temps de répit dans l'intérieur en cuir de la Daimler. Sir Quentin Ward était un homme hors du commun. Aurait-il accepté de fomenter un coup pareil ? s'interroge le Premier ministre. La portière s'ouvre. L'impatience de l'équipe parlementaire. Le Premier ministre attrape un dossier. L'étudier en marchant, vite. Il pense à tout autre chose.

On verra, s'entend-il encore conclure.

Larkin s'est fait sermonner par le président du comité conjoint des services de renseignement, un peu moins par son chef direct. Il préfère néanmoins ne pas profiter de la voiture de ce dernier et rentrer à pied par les quais, malgré le crachin, à Vauxhall Cross. De toutes les manières, le vent se lève. Son trench-coat, payé avec son premier traitement, contient à grand-peine les débordements d'une quarantaine généreuse. La buée sur ses lunettes l'empêche de voir le ciel noir s'enfuir à l'est.

Il quitte Whitehall sans regrets, franchit le pont à grandes enjambées. Des travaux privent les touristes de la photo traditionnelle devant Big Ben ou le Parlement.

Son téléphone mobile vibre. Son assistante, Janet, le réclame. Il y a urgence.

Dans l'écho du chant des grenouilles, approche de la *fazenda* Bonga le 14 janvier. Le jour est encore loin.

Le binôme d'éclaireurs a disparu depuis quinze minutes. Un chant d'oiseau diurne en pleine nuit signifie que la voie est libre. Les ombres progressent, le dos couché le long des murs lépreux de la ferme à l'abandon.

Naguère, la propriété, une plantation démesurée d'eucalyptus, appartenait à un Allemand perdu.

Le groupe se disperse dans les ruines de la *fazenda*,
livides sous la lune. À l'ouest et au nord, se découpent,
dans une lueur spectrale, des sierras tourmentées. João
ne quitte pas des yeux l'homme qu'il convoie et protège.
Montserrat dépose silencieusement son sac. À présent,
le Français a presque retrouvé sa forme. Eveillé, aux
aguets, il écarte des broussailles qui lui cachent la perspective de la route toute droite qui mène au pied des
montagnes. Les pupilles élargies, il épouse la nuit africaine. Il chasse.

Il est redevenu un fauve.

Ils sont arrivés nuitamment sur 7X974, à bord d'un
gros hélicoptère transporteur de troupes. Ils sont neuf.
Dont une femme. Ils ressemblent à des athlètes de haut
niveau. Ils ont installé leurs quartiers dans un comparti-
ment, qu'on a vidé de ses occupants. Ils sont organisés.
Toujours deux sur le pont du navire, toujours un auprès
d'Abraham Levovitch, auquel ils ne parlent pas. Il n'y a
rien à dire. Héliportés avec des sacs très lourds, ils ont
passé du temps dans le mess bouclé à double tour. Ils
ont monté leurs armes avec la rigueur nécessaire. L'équipage de l'hélicoptère est en permanence sur le qui-vive,
prêt à un décollage imminent. L'un des hommes est
blessé à la gorge, c'est celui qui, armé d'une arbalète de
combat, ne quitte jamais les pas de la femme du groupe.

C'est une quadragénaire brune aux cheveux soyeux.
Elle est vêtue comme ses compagnons, mais ne semble
pas faire partie du commando. Levovitch ne saurait dire
si elle se trouve sous leur protection ou leur contrainte.
Ses yeux sont dorés, un cuivre brun rare. Le diamantaire
en vain recherche une couleur de pierre correspon-

dante. Ce regard lui confère une subtile étrangeté. Comme Abraham, à trente de mètres de lui sur le pont, appuyée au bastingage sous la surveillance de l'homme à l'arbalète, elle scrute la nuit.

Levovitch est sans illusions. Les huit hommes sont là pour tuer. Le diamantaire ne pourra respecter le pacte qui le lie à Montserrat. Ils ressemblent à des athlètes. Ils sont armés. Ils ne parlent pas. Ils sont déterminés. Ce sont des commandos spetsnaz. Du SMERSH. *Smyert Spionam.* Mort aux espions. Ils sont là pour la cible 0. L'albatros des nuits passées a disparu, demeure l'incessant va-et-vient du ressac. Il claque plus sèchement contre la proue. La lune est plus pleine chaque nuit.

En yiddish, Abraham récite une prière. Ils attendent Michel Montserrat. Il n'y aura pas de troisième fois. Le murmure de Levovitch se perd dans l'océan. La prière des morts.

Tout à coup, un pressentiment. Montserrat, lentement, lève les yeux. Son regard explore autour de lui, lentement. À genoux, il est vulnérable. Il se relève. Un grand silence sur la *fazenda.* Pas un rongeur, pas un reptile, pas un insecte, plus rien ne bouge. Maintenant, il en est certain. João et les guerriers qui n'étaient que des enfants, mais déjà des hommes, se sont évaporés. Il reste la pénombre.

Il est seul.

Pas tout à fait. Mû par un instinct, il se retourne brusquement. À trois de mètres de lui, le visage dans une capuche, assise sur un muret effondré, une silhouette est dissimulée dans un cache-poussière. Chevilles croisées, les jambes pendent dans le vide. Les mains n'apparaissent pas. Montserrat s'approche. La silhouette écarte à peine un revers de la capuche et dévoile ses yeux à la lune.

Sur le pont avant de 7X974, Levovitch fait un pas vers la femme qui, assistée d'une lampe frontale, entame la lecture d'un document. Comme elle ne détourne pas la tête et que le tueur à l'arbalète est tendu, il ne s'avance pas davantage. Est-ce donc aussi une prière ?

Kigali, 19 avril 1994

Onze jours que ça dure. Il flotte sur la ville une odeur infecte. Je ne dors plus. Je ne peux plus dormir. La mort est omniprésente. Même les chiens, on ne les tue pas comme ça. Mon Dieu – je ne dis jamais mon Dieu –, ça ne me fait plus rien ! Petit à petit, un cadavre devient une chose, une chose qui sent épouvantablement mauvais, une simple charogne. Je recommence à écrire. Avant, c'était impossible. Je trébuche sur les morts comme sur une racine ou un château de sable. Je fixe de plus en plus leurs yeux. Mon Dieu, je suis dans un cauchemar. Je vis un mauvais rêve. Plus d'eau, plus de toilettes à l'hôtel des Mille Collines. Nous sommes trop nombreux. Nous sentons tous la mort.

Michel, tu n'es toujours pas là. Pourquoi m'as-tu envoyée là ? Viens vite. Je ne suis qu'une jeune femme : je craque. J'ai besoin du chevalier.

Michel, reviens. Avant qu'il ne soit trop tard.

La silhouette porte un nom. Les mains qui se dégagent du cache-poussière tiennent un AK-47 à canon court qui menace Montserrat. Il est revenu à Kigali trop tard en avril 1994. Définitivement, elle est entrée dans le monde des assassins. Ses yeux sont toujours du même vert changeant, mais les graves de sa voix ont perdu les langueurs de l'accent de Charente :

– Bienvenue, colonel Montserrat.

24

Raphaëlle de Marsac relève la capuche. Elle a gardé ses cheveux courts. Son visage est tanné, à peine durci. Peut-être la lune, bienveillante, qui adoucit les traits vieillis. Même harmonie, même sécheresse. Crevassées, les lèvres sont demeurées fines.

– Je suis un peu chez moi ici, dit Montserrat.

Ils se dévisagent. Un instant qu'ils trouvent, l'un et l'autre, trop long.

– Partout n'est plus chez toi, Michel.

Le sourire de Raphaëlle n'a rien de chaleureux. Elle considère la croix sur le revers de la veste de l'agent avec mépris. Le jeu est devenu stupide.

– Je sais, reprend-elle. Je sais ce que tu es devenu.

Le canon de l'AK-47 oscille. Montserrat tourne ses paumes vers elle.

Les lèvres de Raphaëlle s'entrouvrent :

– Te souviens-tu de Kigali en avril ?

Elle le met en joue avec sa seule main droite. La crosse rétractable de l'arme est calée contre sa hanche. Quand elle tirera, elle sentira un léger recul contre son bassin. C'est tout.

– Vais-je le faire tout de suite ?

Montserrat, en quelques secondes, a fait le point sur

sa vie. Les yeux en éveil sur le monde, il aura touché à l'essentiel. Cependant, demeurent les abandons anciens.

– Avant tu me dois la vérité, lance-t-elle en relevant son arme.

L'agent français s'approche d'elle sans crainte, lui tend la main, elle la prend, la garde un peu contre elle, puis la relâche. Elle sent la nuit, la boue séchée. Elle effleure ses paupières. Elle est tendre. Il emprisonne à nouveau ses doigts, quand, dans la première lueur du jour, elle lui chuchote :

– Le chevalier est de retour.

Réunion à l'aube pour l'équipe de Richard Larkin. Il a convoqué son effectif. Quand le dernier agent a fermé la porte du bureau, il cesse de jouer avec le stylo sur son sous-main en cuir.

– On rappelle Steiner, Janet.

L'assistante s'exécute. Au bout de la ligne satellite protégée, le magnat attend l'appel.

– Encore une fois, j'ai une longueur d'avance sur vous, contrôleur Larkin, commence Steiner.

– Je me moque du comment et du pourquoi. Je veux en terminer.

– Rex a déniché les filles. Les coordonnées sont sur votre boîte e-mail.

Larkin claque des doigts, Janet ouvre son écran et décrypte un document joint. La voix de Steiner précise :

– C'est à vous. Je vous passe le relais, mais Rex participe à l'excursion. Ce n'est pas une demande, Larkin.

L'homme du MI6 n'est pas convaincu, mais n'insiste pas.

– Bonne chance, Larkin.

Fin de transmission.

Janet note avec un feutre épais sur un tableau blanc

les coordonnées du sanctuaire de Raphaëlle de Marsac et de sa protectrice, Angela Cesara « Palanka ». Larkin a déjà sur le sous-main de cuir de son bureau une note, un « cx » classé YZ. Dans la classification des documents au MI6, cela signifie « ultrasecret ». Il y est question de la « Palanka ». Le crime est définitivement signé. Marsac a trahi Levovitch pour une cause perdue. Les *profilers* n'ont rien vu : Marsac, l'opportuniste, cache un cœur rebelle. Ce n'est pas la première fois que la section des psys se plante. Avec le montant exorbitant de la vente éventuelle de la pierre, ces deux femmes sont capables du pire. La paix est moins certaine que jamais en Angola. On a dressé de grandes cartes d'état-major dans le bureau de Larkin.

Caracal, pour sa part, n'a pas réapparu. Larkin interroge du regard l'agent responsable de sa surveillance. Hochement de tête. C'est non. On oublie provisoirement Caracal.

« Bagheera 1 et 2 » sont les priorités, les cibles. Larkin prévient d'abord son chef, en route pour le siège, qui lui confirme que, sur ce volet, le feu est vert. Le contrôleur pour l'Afrique se tourne alors vers le coordinateur du Groupe 13, un colonel SAS.

– Combien de temps vous faut-il, colonel, pour dresser un plan opérationnel ?

– De combien de temps disposons-nous, Rick ?

– Je nous donne vingt-quatre heures.

– Le groupe est déjà prépositionné en alerte imminente. Je vous dis... dix heures. Pour la topographie, la sélection des moyens opérationnels. Pour le reste, nous sommes prêts.

– Le service cartographie vous fournira les relevés satellite de la zone. Les prévisions météo aussi, bien sûr. Il pleut beaucoup, là-bas, en fin de journée.

Larkin se lève, pose la main ouverte au centre de la

279

carte de l'Angola. Trop vite, trop simple. Rien pendant des mois et en quelques heures tout se bouscule. Si elles sont là, pourquoi hésiter ? Larkin pointe sur la carte une position virtuelle. Elles sont là. Raphaëlle, la « Palanka » : « Bagheera 1 et 2 ». Impitoyables.

Là où elles se terrent, le relief est découpé. Zone de montagnes.

Au cœur de celles-ci, la *fazenda* Bonga est éclairée d'une nouvelle aube. Face au bâtiment central de la ferme dévastée, la route est rectiligne jusqu'à un horizon de crêtes spectaculaires : le massif du Kutokota, la montagne magique aux sources d'eau chaude dominée par le monolithe de granit du Luvili.

La guérilla a étété les poteaux du télégraphe qui courent le long de la route. La marche reprend pour Raphaëlle et Michel. Ils progressent sans un mot, sous le couvert de la plantation d'eucalyptus, puis sur les berges d'une rivière. L'AK-47 est le prolongement de sa main. Sous son cache-poussière, elle doit conserver une arme supplétive, au cas où.

Ils ont à peine parlé. Ils se sont mis presque immédiatement en route. Elle le guide avec cet acharnement qui l'avait incité à la recruter. Elle ne lui accorde aucun répit. Vraisemblablement, elle cherche à l'éprouver. Elle se fond dans la brousse comme si elle y avait toujours vécu.

Alto Hama, ville fantôme. Ils y parviennent avant la pluie du crépuscule. Cent maisons blanches et grises sont éparpillées sur le flanc d'un massif puissant. À l'ouest, la route serpente vers un col, puis s'incline vers l'océan, destination Benguela. À l'est et au nord, le royaume bailundo ; au sud, Huambo, la capitale des hauts plateaux. La guerre est passée et repassée ici, au point qu'on ne sait plus qui est réfugié et qui ne l'est pas. Une église est intacte, mais les cloches ne sonnent plus pour la messe. L'école vit encore, mais la bourgade, une *povoa-cão*, est un dernier Far West balayé de vents mauvais. On pourrait se croire au bout du monde, pourtant, c'est encore la civilisation.

Raphaëlle l'entraîne très loin. Ils entament dans la pénombre le début de l'ascension. Elle laisse pendre dans son dos son AK-47, mais sa main droite demeure glissée dans sa ceinture. Un poignard de combat, sans doute. *Tu es beaucoup plus jeune que moi, ma belle, et à présent, plus aguerrie : tu ne risques rien avec moi dans ton sillage.* Le paysage se fait plus aride, plus austère. Le vent se lève quand monte la lune. Ils parviennent jusqu'à une maison éventrée, un repaire de bergers. On a fait un grand feu ici, les jours précédents. En passant à côté du foyer, Montserrat distingue les restes d'un festin. On a mangé de la viande goûteuse et jeté dans le brasier ce qui n'a pas été dévoré. Il ne s'y trompe pas. Il se souvient, quand on brûlait à la va-vite le fruit d'une journée dominée par les démons. Au Rwanda, il se souvient parfaitement de l'odeur mélangée de l'essence et de la chair amputée : Raphaëlle, aussi, se rappelle. Elle s'en est enivrée.

Ce qu'on a bouffé ici, ce sont des femmes, des hommes, des enfants.

Raphaëlle ne se retourne plus. Où montent-ils ? Où le conduit-elle ? Ils marchent à contre vent. Une compagne a rejoint Montserrat au détour de cette maison de bergers : la peur.

Au détour du sentier, ils frôlent une tombe dont Michel a entendu parler, celle de Mbilaya Uluka, un chef terrible, massacreur du versant du Luvili. La tombe est fissurée. Les Ovimbundus ne regardent jamais cette pierre tombale. Au travers des infractuosités, on découvre, dit-on, des yeux d'anthropophage.

Il sait à présent où ils montent. Ils s'égarent au cœur de

la sierra du Kutokota. C'est une ligne de montagnes de granit et de basalte qui nourrit les imaginaires. C'est plus qu'un massif, une légende. Pour le peuple ovimdundu, c'est la barrière qui les protège d'une colère divine qui pourrait emporter les océans. Le Kutokota barre la route à la dévastation des eaux. La sierra Upanda est un rempart qui briserait les premières lames, mais l'océan, selon la parole véhiculée par les *mbalas*, les chefs coutumiers, échouerait contre ces parois de granit. Il se souvient de l'histoire cruelle de ce guerrier des temps anciens, l'ambitieux Kandimba, le Lièvre, qui voulait étendre les royaumes ovimbundus jusqu'aux côtes païennes où régnaient les esclavagistes. Kandimba était né dans la sierra du Kutukota. Il en possédait la puissance et le mystère. Sa vélocité, son courage étaient uniques. Son peuple était oppressé depuis la nuit des temps. Il se révolta. Ses colonnes dévastatrices étaient composées de fourmis combattantes. Le roi ennemi, Kibala, riposta avec des nuées d'abeilles tueuses aux envergures de vautour. Les fourmis guerrières furent décimées et Kandimba, l'orgueilleux, succomba dans les plus atroces douleurs, à la dernière offensive des abeilles, qui ne surent, toutefois, franchir les crêtes de la sierra. On raconte aussi que, dans les bras de la montagne, les sources d'eau chaude sont une lave infernale, le venin d'un fantastique cobra, et que, quand tombe la nuit, il lâche sa progéniture, des essaims de serpents volants, sentinelles furtives qui transpercent le corps de ceux qui se sont aventurés trop loin sur les chemins de ténèbres du Kutokota.

Ils gagnent des sommets noyés dans la brume après la pluie, pénètrent un espace originel, primitif, interdit. La vie et la mort sont à égalité dans ce monde. C'est le territoire de Raphaëlle.

Le bureau de Larkin s'est transformé en cellule de crise. Chaque heure, on apporte des cartes plus précises, des images satellite. De mauvaises nouvelles aussi.

– Le problème, Richard, c'est le brouillard.

– Le brouillard ! se révolte Larkin.

Les deux chiennes doivent être éliminées au plus vite. Le colonel du Spécial Air Service est, comme l'exige sa fonction, un homme calme.

– Mais c'est l'été, là-bas !

– Oui, Richard, tempère le SAS, mais fortes pluies, plus grosse chaleur, plus altitude, plus condensation égalent brume. Nous sommes bloqués. « Bagheera 1 » ne s'est pas réfugiée sur cette montagne par hasard. Commandante Angela Cesara « Palanka » est fine stratège. Le relief, la végétation, certainement un réseau de cavités basaltiques, et puis, parfois, le brouillard...

– Que faisons-nous ?

Larkin le sait pourtant trop bien.

– Impossible d'engager une unité dans ces conditions, Rick. On attend.

Le Groupe 13 est en alerte sur la piste privée de la propriété de sir Edmond, où veillent, en protection, les sentinelles mercenaires. Deux Hercules C-130 du détachement aérien spécial Search & Destroy. Deux sections sanglées. Une section Spécial Air Service. Une section Spécial Boat Service. SAS et SBS en opérabilité croisée. Groupe 13, *The Increment*. Des spécialistes de l'assassinat commandé en plus haut lieu. Ils ont reçu leurs consignes le matin même. Extrémistes de l'IRA, fedayin de Saddam, quels soient les agents ennemis, quand on fait appel au Groupe 13, les consignes sont identiques : pas de survivants.

Pour tromper l'attente, un officier parachutiste SAS

démonte et remonte, les yeux bandés, son Sig Sauer 205 Phantom, une arme absolue de précision pour sniper, avec son système de vision nocturne intensifiée. Un instant, tout se fige. *Clearance.* Les « sticks » se groupent sur la piste. Les lourdes hélices des Hercules frémissent. Puis, contrordre.

Toujours la brume, là-bas, au nord-ouest, en Angola.

À présent, le brouillard est omniprésent. Ils évoluent dans une véritable forêt de pluie. La végétation est exubérante, le rythme de la marche plus mesuré. Le colonel Montserrat devine qu'ils sont secrètement accompagnés. Comme un fouet, parfois claque la machette de Raphaëlle, tandis qu'ils pénètrent plus avant encore dans le dédale.

Une clairière enfin, des habitations mangées par la forêt, par les grands arbres *ousambas,* une mission portugaise oubliée. Le sentier chemine entre les ruines dévastées des conquérants. Autour d'eux apparaissent des hommes lourdement armés : RPG-7, mitrailleuses 12 mm, même un missile Stinger, reliquat d'une assistance made in CIA. Les bandes de cartouches luisent dans l'humidité. Combien sont-ils ? Cent, deux cents ?

Il y a une chapelle conquise par les racines d'un grand goyavier. Accroupis, des hommes dans leurs ponchos dorment sur la douzaine de marches de l'édifice. Du bout de leurs bottes, pour se frayer un chemin, Raphaëlle et Michel repoussent les corps affalés. Plus de porte. Plus de bénitier. Plus de croix. Plus de Christ.

Dieu s'en est allé.

Illuminée par un tapis de bougies, surprise dans son sommeil, Angela se dresse sur son matelas. Elle s'était assoupie dans son uniforme, sa kalachnikov entre ses jambes. « Palanka » n'a pas changé. Elle a choisi pour nom de guerre l'emblème de l'Angola, la *palanka negra*, ou hippotrague noire, une grande antilope aux cornes comme des sabres, une espèce rare.

Dans son réveil, Angela Cesara « Palanka » est touchante. Son expression est celle d'une jeune fille. Elle a pourtant l'âge de Michel. Elle n'est pas grande, mais son corps est parfaitement proportionné et, surtout, on sent en elle une immense énergie. Elle a survécu à bien des atrocités. Raphaëlle s'approche sereinement de sa compagne, lui caresse la joue. Elles se sourient. « Palanka » est soulagée : Raphaëlle est rentrée, une fois encore, sauve.

Angela passe une main dans ses cheveux sévèrement tirés et se réfugie contre le visiteur.

– Michel, tu es venu de si loin.

Le corps de la commandante est encore chaud du sommeil innocent. Elle demeure longtemps blottie. De la tendresse, souvenir d'un temps ancien, quand il était le dernier sourire de la France qui s'éloignait.

– Ce n'est pas facile de vous dénicher, les filles. Je n'ai rien trouvé chez les tour operators.

Angela se retire. L'instant est terminé. C'est une femme à bout de tout. Ses yeux ne sont que deux fentes gagnées par la torpeur.

– Sais-tu où tu te trouves ? questionne le chef de guerre.

Sa voix est toujours aussi basse.

– Sais-tu où Raphaëlle t'a conduit ?

Montserrat inspire longuement. Reprendre le contrôle. Dans les yeux d'Angela, comme dans ceux de Raphaëlle, il ne lit pas seulement de l'épuisement. Drogue ? Dans une niche de la chapelle, dans l'ombre où souriait hier la Vierge protectrice, une armée de vers attire la curiosité de l'agent. Ils se nourrissent de chair encore fraîche. Seul un bout de langue violacée est éclairé par la lueur d'un cierge. Une tête tranchée exposée. Châtiment pour un ennemi.

L'espion va vomir.

– Michel, ici...

La « Palanka », sur le seuil de la chapelle, observe son armée harassée. Vestiges fantasmagoriques. À la lueur des bougies succède celle de la lune. Elle lui prend chaleureusement la main.

– ... c'est un tombeau.

Rouge intense

25

ILS franchissent l'étage de la forêt que la brume couvre encore. Il laisse les deux femmes le précéder. Pas d'escorte. Ils ne sont qu'eux trois. Ils débouchent dans une prairie que surplombent des parois de basalte au-dessus desquelles on devine un plateau tabulaire. Le sentier sur lequel ils se sont engagés longe la falaise au plus près. L'air fraîchit aussitôt sur ces espaces dégagés, trop dégagés. Ici, des assaillants pourraient aisément être aéroportés. Pas les ennemis traditionnels de la « Palanka » et de Raphaëlle, insuffisamment rompus à ce type d'exercice, mais des forces spéciales qualifiées pour des assauts en montagne, des unités parachutistes qui se comptent sur les doigts de la main dans le monde. Montserrat perçoit l'écho des malheurs annoncés.

La « Palanka » lève le bras. Le trio ralentit. Ils sont contre la paroi. Angela s'agenouille, tournée vers un petit enclos grillagé accolé au rocher. Elle saisit une poule assoupie, qu'elle maintient fermement entre ses bras. À quelques mètres en contrebas, s'ouvre une cavité. Une lueur sourd du ventre de la montagne.

Avant de pénétrer dans la grotte, Raphaëlle tire de sa veste une modeste fiole, la débouche, se frotte les poignets, puis les chevilles avec le liquide qu'elle contient.

Elle répète le cérémonial pour Angela, puis pour Michel Montserrat : de l'huile de palme. Sur la terre battue, au sol, est tracée une ligne symbolique, la frontière entre deux mondes. La flamme de longues torches lèche les espaces voûtés. La « Palanka » dépose la poule naine à terre. D'un coup, elle lui tranche le cou avec son poignard de combat. Sacrifice rituel. Michel se dit qu'elle doit égorger un ennemi avec la même énergie. Angela glisse le poignard dans sa gaine sur ses reins et retourne les paumes de ses mains. La route est ouverte. Leurs ombres sur la roche chaudement éclairée provoquent un envol de roussettes, ils s'enfoncent dans les entrailles basaltiques : ils entrent dans le sanctuaire.

D'abord une pente inclinée, puis un à-pic qui se perd dans le gouffre. Angela Cesara « Palanka » croise les mains sur son cœur.

– C'est ici le mausolée des rois bailundos, les souverains du peuple ovimbundu. Sur ce mont sacré, nul ne se risque. Les serpents volants, la nuit, tiennent à distance les indésirables. Si tu n'es pas protégé par le gardien du tombeau, tu ne pénètres pas dans le mausolée.

– Je croyais...

– Je suis le gardien, coupe Angela. C'est la mission qui m'a été confiée au royaume de mes ancêtres. Je suis née au pied de cette montagne. Je suis née pour protéger le tombeau. Tous ont pu se rendre à l'adversaire, tous ont accepté la paix, mais pour moi, c'était impossible. Le tombeau est le cœur de la résistance de notre peuple.

– Je croyais que la montagne sacrée dominait la ville de Bailundo, objecte-t-il.

– C'est une supercherie ancienne pour tromper les envahisseurs venus de la côte. Ils viennent chercher, depuis la nuit des temps, leurs esclaves parmi les nôtres, mais jamais ils ne violeront le sanctuaire. Crois-moi, cette sierra est une muraille. Nos rois reposent tous ici. Approche-toi du précipice.

Prudent, surveillant ses arrières, il avance d'un pas. Il distingue des taches plus claires sur la première pente.

– Les têtes de nos rois. Nous la tranchons lors des funérailles. Nous précipitons le corps dans le gouffre et jetons la tête ici. Leur esprit demeure proche de nous. Ils sont tous là.

Montserrat se recule.

– Tu es le premier Blanc à pénétrer dans le mausolée. J'en prends la responsabilité, je suis le gardien.

Angela plonge les yeux dans les ténèbres.

– J'ai répondu à ta première question : pourquoi cette folie ? Pourquoi continuer le combat ? Pourquoi ne pas accepter la paix, même imposée ? Pourquoi menacer les équilibres fragiles ? Pourquoi donner à l'ennemi des arguments pour discréditer l'Unita sur le chemin de la réconciliation ? La réponse est à tes pieds : je garde le tombeau. Comme les serpents volants n'effraient plus les esprits cartésiens, mes hommes violent et ne respectent rien. Nous mangeons nos ennemis. La terreur est notre rempart.

Michel tente de conserver sa lucidité. Il doit résister à tout ça.

– Je ne suis pas ici pour poser ces questions. Encore moins pour espérer des réponses, comandante « Palanka ». Néanmoins, méfie-toi. Souviens-toi du destin de Kandimba, l'intrépide guerrier.

– Le corps et la tête de Kandimba reposent ici, rétorque-t-elle. Ne perturbe pas leur sommeil.

Ne pas se laisser troubler par les superstitions. Il n'est qu'un Blanc cartésien, mais finalement trop sensible, il doit redresser le cap.

– Je suis venu vous acheter quelque chose, reprend-il à voix basse.

291

– Le tombeau est un lieu de vérité. Le mensonge est puni du pire ici. Je te laisse en tête à tête, Michel, avec Raphaëlle. La suite vous concerne tous les deux.

La « Palanka » disparaît.

En tête à tête entre espèces venimeuses, entre espions. Dans la lueur câline des torchères, Raphaëlle retrouve le visage de cette jeune femme de France. C'est elle qui rompt le silence :

– Sais-tu, Michel, que toutes les jeunes filles croient aux contes de fées ? Dans chaque conte, il existe un prince charmant, un chevalier. J'ai vraiment, un jour, sur une route d'Afrique, rencontré un chevalier. Quand était-ce, déjà ?

– C'est si loin, Raphaëlle.

– Si proche. Tu étais un jeune capitaine.

– Je n'ai jamais cru aux contes.

– Menteur.

– Je n'ai jamais été un chevalier. Tu n'aurais jamais dû croiser ma route, Raphaëlle.

Elle le contourne, pour l'observer de profil.

– Menteur, colonel Montserrat.

– Le conte a bien mal fini, mademoiselle de Marsac.

– Le système se pervertit parfois, mais il faut savoir regarder derrière soi... Tu m'as voulue dans la famille. Tu m'as amenée là où peu de femmes auraient supporté d'ouvrir les yeux. As-tu oublié ?

Elle pose son index au creux de la joue de son officier traitant.

– Non, tu n'as rien oublié, Michel... Et tu es là pour ça. Tu as fait le voyage pour nous. Un mec comme toi n'oublie pas. Tu crèves d'être encore mon maître. Comme les autres, je t'ai échappé. Tu te crois le seul ? Et toi, combien d'autres encore ? Combien de femmes ?

Montserrat la dévisage durement.

– Je n'ai rien oublié, Raphaëlle.

– Imagine la jeune femme. Le chevalier l'a conduite aux Enfers d'une fin de siècle. Toi et tes contemporains, vous avez écrit un conte sanglant. Je ne suis que la créature de l'une de tes histoires. Combien de femmes as-tu ainsi trahies ?

Elle a raison, elle n'est pas la seule. Il hésite, puis :

– Toutes... ne sont pas devenues...

– Que suis-je devenue, Michel ?

– Tu le sais. Ne cherche pas les mots, Raphaëlle, ils viendront tout seuls.

– J'avais confiance en toi. J'ai toujours sur mes lèvres la fraîcheur de cette eau, cette providence dans le Borkou. Un jour, tu t'es escamoté. Sans un adieu.

– C'est la règle.

– C'est la règle que le chevalier abandonne la princesse ? Tu ne m'as pas laissée crever de soif au Tchad, mais ensuite... J'ai servi ton ambition. Tu as profité le plus longtemps possible de ce que je devenais : dangereuse pour moi-même, mais pas pour le Service. Ta morale t'interdit de sauver deux fois une femme ? Tu ne m'as pas accordé de seconde chance.

– Ferme-la, Raphaëlle.

– Pourquoi ? Tu es, cette nuit, au cœur de toi-même. C'est la première marche du calvaire. On ne ment pas, on ne se ment pas ici. Tu as fermé les yeux, tu as cautionné, ou organisé, alors pourquoi ?

Il évite son regard, mais il est ici pour ça, pour le jugement. *Nous sommes coupables.* Le Rwanda, et ailleurs. Les dernières décennies africaines n'ont été qu'un charnier. Il n'est qu'un acteur. On participe, on se révolte, ou on se tait. Il a participé. Comme les autres, avec les autres. Coupable.

– Ferme-la, c'est tout. Je suis là pour le diamant.

Elle n'est pas surprise, mais elle attend un court instant, avant d'éclater de rire.

– Le diamant. Tu vois, Michel, le chevalier est mort.

Il lui prend le bras – elle ne résiste pas – pour lui murmurer :

– Je suis, Raphaëlle, seul juge de moi-même. Mes chemins, crois-moi, sont plus torturés que les tiens.

Elle se dégage. Rappel ferme de la voix du Français :

– Le diamant rouge.

Elle rit encore.

– Le diamant rouge ? Je ne l'ai jamais vu.

– Tu déconnes ?

– On ne ment pas dans le tombeau.

Elle ne ment pas.

– Cette pierre n'est jamais arrivée jusqu'à cette montagne, Michel. Tu as vu l'état de nos camarades, tout à l'heure, à la mission ? Nous sommes les derniers guérilleros. Nous avons seulement les moyens de répandre la peur sur ce maudit pays. Je te vois très étonné, presque anéanti. Tant d'efforts pour entendre et dire seulement la vérité ! C'est mieux qu'un diamant, non ? La vérité, pas la vanité.

– Continue, Raphaëlle.

– Quand Levovitch m'a proposé de détourner l'Antonov 72, je ne savais pas qu'il s'agissait d'un tel trésor. Je travaillais pour Impala Air depuis quelques mois, en fait une couverture surtout pour ravitailler le groupe « Palanka ». Le *Syndicat* refusait d'utiliser l'un de ses avions pour cette mission en Angola, où Stones est interdit d'activité. Quand il a obtenu le renseignement que la compagnie affrétait un appareil d'Impala Air, Levovitch a bondi sur l'aubaine. Il m'a promis une prime exceptionnelle. Il a évoqué, à l'époque, un lot de diamants conséquent. Il m'a expliqué qu'il voulait décourager Stones de chasser sur son territoire. C'était crédible. Au-delà de leur concurrence, je connaissais sa haine pour le *Syndicat*. Nous avons fait affaire, mais tu sais ce que je suis devenue...

Il ne le sait que trop. Il anticipe aisément la suite.

– J'ai exigé de négocier avec le patron de Stones en personne. J'avais déjà bossé pour lui pour des missions très spéciales. C'est Caracal qui s'est chargé de la liaison. Il était dans les mains de la compagnie depuis toujours. Steiner m'a demandé un truc dingue. Je n'ai pas tout de suite compris pourquoi. Maintenant, je sais.

– Tu as doublé Abraham Levovitch. Tu as détourné tout de même le vol.

– Bien sûr, avec la complicité des pilotes. Avec l'avantage de la surprise, j'ai exécuté Quentin Ward et ses deux gardes du corps dans l'appareil, quelques minutes après le décollage. La fin du voyage de l'Antonov était la piste de la ferme de Steiner au Botswana. Une fois l'avion posé, j'ai abattu l'équipage. Steiner a récupéré en personne, sur le corps de Quentin Ward, dans sa veste, le diamant. Je te l'ai dit : je n'ai pas vu la pierre. L'Antonov a été, par la suite, découpé, et les fragments de l'appareil dissimulés dans les marécages de la propriété.

Raphaëlle de Marsac reprend son souffle.

– Je craignais, cette nuit-là, pour ma propre survie. Les mercenaires de Steiner m'ont laissée disparaître. J'ai regagné le maquis via Kinshasa, où Martial m'a acheminée jusqu'en Angola. Steiner m'avait versé un acompte mais j'attends toujours la suite du règlement. Caracal, lui, savait pour le diamant. J'ai fait ça pour Angela, pour la survie du maquis. Cette somme devait nous permettre d'aller plus loin. En fait, elle était dérisoire. J'ignorais la valeur du diamant rouge. J'ignorais à qui il avait appartenu. Tu imagines que si j'avais su... Steiner et Caracal nous ont trahies. Tu sais pourquoi ils m'ont laissée en vie ? J'étais pourtant le premier témoin...

– Pour détourner l'attention sur Levovitch. Steiner t'a

dénoncée comme la complice d'Abraham. Tu es devenue un leurre. Toi en vie quelque part en Afrique concentrait les efforts des rapaces ailleurs, accréditait la thèse du vol au profit du Russe. Peu importait qu'ensuite tu l'aies doublé. Surtout, il s'agissait...

– ... de lui faire porter le chapeau de l'assassinat de Quentin Ward.

Montserrat suspend un instant son discours. Raphaëlle est son miroir. L'agent est sur le chemin des dernières vérités. Maintenant, elle l'écoute.

– Steiner avait besoin de ça pour régler le compte d'Abraham Levovitch. C'est son concurrent le plus dangereux. Quand ce sera fait, il s'occupera de toi, ma belle. L'exécution est commanditée, imminente. Surtout s'il soupçonne que je suis parvenu à vous approcher, toutes les deux. S'il l'apprend, il n'aura de cesse de me faire partager votre punition. Avec les mercenaires d'Executive Peace & Safety, il pourra me réduire au silence. Mais je suis un grand garçon.

Désormais, il ne pense plus qu'à une chose : le plateau autour d'eux est trop dégagé. Il tente de chasser son appréhension.

– Steiner n'appréciait guère Quentin Ward, continue-t-il. Un exécutant efficace, mais un contre-pouvoir au sein du *Syndicat.* Son exécution ne fut pas pour Steiner un sacrifice. J'ignore encore à qui est destinée la pierre, mais il a préféré spolier sa propre compagnie et conserver le diamant.

– Pour lui seul, Michel. Il le veut pour lui seul, pour personne d'autre. J'ai vu ses yeux dans l'Antonov...

Elle avait vu le regard de Steiner. Le regard, seulement. Posséder. Rien d'autre. Steiner régnait sur l'empire. Il lui manquait la domination, l'immortalité, l'éternité de cette pierre.

– C'est un démon, Michel.

Un dernier détail tracasse Montserrat.

– Et Caracal, il a disparu ?

– Non, Michel. Il n'a pas disparu.

Bien sûr, Caracal n'a pas disparu. Avant même qu'elle lui réponde, il sait où il se trouve. Les yeux de Raphaëlle s'éclairent. Le même regard que sur les bas chemins des Mille Collines en 1994, au Rwanda, lors du printemps pourpre. Quand il eu voulu l'extirper du cauchemar, elle avait cette même expression. Elle ne faisait déjà plus partie de la communauté des vivants. Le miroir. Elle est son double, son double au royaume des morts. Il la rejoint dans l'au-delà, la voix de Raphaëlle résonne dans la caverne de basalte :

– Nous avons attiré ce chien jusqu'ici. Il brouillait les pistes pour Steiner. Revenir au pays faisait partie du jeu de dupes que le traître proposait aux autres chasseurs. Caracal méprisait depuis longtemps la cause. Il est revenu, une fois de trop... Tu as reconnu, tout à l'heure, son éternel sourire...

Le trophée dans la chapelle, la langue de Caracal offerte aux vers de la forêt de pluie. Le pire approche. Montserrat élude :

– Le diamant de Savimbi n'est plus en Afrique.

Raphaëlle ne rit plus.

– Ce tombeau est la vérité, Michel.

Il vient contre elle. Quand il était jeune capitaine, il ne savait pas. Sur cette route au nord du Tchad, Raphaëlle a perdu, en vendant sa survie au diable, la compassion. Les yeux bleus d'un chevalier ont été le premier de ses Enfers.

– Tu m'as sauvé deux fois la vie, Michel.

– Il ne comprend pas.

– Il y a quatre ans, j'effectuais pour le compte de Steiner des missions spéciales.

Il ne comprend pas.

– Au Cap, j'ai éliminé l'inspecteur-chef Kirsten. Le motard...

– ... c'était toi.

– Tu m'as laissée en vie. Tu es le chevalier.

Il prend le visage de son ancien agent entre ses mains gantées. Son miroir, son double. Pour lui, elle a franchi la dernière frontière. Son visage contre le sien, un coin de ses lèvres. Un instant. Un chuchotement, un souffle, la vie.

Nous sommes tous des assassins.

– Pardon, Raphaëlle.

Angela les attendait sous la clarté de la Voie lactée. Plus de brume. Elles se donnèrent la main.

La « Palanka » lui indiqua un sentier qui coupait au plus court vers la vallée, un chemin de retour vertigineux. Au moins, il éviterait la tombe de Mbilaya Uluka, la férocité de son regard. Les mangeurs d'hommes erraient encore. La lune australe régnait à présent, rousse et impérieuse, une magie. Il endossa son sac, hésita, puis il les serra toutes les deux contre lui. Ils se dirent adieu ainsi.

Quand il tourna le dos, il entendit une dernière fois la voix de la « Palanka » :

– Michel, ne reviens jamais.

Le sentier fendait les pierriers. Il avait déniché deux branches assez solides pour lui servir de bâtons. Les chevilles écorchées, il dévalait comme un skieur fou. La brume s'en était allée, la lune était pleine, la visibilité parfaite. Ce fut lorsqu'il parvint à l'altitude du col qu'il perçut la rumeur dans le ciel.

Deux appareils, tous feux éteints. Transalls ? Iliouchines ? Antonovs ? Non, c'étaient des professionnels : Hercules C-130. Ils survolaient le massif trop bas pour seulement passer. Montserrat cessa de dégringoler vers la vallée et attendit. Il crut distinguer des corolles, entendre l'écho des détonations.

Il vit les éclairs dans la forêt, la sierra qui s'embrasait. Les serpents volants étaient impuissants. Les envahisseurs étrangers étaient là, ils franchissaient l'infranchissable, là où s'étaient fracassées les abeilles implacables du roi Kibala. Ils défiaient les remparts de basalte, profanaient la dernière demeure des grands souverains. Il entendit l'écho du dernier combat d'Angela Cesara « Palanka » et de Raphaëlle de Marsac.

Il s'assit dans la pente et posa son visage contre ses genoux repliés.

La brume s'en était allée. Une seule vérité : *Ici, c'est un tombeau.*

Il pria pour toutes les âmes.

26

LA Yakoutie, l'hiver, est le royaume des vents glacés. Janvier rappelle aux hommes qu'ils sont mortels. C'est une contrée où l'air peut mordre, où la chair peut devenir pierre. Au nord, l'horizon des monts Verkhoïansk. Le fleuve Lena est figé. –57 degrés. La Sibérie tue les hommes imprudents.

Mines de diamant de Stones en Sibérie du Nord : on extrait des pierres brutes très pures dans le cours de rivières gelées le long d'un gazoduc noir.

Edmond Steiner arrive directement du Botswana. En amont de Sangar, sur les terres du *Syndicat,* on a découvert le plus fantastique des gisements de kimberlite. C'est, pour Stones, la révélation du nouveau siècle. On ne trouvera guère plus de diamants que sur BPM37093, planète inaccessible à dix-sept années-lumière de la Terre, composée de carbone et d'oxygène en cristaux en fusion à 12 000 degrés, un infini de carats dans la constellation du Centaure.

La Yakoutie s'appelle aujourd'hui la République de Sakha, que le jour effleure à grand-peine en cette saison. Ici, sir Edmond a obtenu quinze ans plus tôt le monopole d'achat des pierres contre un prêt d'un milliard de dollars à l'URSS. On trouvait jusqu'à présent principalement ces diamants au nord-ouest de la Yakoutie, dans le delta de la Lena, sur les rivages de la mer de Laptev, au fond de mines démesurées, à ciel ouvert, comme celle d'Udachny. Ces exploitations appartiennent à un consortium minier russe qui contrôle le pouvoir politique de cette République si vaste. Depuis que le Kremlin a repris les rênes du consortium, le monopole d'achat de Stones a pris fin. Mais le *Syndicat* s'est vu attribuer par l'ancien régime une nouvelle zone d'extraction, celle sur laquelle s'attardent imprudemment les yeux d'Edmond Steiner.

Un violent coup de vent rabat la fourrure de sa parka. On lui conseille de se réfugier dans une des chenillettes de la colonne. Malgré les moufles polaires, la bise, qui rafale les grands horizons, agresse les mains.

La barbe de sir Edmond est constellée de glaçons, il ne sent plus ses lèvres. Mais il veut demeurer sur cette terre miraculeuse encore un instant. Le prêt du milliard de dollars ne suffira pas. Les règles du jeu vont changer. Le nouveau tsar est insatiable.

Son garde du corps lui tire le bras. – 61 degrés. Il hurle pour se faire entendre de son patron :

– C'est dangereux, Sir !

Les rêves d'Edmond Steiner s'écroulent. Les règles sont imposées par le maître du jeu. Sur le sol d'un territoire opulent et désolé, sir Edmond prend une décision irrévocable. Pour gagner, il faut aussi savoir se soumettre. – 67 degrés. Les yeux du garde du corps trahissent son affolement, ceux de Steiner son désespoir. Il n'a pas le choix : sous ses pieds, un empire de diamants. Il doit sacrifier une pièce majeure.

Port de Lobito sur le littoral sud de l'Angola. L'océan est paresseux. Le sable des plages est englué de galettes noires. On dégaze sans souci sur les mers démunies.

Michel Montserrat est assis face à la mer dans le couchant du sud. Torse nu, il a relevé le bas de son jean jusqu'aux mollets. Il revient de loin.

Il y a deux jours, le véhicule 4 × 4 d'Anatoli Dimitri Gregov a chargé un prêtre routard sur la route des sierras plus à l'est. L'homme venait d'un lieu nommé Alto Hama. Il était exténué, au bout de lui-même. Le prêtre n'a pas parlé tout de suite. Deux matins plus tôt, il avait pris la route qui le conduisait vers l'ouest. Quand il était parvenu dans un village appelé Luimbale, dans un écrin d'horizons montagneux, il s'était fait stupidement arrêter par une patrouille de « Ninjas », les forces de police paramilitaires angolaises. Son visa était en bonne et due forme. Mais personne ne faisait la route innocemment sur les hauts plateaux, même un curé. Il avait donné à ses geôliers un numéro de téléphone avec la promesse d'une récompense motivante. Il avait surtout essayé de ne jamais perdre le sourire. Il connaissait la réputation des Ninjas. Il était au seuil du pire. On l'avait jeté nu dans un container abandonné sous la surveillance d'une seule sentinelle. Les enfants du village étaient venus le narguer, lui lançant des cailloux, puis ils l'avaient nourri de *fungi*. Enfin, ils avaient ri ensemble. Le lendemain, Gregov était là. Montserrat était hors de danger parce qu'il avait promis aux Russes de reprendre la pierre à celui qui l'avait volée : Edmond Steiner.

Sur la montagne sacrée, l'oubli. En Angola, sur les terres rebelles, la dernière tuerie s'est déroulée dans l'indifférence. Les cadavres de la « Palanka » et de Raphaëlle de Marsac pourriront au seuil de la maison des morts. Dans la sierra, c'est l'heure du festin pour les vautours.

Pendant le trajet jusqu'à Lobito sur une route rectiligne, Gregov s'est enfermé un long moment. La frustration de l'échec ? Les plans sont changés. Ils ne rejoindront plus Levovitch sur son navire au large de la Namibie. La quête se poursuivra ailleurs.

Montserrat jette une branche dans la mer. Le morceau de bois tournoie en sifflant avant de ricocher sur un océan plat. La lumière s'allonge. Sonnerie de la valise satellite calée sur le sable. Il décroche sans énergie.

– Bonsoir, Abraham.

– Bonsoir, Michel.

– Nous n'avons plus rien à faire en Afrique, Abraham. Nous pouvons rentrer. Je sais qui possède ce que tu cherches.

– J'ai eu, ces derniers jours, un doute.

– Il n'y a plus de doutes, Abraham. Au revoir.

Montserrat quittera l'Angola le soir même. Climat malsain malgré la protection russe. Des mercenaires d'Executive Peace & Safety sont arrivés en ville depuis le matin. Ils sont là pour lui. Une vieille dette, à laquelle s'additionne le contrat de Stones. Il doit abandonner l'Afrique aux chiens de guerre. Avec tous ses regrets.

Il jette un dernier morceau de balsa vers les premières vagues du soir. Il attend le ricochet. Le bâton n'atteint pas les flots, intercepté sèchement par la main d'un homme.

Soixante ans, sec, un corps de nageur, sculpté par un débardeur blanc, pantalon de toile kaki, pieds nus. Seul son œil gauche est vivant. Visiblement, il n'est pas armé. Michel Montserrat ne le craint pas.

– Salut, Jean.

– Nous t'avons raté de quelques heures au poste de Luimbale. On nous a parlé d'un curé naïf et inconscient avec un accent français. On nous a aussi décrit un Russe généreux. Le couple Montserrat-Gregov. À une heure ou deux près, dommage...

– Déçu ?

– C'est plus lui que toi que je voulais, Michel. Il y a eu

303

du désordre dans mes locaux de Kinshasa, les barbares sont passés. Toi, d'après mon boss, tu détiendrais peut-être la pierre...

– Mais tu ne le crois pas.

Les deux hommes se fixent enfin.

– Non, bien sûr.

– Il cocufie tout le monde depuis le départ.

– Tu vois, Michel, je ne suis plus qu'un prestataire de service. Je l'ai toujours été, mais à présent mes clients sont des privés. Normalement, je ferme ma gueule, mes services ne sont pas des plus reluisants. Je ne suis pas le plus fier des vieux soldats. On me paye très bien, je me fous du reste. J'exécute ce que veut le client. Stones est le plus gros de tous. Mon business est lié au *Syndicat.* J'ai laissé des gars à moi sur le carreau, alors que Steiner me cachait l'essentiel. (Rex est déterminé, il avise son bracelet-montre de plongée.) Dans trois heures, je serai dans son ranch du Botswana.

Montserrat le coupe :

– Les relevés des satellites russes sont formels, Steiner a décollé pour Londres il y a trente minutes. À présent, il rentre sur mon territoire. Je prends la suite, fais-moi confiance, Jean.

Retief tend la main à Montserrat et l'aide à se redresser. Les deux hommes descendent vers le rivage et progressent, les pieds dans l'océan. Le ressac agité par le départ d'un porte-container du port frappe leurs cuisses.

– La « Palanka » et Raphaëlle n'ont souffert ni l'une ni l'autre.

Après avoir laissé tomber sa phrase dans l'accalmie du ressac, il enchaîne :

– Je les ai personnellement butées toutes les deux. J'ai fait ça proprement.

– Je dois te remercier ?

– Remercie Steiner, il ne voulait pas qu'elles parlent

aux Anglais. J'ai abattu la « Palanka » à dix pas. Une seule balle dans le front. Les SAS venaient de capturer Raphaëlle à l'entrée d'une grotte, un truc sacré. Ils l'avaient déjà menottée et la traînaient vers l'officier de renseignement.

Montserrat aimerait mieux ne rien entendre.

– J'ai profité de la confusion, des tireurs embusqués continuaient à rafaler dans tous les sens. D'autorité, je l'ai soustraite aux British, je l'ai saisie par les cheveux.

– Ça va, Jean.

– Elle s'est agenouillée...

– Tais-toi, merde.

– C'est elle qui a voulu que tu saches comment elle est partie.

Montserrat s'est avancé dans l'océan jusqu'aux hanches.

– Elle a levé les yeux vers moi, et elle m'a parlé de toi. Le « chevalier », c'est bien toi, non ?

Jean Retief pose une main sur l'épaule de son frère d'arme.

– Je n'ai pas eu le temps d'écouter tout ce qu'elle avait à dire. Je lui ai demandé de baisser la tête. Tu veux connaître ses derniers mots ?

– Non.

Lüderitz Bay, et tous les diamants de l'océan au cœur de la nuit.

HMS *Sceptre* en plongée. Équipage aux postes de combat.

– Tubes 1 et 2 ouverts.

Les ordres résonnent en écho. Le submersible est stationnaire. Largage de deux binômes de nageurs de combat avec leur charge. Ils palment avec grâce. Sous leur sillage, les grandes profondeurs.

Dans le poste de commandement, sous le kiosque du sous-marin, auprès du chef du bord, le major général Anthony Wilkinson, chef des Royal Marines, l'œil sur son chrono. Ses otaries sont à vingt-deux minutes de la cible. Mise à feu à peine différée. Trente minutes avant impact.

On veille, 10, Downing Street.

On attend le Premier ministre. En chiens de faïence dans la salle de cabinet, le Premier Lord de l'Amirauté et les trois maîtres espions britanniques ont coordonné leurs montres. Celle de Larkin décompte trop lentement les minutes.

Le regard du contrôleur pour l'Afrique se perd dans les lambris. Dans vingt-huit minutes, sir Quentin sera vengé. Angela Cesara « Palanka » et Mlle de Marsac ont déjà payé, mais pas de diamant rouge dans la forêt de pluie. Le Groupe 13 a tout nettoyé. Ils ont frappé juste. Surprise et consternation. Aucune perte. Les meilleurs tueurs.

Mais pas de diamant rouge. Larkin hausse les épaules. Où que soit Caracal, où que soit la pierre, désormais, il s'en moque. Pour lui, la priorité de la mission s'achève dans vingt-sept minutes. Sir Quentin Ward lui a tout appris. Il a tout donné en retour. Jusqu'à immoler des innocents.

Dans l'épicentre du pouvoir britannique, on n'entend plus que la marche en avant du temps. Opération en cours.

Dix-neuf minutes. Larkin a rayé le diamant rouge de ses priorités. Caracal a disparu. Le trio d'acheteurs est passif. On n'a pas déniché de pierre dans la sierra. Executive Peace & Safety ne collabore plus, mais continue à traquer le Français. Qui peut impunément, dans cette partie d'Afrique, escamoter un avion cargo ? Qui a l'obsession de la déchéance d'Abraham Levovitch ? Qui a pu imaginer la mise en scène macabre de Luanda ? Qui a donné avec tant de précision les coordonnées du repaire des deux filles ? Pourquoi Rex les a-t-il immédiatement éliminées ? Qui, sur ce continent, possède un tel pouvoir de vie et de mort ? Qui peut manipuler le MI6 ?

Qui ?

Quatorze minutes avant impact.

Larkin se redresse sur son siège. Sueur soudaine. Il ouvre la bouche pour articuler quelque chose, mais ses mâchoires se serrent. Manipulation à grande échelle. Crime planifié.

Treize minutes.

Quatre prédateurs nagent vers leur proie.

Douze minutes. Larkin veut se lever pour prendre la parole. Le Premier Lord de l'Amirauté hausse un sourcil. L'espion au visage de jeune homme en face de lui s'agite.

La porte du *den* s'ouvre d'un coup sur le Premier ministre en bras de chemise, sa cravate rose en bataille, flanqué de son conseiller à la communication, son âme damnée. Les traits du chef du gouvernement sont tirés, son teint gris.

– Combien de temps, messieurs ? s'inquiète-t-il.

Le chef du MI6 avise sa montre.

– Onze minutes, monsieur.

– Stoppez l'opération. Pas de commentaires, on stoppe.

Larkin se cale dans son fauteuil, colle son dos trempé contre le dossier. Le Premier Lord est déjà sur la ligne protégée. Transmission immédiate. Le Premier ministre, le souffle suspendu, reste debout, les mains sur les hanches. Il dévisage le comité avec sévérité. Les valeurs judéo-chrétiennes d'un croyant sincère et le calcul des risques politiques l'ont emporté sur l'orgueil.

Dix minutes.

Concentration extrême. Deux mines magnétiques Torpedo-C sont appliquées contre la coque de 7X974 au niveau des réservoirs. Efficacité maximale. Minuterie du détonateur activée. Les mâchoires du piège se sont refermées. Dans neuf minutes.

Sur le pont avant, Abraham Levovitch croise une ultime fois les yeux de la mystérieuse lectrice. Les turbines de l'appareil du SMERSH sifflent sur l'hélisurface. Les tueurs partent en chasse, ils ne quitteront plus la trace de Michel Montserrat. Sous la protection de l'arbalétrier, elle sera la dernière à embarquer, quelques secondes avant le décollage de l'hélicoptère. Dans le cockpit, les pilotes aux casques noirs établissent un dernier point sur le plan de vol. La femme brune, dans une veste longue de camouflage, aux revers de fourrure, s'attarde sur le pont avant. L'équipage ne semble pas prêt à un départ immédiat.

Levovitch brave les interdits et va vers elle. D'un seul regard, la brune le met en garde : on ne l'approche pas impunément. À présent, le diamantaire en est certain, elle appartient à un personnage important. Le plus haut de tous ?

Le nom de cette femme est celui d'un diamant, elle a rencontré sur ordre un homme à Samarcande. Qui d'autre est-elle, sinon Oural ?

Huit minutes.

L'amiral est en communication avec le major général Wilkinson.

– Génuflexion, se contente-t-il de lâcher.

Un silence, puis la réponse de HMS *Sceptre* :

- *Je n'ai plus la liaison, Sir. Le coup est parti.*

Le Premier Lord lance un regard désespéré au Premier ministre et raccroche.

– Nos nageurs sont trop proches de la cible. Pour se protéger des systèmes d'écoute des sonars, ils ont coupé leur liaison avec le bord.

Le Premier ne comprend pas tout de suite. L'amiral commandant la marine royale lève les mains, impuissant.

Sept minutes. Les quatre nageurs s'éloignent. Le forfait est commis.

Le chef du gouvernement pince les lèvres. La chaîne de commandement est rompue. Il blêmit avant la colère. Larkin met son visage dans ses mains. Le Premier ministre se replie :

– Pardonnez-moi, messieurs, j'ai besoin de prier.

Le gouvernant se retire, seul, dans le *den*.

Six minutes.

Larkin inspire profondément. Dans cinq minutes, il sera un criminel. Sans attendre, il range machinalement des documents dans sa serviette. Il se lève dans l'indifférence. Personne ne souhaite plus suivre le compte à rebours. Sans un mot, il tourne le dos au comité d'assassins. Il est le premier responsable. Il quitte Downing Street.

Trois minutes.

Le temps s'est arrêté à bord du HMS *Sceptre*.

Deux minutes.

À un rythme ample et calme, les nageurs ne cessent de palmer.

Larkin descend Whitehall. La lune a perdu un croissant. Le Premier ministre ne trouve pas le refuge dans la prière.

L'œil d'un Royal Marines sur un chrono. Silence absolu à bord. Les sonars sont sourds. Comme toutes les nuits, Abraham Levovitch erre sur le pont. Plus d'albatros. Pas une vague. Le marbre à l'horizon. Pour lui, on prie sur les rives de la Tamise. Il entend toujours remonter les diamants du ventre de l'océan.

Une minute.

Les nageurs descendent vers les profondeurs. C'est leur domaine.

Larkin ne reviendra plus dans son foyer d'Acton. Il ne dira adieu ni à Sandy, ni à ses trois pies. Dans le tiroir gauche de son bureau, à Vauxhall Cross, un Walther PPK 7,65 mm. Dans la bouche, le canon vers le haut : sans espoir de retour.

Impact.

27

L'HIVER est passé. La campagne française est tendre. En ce début d'après-midi, tout paraît s'offrir. Le voile matinal du ciel s'est dissipé. Une luminosité plus pure aiguise sur un littoral où la douceur n'est qu'apparence. Ligne d'escarpements. Ce jour de commémoration appelle l'apparat. Drapeaux et oriflammes claquent dans un jour sans vent.

6 juin 2004 sur la côte normande, à proximité d'Arromanches, soixante ans après la déferlante, la liberté célèbre ses derniers héros, comme pour conjurer, peut-être, des défaites annoncées. La campagne paraît innocente. Les blés et la luzerne sont encore verts. On ne distingue rien, mais chaque hectare est sous surveillance. Échos étouffés de talkies-walkies. Camouflage. Quadrillage serré. Forces spéciales et gendarmes sont aux aguets, surtout dans les champs bordant la route qui achemine les puissants vers le lieu de commémoration. Pour faciliter leur arrivée, les cortèges ont été limités au minimum. La plupart des chefs d'État ont pris place dans l'un de ces hauts cars grenat qui empruntent la route de Caen sous haute protection.

Le protocole ne s'impose pas à tous. Escorté de deux appareils de protection Chinook, *Marine One,* l'hélicop-

311

tère présidentiel américain, survole le bocage normand. Le transport en commun ne sied pas au président des États-Unis, pas plus qu'à Sa Majesté, qui ne traverse la campagne qu'en Range Rover.

Dans l'un des cars qui longent le littoral, avec pour guide prévenant et jovial le président de la République française, le reste du « monde libre ». Au fond, la banquette arrière est le domaine réservé, pour quelques instants encore, du chef de l'État russe, accompagné seulement d'un garde du corps et de son interprète personnelle, une jeune femme sélectionnée pour son talent et ses longues jambes. Elle est assise entre le président russe, en grande forme, et le ministre français des Affaires étrangères, pour sa part très tendu.

À quelques rangs devant eux, la chevelure maintenant grisonnante du Premier ministre britannique. Le Français chuchote.

– Désolé de contrarier votre trajet, Monsieur le président, mais, avant la cérémonie, je veux plaider le cas de qui vous savez.

L'interprète traduit, en réglant le volume de sa voix sur celui des deux hommes. Le président russe n'abandonne pas son sourire, tout juste a-t-il caressé les branches de ses lunettes de soleil. Le cortège ralentit. Juste à l'arrière du car, immatriculé B. 130 0C. 99, la lourde limousine Zil blindée du tsar impose le symbole d'une inaltérable puissance. Dans le ciel, veillent deux hélicoptères EC 145 avec des hommes du RAID sanglés sur le marchepied. Sécurité maximale.

– Nous avions promis à cet homme le salut, insiste le ministre des Affaires étrangères.

Les hautes structures des tribunes apparaissent au-dessus de la ligne ondulante des champs et des pâturages.

– Il ne nous a pas rapporté ce que nous voulions, glisse, comme distrait, le président russe. Mais, soyez rassuré, la pierre ne sera jamais... (le président russe baisse encore la voix et désigne d'un coup de menton discret la nuque de leur compagnon de voyage) britannique.

On entend à peine la voix de l'interprète. Encore une centaine de mètres. Le président français, en gentil organisateur comblé, est déjà debout à l'avant du car. Son homologue russe escamote ses lunettes de soleil dans la poche intérieure de son costume bleu nuit. Il se lève. Il descendra, sécurité oblige, parmi les premiers chefs d'État. Il clôt l'entretien :

– Ce sont les règles du jeu.

Le président russe s'est exprimé en français. L'interprète a rougi. Le car a stoppé devant la tribune présidentielle. Les invités descendent vers les cordons de sécurité et l'accueil protocolaire. Le soleil de juin reflète ses promesses sur les lames des saint-cyriens qui rendent les honneurs.

Toute l'attention se porte sur les grands de ce monde qui s'extirpent des autocars. Le ministre des Affaires étrangères, avant de retrouver sa place dans la tribune officielle, s'écarte des grappes d'officiels, son officier de sécurité est perdu dans la cohue organisée. Le devoir du ministre, à cette heure, serait plutôt de prendre soin des prestigieux invités de la France, mais il a donné sa parole six mois plus tôt. Il fend le flot contraire des arrivants, vers la mer, le dos tourné aux tribunes.

Le ministre appelle un numéro préenregistré sur son portable. Le répondeur anonyme d'une messagerie : *Après le signal sonore, enregistrez, s'il vous plaît, votre message.*

– Michel, je n'ai pas encore de réponse favorable. Sachez que je m'engage à assurer votre protection. Je suis votre obligé. Vous savez où me rappeler.

Le ministre cherche ses mots :

– Où que vous soyez, Michel, prenez soin de vous. Ce sont, paraît-il, les règles du jeu.

Un zeste de vent du large. L'annonce du cortège de la reine d'Angleterre, les armoiries des Windsor flottent sur la Normandie. Le ministre des Affaires étrangères passe la main dans ses longs cheveux blancs. L'essentiel est sauf, le diamant rouge n'enrichira pas le trésor royal de la Tour de Londres. La terre d'Afrique a renouvelé sa fidélité. Échec aux Anglais.

Alors que, dans la tribune, le président russe prend place près du fauteuil encore vide de l'épouse de son homologue américain, sa limousine s'arrête à l'arrière du poste de commandement et de secours. La cérémonie débutera avec du retard. Le maître du monde s'arroge le droit d'arriver le dernier. Les autres princes peuvent attendre.

Une fois garée, le moteur de la Zil blindée continue de tourner. Dans l'oreillette du chauffeur, les instructions du chef de la sécurité personnelle du président russe. Le véhicule doit pouvoir bondir au quart de tour. Sur les sièges arrière de la limousine aux vitres teintées, face à face, une femme et un homme. Ils accompagnent confidentiellement leur président sur les terres normandes. Ils sont ses premiers compagnons.

– Je suis ému de rencontrer une survivante, fait l'homme en aventurant une main vers les genoux de son interlocutrice.

– Six secondes après le décollage, la déflagration.

Elle décompte sur ses doigts. Cinq plus un. L'onde de choc a frôlé l'hélicoptère du SMERSH. En neuf minutes, 7X974 a été happé par l'océan. Toujours elle se souviendra du dernier regard de Levovitch.

Volodia Makine éprouve de la tendresse pour l'homme qui la dévisage. Elle a déjà écarté, en souriant, la main trop entreprenante. Il ne craint pas l'irrévérence de son geste : il est le seul à pouvoir l'oser. C'est un palpeur, il aime la chair. Il aime les femmes. C'est une part de ses succès d'agent, mais elle résiste aux charmes de la légende. C'est vrai, cependant, qu'aujourd'hui, avec sa nouvelle coupe au carré et son tailleur court lavande en harmonie avec ses yeux, Volodia Makine est irrésistible. Comme vingt ans plus tôt. Elle le sait, en est flattée, mais demeure inflexible.

Anatoli Dimitri Gregov n'insiste pas, il s'agit seulement d'un jeu entre eux. Ils se connaissent à peine, mais l'amitié et la confiance du président constituent un lien particulier, exceptionnel. Ils sont une seule et même famille, nés et nourris aux mamelles du KGB.

Pour sa part, avant de servir l'expansion soviétique en Afrique, Gregov était formateur à l'Académie du renseignement à l'étranger, soit l'école élémentaire des apprentis espions russes. Six ans à éprouver les jeunes officiers de renseignement. L'un d'eux a connu le plus éblouissant des parcours. Diplômé en 1975 de l'Académie, le président doit, aujourd'hui encore, tout à celui qui a été son premier maître. Gregov lui a appris la rigueur et l'art, le devoir et le plaisir d'infiltrer les passions humaines. Anatoli a lâché sereinement son élève dans sa première fonction d'agent à la section contre-espionnage de Leningrad. Le jeune homme était plus que prêt. Il se connaissait si bien, il appréhendait si parfaitement les autres, qu'il les manipulerait jusqu'au plus haut.

Gregov ne s'est pas trompé. Le jeune officier de renseignement a conquis les sommets. Désormais, il règne avec le soutien de sa très large famille. En Russie, les espions ne sont plus les exécutants, ils sont les souverains.

– Tu as eu peur, Volodia ?

Elle baisse les yeux, puis les relève.

– Non.

Elle lit dans les yeux de Gregov plus que de la simple

curiosité. Le maître espion se trahit, ou veut bien se trahir. Ils cessent de converser tout à coup. Sous la vigilance du Secret Service, les deux limousines du cortège du président des États-Unis se garent à proximité de celle du président russe. « Il » est là. La commémoration peut débuter. Dans le confinement de la Zil, Volodia Makine et Anatoli Gregov entendent à peine les vingt et un coups de canon tirés depuis le large par la frégate *Cassard* et l'hymne français qui ouvrent la cérémonie.

Soudain, Gregov questionne sèchement :

– Tu n'as plus peur parce que tu sais que tu vas bientôt mourir ?

Elle dévisage son vis-à-vis avec intensité.

– Tu sais ?

Éternel sourire de Gregov. Impassible silence. Mais Volodia Makine est tenace :

– Comment sais-tu ?

Gregov exhibe une copie des analyses sanguines prescrites par le docteur Katz. Le défilé aérien se rapproche.

– Pour une espionne confirmée, tu conserves trop de choses personnelles sur toi. Ce n'est pas ce que j'apprenais à mes étudiants à l'école de Leningrad.

Grondement sourd comme un orage, ouverture par la patrouille anglaise des Red Arrows.

– Six mois au plus, tranche-t-il. Je me suis renseigné auprès du meilleur spécialiste de Moscou. Six mois avec de la chance.

Dans le sillage du panache des fumigènes des jets britanniques, à nouveau le silence.

– Le patron va beaucoup souffrir, ajoute-t-il. Aime-t-il autant une autre femme que sa compagne de Dresde ?

– Il ne m'adresse plus la parole, pas même un regard.

– Laisse-le à son dépit. Son destin n'est pas de s'apitoyer sur lui-même et sur toi.

Gregov la contemple sans compassion.

– Que s'est-il passé à Samarcande ?

Volodia Makine lui cracherait volontiers au visage.

– Cela ne regarde que le Français, ton président, et moi. Nous trois, seuls.

– Tout ce qui concerne mon président est mon affaire.

À présent, l'horizon s'emplit de trois couleurs.

– Tu l'as humilié, dit-il. Tu as affaibli l'État.

– Non, ce n'est pas un crime contre l'État.

La patrouille de France fracasse les airs.

– Je suis seulement amoureuse.

Le lendemain, la Méditerranée est perturbée. Un vent d'est déçoit juin, mais le parfum béni des îles, le soir, est bien celui de l'été qui s'annonce en Sardaigne, dans la réserve pour richissimes de Portocervo. Dans le sillage de l'Aga Khan, les nouveaux nababs, les maîtres de la Russie, ont jeté leur dévolu ici. Leur président aussi. Choisie par le président du Conseil italien, c'est une vaste demeure sur une presqu'île, une villa construite dans le rocher, abritée par un bouclier de pins et de lauriers sur un littoral découpé. Discrétion garantie.

La sécurité est allégée ce 7 juin, comme toujours quand le président est en villégiature en Sardaigne. Seulement six gardes du corps. Le chef du service de protection du Kremlin ne quitte pas les pas de son grand homme en chemisette blanche, qui s'approche du rivage. En manches courtes malgré ce vent d'est, les mains dans les poches, le président russe surplombe la Méditerranée. En contrebas, sur l'embarcadère, deux autres officiers de sécurité, d'anciens commandos spetsnaz, veillent sur un dinghy doté de moteurs puissants.

Le président regarde venir la nuit. Dans ses yeux, l'horizon, les embruns. À quelques miles de la côte, la silhouette d'un grand voilier noir, un trois-mâts, le yacht de sir Edmond Steiner.

Calme absolu à bord. Sur le pont arrière, dans une grande tunique bleu sombre, sir Edmond pleure. Il a congédié son personnel. Il ne veut personne ce soir, juste le diamant.

791 carats. Brut. Rouge intense.

Il le prend entre ses deux larges mains, le découvre au crépuscule. Tant de reflets. Tant d'éclat, même brut. Tout le pouvoir du cœur de la terre. La pierre n'a pas encore de nom. Superstition ?

Sir Edmond pleure parce que ce diamant, il doit le céder.

L'immensité des espaces de Yakoutie abrite les plus belles promesses du monde. Le prêt d'un milliard de dollars ne suffit plus, les règles du jeu ont changé, les rapports de force aussi. Le tsar exige davantage.

L'échange aura lieu cette nuit : la pierre contre l'immortalité de Stones. L'index de Steiner parcourt le relief du diamant : une sphère harmonieuse, idéale pour la taille. Ce sera le plus somptueux des joyaux.

La lumière s'estompe sur le diamant. Un voile, une ombre portée.

– Bonsoir, sir Edmond.

Steiner se retourne brusquement. Sous le dais crème dressé sur le pont arrière, s'avance un homme. Il est en combinaison noire intégrale de plongée, ses pieds nus laissent une trace humide sur le plancher en teck, son visage reste masqué par la capuche de latex, seuls ses yeux bleus se dévoilent. Steiner ne connaît pas les armes de poing, mais il comprend vite qu'est fatale celle dont le canon est prolongé par un tube qui doit s'appeler un silencieux. Il ne se trompe pas, c'est un Sig Sauer P226.

D'instinct, il protège la pierre contre sa poitrine. La stupeur arrête les sanglots.

– Qui êtes-vous ? Que voulez-vous ?

L'homme reste silencieux.

– Qui êtes-vous ? supplie Steiner.

Les yeux de l'apparition sont plus durs maintenant.

– Je suis un tueur.

Le plongeur émerge devant la plage privée. Il s'extrait promptement de sa combinaison. Trois éclairs dans la nuit. Code d'accès confirmé. Il jette son masque dans le sable, relève sa capuche, passe une main dans ses cheveux courts où le blanc domine sur le gris. Le président l'attend, debout, sur la terrasse couverte de la demeure. À ses côtés, son ancien instructeur du KGB, un maître espion, son tuteur, son modèle, Anatoli Dimitri Gregov.

Le plongeur s'avance sur la terrasse et tend seulement la main droite. Son poing est fermé. La pierre est plus lourde qu'il ne l'aurait cru.

– C'est fini, dit l'assassin.

Le président a un instant d'inquiétude. Il n'ose pas regarder le diamant. Gregov arbore son rictus des grands soirs.

– Sir Edmond Steiner s'est noyé. Un drame stupide, les rassure le plongeur.

Le président russe n'a pas besoin de cette précision. Edmond Steiner comptait trop d'ennemis, et la confidentialité du rendez-vous de Portocervo a été absolue. Personne ne suspectera la main de la Russie. Le président sourit, il imagine la suite : désormais, les héritiers de Steiner s'acquitteront des diamants de la Yakoutie au prix le plus fort. Quant à cette pierre si dense, elle revient naturellement à la mère patrie.

– Merci d'avoir fait ça pour nous, dit le chef d'État.

En retrait, dans la pénombre, un homme ne quitte pas des yeux le trio : un garde du corps équipé d'une arbalète de combat à poulies. Il demeure concentré sur le moindre geste du plongeur, qui tend le diamant au président.

– J'étais lié par un serment envers Abraham.

– Steiner n'aurait pas dû, dit le président russe en dirigeant son regard vers le large. Je l'avais mis en garde : le cas d'Abraham était une affaire russe. Il n'a pas écouté. Maintenant, quand je parle, on m'écoute partout dans le monde.

Il n'a toujours pas regardé la pierre. Il la soupèse.

– Finalement, vous nous l'avez ramenée. Que devons-nous encore, sinon sa sauvegarde, au colonel Michel Montserrat ?

Du revers de la main, le plongeur essuie l'eau de mer qui dégouline sur son front, puis il fixe le chef d'État.

– J'ai une requête.

– Extravagante ?

– Elle concerne une femme, une de vos compatriotes utilisée par vos services... Une messagère de mort à Samarcande.

Sujet sensible, pour l'un comme pour l'autre. Gregov cesse de sourire. L'homme à l'arbalète s'avance d'un pas. Le Français ne bronche pas.

– J'ai besoin de la retrouver.

Le président ne considère plus que le diamant. Il ne semble pas écouter le plongeur. Il est l'heure. Autour des trois hommes, un dispositif de départ imminent se déploie. Des ombres protègent le trajet jusqu'à l'embarcadère.

– Je n'étais pas un espion sentimental comme vous. Contentez-vous de votre survie, colonel Montserrat. Pour le reste, soyez sans espoir.

– Ce sont les règles du jeu ?

320

Il n'y aura pas de réponse. Seul Gregov lui serre la main. Les Russes s'évanouissent.

Montserrat n'a pas suivi, vers le large, le sillage du dinghy.

Dans sa combinaison de plongée, il a froid. Tant d'étoiles soudaines sur la Méditerranée. Comme un enfant, il les nomme les unes après les autres. Il s'assoit dans les vagues, ses partenaires. Il parle au ciel, sa voix s'évanouit avec le ressac. Encore, la nuit. Seul.

28

L E plus prestigieux des tailleurs russes de diamants pénétra dans l'enceinte du Kremlin dans la limousine personnelle du président.

Le véhicule blindé franchit la porte principale, celle d'ordinaire réservée aux cérémonies d'État, par la tour Spasskaya, l'orgueil de la place Rouge. Un détachement du régiment du Kremlin présenta les armes au passage de la limousine. Sur les chapkas grises, une neige fine, légère. La capitale était envahie d'une douce euphorie, portée par le souffle à peine glacé de toutes les paillettes de l'Est. L'hiver était de retour.

Le chemin était ouvert pour la Zil noire jusqu'au palais présidentiel du Sénat. La limousine stoppa dans une arrière-cour confidentielle, conçue pour les seuls yeux des tsars, imaginée par l'architecte Kazakov. Le tailleur attendit que la lourde portière fût déverrouillée par le garde du corps qui lui avait été affecté, un officier du Service fédéral de protection. Autour du véhicule, une escorte armée. Le tailleur reconnut sur les épaulettes le blason d'une unité secrète, dont il avait, comme beaucoup, seulement entendu parler. Du reste, il n'osait pas dévisager ces hommes pourtant à son service. Leurs traits étaient aussi un secret. Il convenait de ne pas trop jouer avec le diable. On ne lui laissa pas le temps. On lui banda les yeux. Une main de femme trop froide prit la sienne et l'entraîna dans un interminable cheminement. Il entendait seulement claquer les talons à son passage, comme s'il était le maître en personne.

Ils pénétraient le labyrinthe infernal. Le tailleur sentait sur son visage, parfois, la fraîcheur d'un courant d'air d'un siècle évanoui. C'était un homme mûr, suffisamment mûr pour se souvenir du long crépuscule. Tant d'humidité tout à coup, ils traversaient un réseau de caves. Ils progressaient à un rythme lent. Le tailleur avait prévenu : défaillances cardiaques. Ils devaient le ménager. Ce qu'ils ignoraient, c'est que son don pour façonner le merveilleux s'accompagnait d'une exceptionnelle sensibilité. Pour chaque diamant, la passion d'un homme, ou celle d'une femme. Quand il taillait une pierre, il entrait en communion avec celui ou, le plus souvent, celle qui la porterait. Il leur offrait une seconde naissance. C'est parce qu'il s'immisçait au plus profond des êtres, qu'il était le plus grand des tailleurs de diamant.

En franchissant l'oubli des souterrains du Kremlin, tant de voix lui parvinrent. Il serra un peu plus la main de la femme qui le cornaquait. Les âmes maudites étaient toutes là, elles le harcelaient. On avait emmuré ici les ennemis du Soviet suprême.

Le tailleur sentait ces fluides, mais rien ne le dérouterait de sa mission. Au bout du cauchemar, il existait un diamant sublime. Ils approchaient, montaient un escalier interminable où résonnait l'impatience de leurs pas. Alors, son cœur chercha plus d'oxygène, s'emballa, sa main devint moite. La femme qu'il imaginait brune – il ne se trompait jamais – relâcha sa pression. Il s'obligea à une halte.

Silence profond dans le puits de l'escalier hélicoïdal. Il percevait juste la respiration un peu heurtée de son hôtesse. La respiration d'une femme en fin de vie. Il ne pouvait se tromper. Tout autour de lui était le royaume des morts. Les voix suppliantes demeuraient confinées dans les basses cavités. Si loin du monde, si loin des hommes, le grand diamant était là. Un instant, ce fut comme si un poing se refermait sur son cœur. Il faillit chanceler.

Cette pierre n'était à nulle autre pareille.

Ils reprirent leur ascension. On le guida jusqu'à une salle de réception aux proportions démesurées. Crissement de parquet. Il perçut s'éloigner la démarche de la femme, encore aérienne malgré l'implacable condamnation. Pourquoi avait-on désigné une mourante pour la conduire ici ? On lui ôta le bandeau.

La lumière provenait de la place Rouge. On avait, sous la garde des forces spéciales, monté là l'atelier de taille le plus perfectionné. Il reconnut d'abord le contour d'objets familiers. De l'index, il caressa la poudre de diamant industriel qui, mélangée à une glu spéciale, permettait la taille. Seul le diamant pouvait entamer le diamant. Son regard évita l'essentiel. Il demanda à être seul. Alors, seulement, il s'en approcha. La pierre était enveloppée dans son pli, simplement posée sur la table allongée de l'atelier. Du bout des doigts, il l'effleura.

Son cœur à nouveau. Alerte : son rythme cardiaque s'accéléra, très dangereusement.

L'effleurer seulement, rien de plus ce soir-là. Il avança la paume de sa main au-dessus du pli. Fléchissement des pulsations, un grand calme. La respiration du tailleur retrouvait un cours paisible, comme soulagé. Mais, à présent, ses doigts tremblaient. Magnétisme funèbre.

Tant de force. Toute l'énergie d'un continent lointain.

Le tailleur s'assit dans un coin du vaste espace lambrissé. Il attendit que passe la nuit. Ses yeux sombres ne quittaient pas le pli. Un nuage de neige et de glace suspendues enveloppa le palais. Impossible de dormir. Seul, le grand silence du Kremlin avait su refermer les tombes et prévenir les tentations.

Chercheurs de misère, guérilleros abandonnés, conquérants d'inutile, agents secrets prétentieux, femmes en perdition, ils avaient tous payé le prix. Tous disparus. Le prix de la vanité, seulement.

Le lendemain, à l'aube, les visages s'en étaient allés. Demeurait la seule beauté.

Le diamant n'avait pas encore de nom. Le tailleur n'avait encore jamais vu pareille pierre brute. Ce rouge intense. Une telle puissance.

Les premiers jours, il l'admire. Il imagine la magnificence. C'est à lui que revient l'honneur d'engendrer le premier des joyaux. Le cœur de la Russie ne battra plus que pour le seul *Orloff.*

Enfin, un soir, après en avoir référé au tsar, il décide de procéder à la première étape de la taille. Moscou est paralysé par une tempête.

Le don du tailleur a pour alliée l'informatique : un programme magique, baptisé « *Abraham* », conçu par les meilleurs ingénieurs de l'armée russe pour optimiser la taille de ce seul diamant.

Abraham compose une pierre taillée en ovale de 413 carats.

Au cœur de la nuit, la première intervention de l'homme. Avant le clivage, le sciage, le débrutage, la taille et le polissage, il convenait de marquer la pierre. Une croix à l'encre de Chine, sur un point choisi par le tailleur, attendait l'intensité du rayon laser. Le tailleur ne se munit pas de lunettes de protection, seulement de sa loupe.

C'est l'heure. Faisceau bleuté.

Le tailleur n'a jamais été aussi concentré.

Sur l'écran d'un moniteur, depuis son vaste bureau, les yeux du président ne perdent pas un geste de l'artisan.

Autour du cou du tsar se sont enroulées les mains de sa toujours courtisane. Ses doigts sont glacés. Elle a arraché une ultime volonté à son maître. Revenir, pour son dernier voyage, dans le cimetière de pêcheurs sur son île de Sakhaline, accompagnée de ses trois enfants, et de deux hommes, celui de Samarcande, et celui du Kremlin.

Mais avant, penchée sur la nuque du tsar, elle veut voir. Le diamant, celui du chevalier français.

Le rayon du laser menace la pierre. Juste une première entaille.

La loupe chute, puis le tailleur. Infarctus.

Sur la table de taille, un diamant brut. Le rouge n'est plus intense. Le rêve s'évanouit. À l'instant où le laser a frappé la pierre, il s'est produit l'imprévisible. Le diamant est maintenant laiteux, irrémédiablement marbré.

Rien n'est éternel.

Note de l'auteur

Une compagnie contrôle bien l'essentiel des transactions de diamants dans le monde. Ce monopole, qui s'étend de l'exploitation minière à la commercialisation, concerne une merveille de la terre et inspire donc une fascination romanesque à laquelle n'a pas échappé ce second volet des aventures du colonel Montserrat.

Il est bien entendu que cette compagnie, dans un monde réel où le roman n'a pas sa place, ne manipule pas plus les puissances occidentales que les gouvernements africains, ne corrompt pas des enquêteurs des Nations Unies et n'achète jamais de diamants de guerre (« *blood diamonds* »). Ses dirigeants ne sont pas des assassins, ne condamnent pas l'existence de peuples vulnérables, n'emploient pas de mercenaires pour leurs basses œuvres et ne se noient pas au large de la Sardaigne.

En fait, ce monopole permet au marché du diamant d'être stable, dans un environnement international toujours plus troublé. Par ailleurs, cette compagnie, dans un louable souci d'honorabilité et de vertu, a édicté une déontologie très stricte concernant le trafic des diamants suspects, qu'elle respecte, pour sa part, avec le plus grand scrupule.

L'imaginaire du colonel Montserrat, qui bouscule volontiers les convenances, s'inscrit donc dans un cadre géopolitique existant, mais il travestit la vérité. Cette histoire est un pur roman.

Tout pourrait être ainsi parfait.

En revanche, il est vrai qu'une pierre brute, aux premières heures de sa taille, peut se fragmenter, se briser, ou se ternir pour toujours. Et, comme un diamant est composé de carbone cristallisé, il se consume dans le feu à très haute température.

La vérité, malheureusement pour les hommes conquérants et les femmes amoureuses, n'est pas celle qu'on espérait : un diamant n'est pas éternel.

« SPÉCIAL SUSPENSE »

Composition IGS
Impression Bussière en avril 2005
Éditions Albin Michel
22, rue Huyghens, 75014 Paris
www.albin-michel.fr
ISBN : 2-226-15975-4
ISSN : 0290-3326
N° d'édition : 23373. – N° d'impression : 051603/4.
Dépôt légal : mai 2005.
Imprimé en France